内蒙古大学文学与新闻传播学院
文学教育优秀作品选

雅韵新声

散文、小说与戏剧卷

主　编　魏永贵
副主编　鄢　冬

暨南大学出版社
JINAN UNIVERSITY PRESS

中国·广州

图书在版编目（CIP）数据

雅韵新声：内蒙古大学文学与新闻传播学院文学教育优秀作品选．散文、小说与戏剧卷/魏永贵主编；鄢冬副主编．—广州：暨南大学出版社，2021.12
ISBN 978－7－5668－3353－2

Ⅰ．①雅…　Ⅱ．①魏…②鄢…　Ⅲ．①散文集—中国—当代②小说集—中国—当代③剧本—作品综合集—中国—当代　Ⅳ．①I217.1

中国版本图书馆CIP数据核字（2021）第271505号

雅韵新声：内蒙古大学文学与新闻传播学院文学教育优秀作品选
散文、小说与戏剧卷
YAYUN XINSHENG：NEIMENGGU DAXUE WENXUE YU XINWEN CHUANBO XUEYUAN WENXUE JIAOYU YOUXIU ZUOPINXUAN　SANWEN XIAOSHUO YU XIJUJUAN
主　编：魏永贵　副主编：鄢　冬

出 版 人：张晋升
策划编辑：潘雅琴
责任编辑：朱良红
责任校对：苏　洁　黄晓佳
责任印制：周一丹　郑玉婷

出版发行：暨南大学出版社（510630）
电　　话：总编室（8620）85221601
营销部（8620）85225284　85228291　85228292　85226712
传　　真：（8620）85221583（办公室）　85223774（营销部）
网　　址：http：//www.jnupress.com
排　　版：广州良弓广告有限公司
印　　刷：深圳市新联美术印刷有限公司
开　　本：787mm×960mm　1/16
印　　张：14
字　　数：228千
版　　次：2021年12月第1版
印　　次：2021年12月第1次
定　　价：56.80元

文学教育是照亮人类精神世界的穹顶之光

“文变染乎世情，兴废系乎时序。”文脉与国脉相连，任何一个民族，任何一个国家，如果没有悠久璀璨的文学传统，其精神之林一定欠缺一种纯粹的钻石般的穹顶之光。

伟大的作家，是一个时代的前行者、探路者，也是一个时代的坚守者、清醒者。伟大的作品，是一个时代的路标和风帆，也是一个时代的烛光和星辰。优秀的文学作品也许不会让人陡然高尚，却会让人免于堕落。习近平总书记就曾指出：“学诗可以情飞扬、志高昂、人灵秀。”大学应该处处闪烁文学艺术的光芒，用文学的甘露滋养年轻学子的灵魂，唤醒他们对于生命的认知，激励他们对于理想的不息追求。而大学的文学院，能持之以恒地对学生进行文学教育，激发学生文学创作的热情，也是大学对社会、民族和国家应该承载的价值体现。

文学教育之路是一条漫长却必将收获希望的道路。在这个浮躁的网络时代，文学赖以生存的纸质媒体正遭受前所未有的冲击，而功利主义的横行，又让不会带来立竿见影效果的文学，置身被人冷落的沉默的角落。然而，如果不是身处边缘，怎能感受到“羚羊飞渡”的壮美？越是如此，文学以及作家越能彰显出独立的精神品格和纯净的生命之光，而这些正是当代大学生应该习得的重要品质。

近年来，内蒙古大学文学与新闻传播学院在文学教育上取得了丰硕的成果。这不仅体现在涌现出了以作家安宁等为代表的许多优秀教师，他们以写作见长，并在全国文坛崭露头角；更体现在以渡澜、苏热、张泽英等为代表的我院在读学生，如雨后春笋般，在全国各大文学期刊频发作品，并斩获重要文学奖项。更让人欣喜的是，在这些前辈师生的鼓舞下，我院已经形成了浓郁的文学创作和研究氛围。

文学教育是辛苦而缓慢的树人工程。教育的职能是唤醒，而文学教育则是唤醒学生心中原本就生机蓬勃的美与善。山川风物，触处生春，“目既往还，心亦吐纳；情往似赠，兴来如答”。作为教师，如何在课堂上第一时间捕捉到学生心中萌发的艺术之芽，并及时施肥、灌溉、培育，使其破土而出，向着天空奋力生长，既是对教师发现能力的考验，也是文学教育的第一反应。我院不仅依靠专业作家开设基础写作等课程，还根据各位老师的特长，开设了古典诗词创作、戏剧创作、散文创作等多门写作指导类课程。以课程为桥梁和纽带，学生们有机会向老师展示他们被相对刻板的中小学语文应试教育压抑的才华，老师们也有机缘挖掘学生们隐匿的文学天赋。当然，这只是写作之路的开始，我院成立创意写作中心，创办《原上草》杂志，各种文学社团风起云涌，又给予青年学子们更多将写作创意实现的机会。同时，老师们在教学之余潜心写作的热情，也激励着学生，如果想要成为一名优秀的作家，就得将自己化作一滴水，并以水滴石穿的精神，持之以恒地溶化生活这块强大的岩石。

文学教育是一份让人幸福的事业，看到学生们成长为作家，就像看着自己的孩子从咿呀学语到口若悬河，从蹒跚学步到风一样自由地奔跑，心中满溢着兴奋与骄傲。我院承担内蒙古党委宣传部作家培养的任务，自2009年始，连续开设了十期作家班，成果斐然。多位作家班学员在毕业后，成为自治区的创作骨干。作家班这片沃土，也给予青年学生无数的养分。文学教育不仅要靠老师亲力亲为，还要靠作家现身说法。老师课堂上教的多是理论知识，而作家传授的则是实战技能。十几年来，我院先后邀请了莫言、毕淑敏、刘庆邦、肖亦农、路远、鲍尔吉·原野、艾平等许多优秀的作家，为作家班学员和学生传经送宝，并激励他们提笔写下属于自己的激昂人生和对生命的深沉认知。写作的确不能让学生获得世俗意义上的回馈，但每一个沉浸在写作中的人，一定能感受到燃烧的爱与激情，以及时刻充盈的快乐与满足。

文学教育要以文学的自身规律，对学生因势利导，因材施教。文学有其特有的形式和表现方式，所以必须以文学的内容对学生进行教育，以文学的手段将学生内心打开，以文学的姿态将学生引进诗意的殿堂，并放飞他们天马行空的想象。作为文学教育者，感召胜于灌输，行动胜于语言。我们欣喜地看到，我院老中青三代教师，为学生们不断奉献出诗歌、散文、小说、戏剧方面的精品力作，还通过诗社、话剧社的视频、舞台演绎等精彩纷呈的形式，感召着一届又一届的青年学子。同时，老师们还无私地利用自身的资源，积极推荐学生在各个平台发表作品，以至于形成备受外界关注的“内蒙古大学师生作家群”。作为内蒙古大学的青年学子，在这样融洽温暖的氛围中写作，何尝不是一种人生的幸运和幸福？

每个年轻的学子，必将在未来拥有不同的人生际遇。就像河流的归宿是波澜壮阔的海洋，海洋的尽头或许连接着另外一条光芒闪烁的河流。文学教育虽然不能让学生们换得世俗的功名利禄，却必将给予他们滋养一生的启示：辽阔大海的那边，还有一条清澈闪亮的精神之河，就在那里，鲜花怒放，鸟鸣啁啾，大地辽阔，而我们的灵魂，则安放其上，诗意地栖居。

魏永贵

2021 年 11 月 18 日

雅韵新声

目录

散文篇

布谷，布谷[①]

安　宁[②]

在所有的鸟叫声里，我最喜欢布谷鸟的声音。那能穿越无数个村庄的“布谷，布谷”的歌唱，好像来自永远无人能够抵达的茂密的森林，那里道路险峻，野兽出没，群鸟翱翔。它们是大地上的精灵，只需一声辽远的呼唤，就将万物瞬间推进热烈的夏天。村庄里对农事再愚钝的人，听见布谷鸟从大地深处穿越而来的叫声，都会下意识地抬头，看看云蒸霞蔚的天空，自言自语地说一句：麦收就要到了。

但我不关心麦收，那是大人们的事。我只想寻找一只布谷鸟。它的叫声让我在春天里觉得忧伤。它究竟在呼唤什么呢？一声一声，那么执拗，好像它生在这个世间的所有使命，就是为了追寻一些什么。

大路的两边，是粗壮的杨树，也不知是什么年月种下的，一棵紧挨着一棵，枝叶相接在云里，形成两堵绿色的墙，风吹过来，墙便涌动起来，发出哗啦哗啦的声响，像有千万只手，抚过静寂的江河。如果我变成一条小小的蚯蚓，一头扎进大地的深处，一定还可以看到这两排高大挺拔的杨树，它们遒劲有力的根，正热烈地缠绕在一起，用力地从泥土里吸取着浓郁的汁液。这是地下暗涌的河流，沉默无声，却又浩浩荡荡。而在更高的风起云涌的地方，正有布谷鸟苍凉的鸣叫，从巨大的虚空中，一声声传来。

我发誓要找到那一只布谷鸟，问问它究竟来自何处？为何每年的春天，都要飞到我们的村庄，站在我从来都追寻不到的地方，悲伤地鸣叫，好像它曾经在这里，丢掉了自己的魂灵。

---

① 本文刊发于《人民文学》2019年第6期；荣获第11届丁玲文学奖；入选张莉主编，中国青年出版社出版的《与你遥遥相望：2019年中国散文20家》。

② 安宁，生于20世纪80年代，内蒙古大学文学与新闻传播学院副教授，内蒙古评论家协会副主席，一级作家。发表作品400余万字，出版图书25部。代表作《迁徙记》《寂静人间》等。荣获首届华语青年作家奖、冰心散文奖、丁玲文学奖、三毛散文奖、叶圣陶教师文学奖、索龙嘎文学奖、广西文学奖、山东文学奖、草原文学奖等多种奖项。

我于是一直一直走，穿越疯狂拔节的无边无际的麦田。最后，我走到了与邻村交界的河边。那条河叫沙河，每年的秋冬时节，它都会枯萎断流，裸露出河床，于是惨白的太阳下，遍地都是孤寂的沙子。我不知沙河从哪里来，又最终抵达何处。反正很久很久以前，它就环绕住了村庄，成为所有小孩子，捡来的地方。

我问母亲，娘，我从哪儿来？

从沙河里捡来的。母亲顶着满头的豆秸碎屑，漫不经心地回复我。

弟弟也问，那么我呢？

当然也是从沙河里捡来的。母亲拍打拍打围裙上的白面，随口应付弟弟。

姐姐朝锅底下撒了一把棉花秸，不屑一顾地“哼”了一声。她已经16岁了，不懂得死，却朦胧地知道了生。她从骨子里瞧不起我和弟弟，就像我从骨子里，对一字不识的弟弟，也充满了鄙夷。

此刻，我站在沙河边，看到水正欢快地从某一个遥远的地方奔来。这是春天，大地早已解冻，河水在阳光下闪烁着耀眼的光泽，那里一定漂浮着晶莹的冰粒，从冬天历经漫长的跋涉，依然没有融化的冰粒。因为当我蹲下身去，将手浸入河中，我立刻感觉到沁骨的凉。那是来自源头的凉。我想如果我能一直逆河流而上，一定可以寻到一个了无人烟的地方。在那里，村庄停止了脚步，炊烟灭绝了印记，一切声音都消失不见。无边的河流，正从神秘的山谷里喷涌而出。而在山谷的上空，我会看到那只穿越无数的时空，最终抵达我们村庄的布谷鸟。

可是，我却停在邻村的对岸，再也没有向前。

那时，黄昏已经降临，田野里吃草的牛，正哞哞地呼唤着孩子，跟它一起回家。村庄被夕阳环拥着，宛若襁褓中天真微笑的婴儿，向着世界袒露毫无保留的纯真与赤诚。邻村的街巷上，女人们正在穿梭来往，寻找着一天没有着家的儿子，或者男人。一群鸭子拍打着湿漉漉的翅膀，排队走上岸边。河水缓慢下来，大约奔波了一天，它们也觉得累了，需要安静地休息一晚，才能在黎明的微光中，继续奔腾向前。

而那只鸣叫了一天的布谷鸟，始终没有出现。

我到家的时候，弟弟正坐在院子里，就着黄昏最后的光，用铅笔刀专心致志地削着一根拇指粗的树杈。母亲喊他吃饭，一连好多声，他都没有回应。他完全沉浸在他的伟大的事业里，尽管我并不明白，他将一根树枝削得溜光水滑，究竟要做什么。

很快，我便弄清了他的意图，原来是要做一把不知用来射人还是打鸟的弹弓。村子里差不多每一个像他这样大的男孩，都有一把弹弓，用榆树或者柳树的枝杈，外加一截从旮旯里翻出的废旧自行车车胎，便能够百步穿杨。

你做弹弓打什么？我瞪他。

就是玩。他正打磨得带劲，听见我问，怯怯地回了一句。

哼，你肯定是跟着别人行凶，打了麻雀烤着吃！我一口咬定。

没，我……最怕吃麻雀了……他红着脸为自己辩解。

还狡辩！蚂蚱，青蛙，豆虫，你比耗子还厉害，逮啥吃啥！

弟弟终于在铁打的罪行面前不说话了。他低着头，用力刮着弹弓的手，慢了下来。他并不敢直视我，我却感觉到他的视线，落在了我的球鞋上。他就这样心不在焉地为他的武器做着最后的打磨，然后在我终于懒得搭理他，转身离开的时候，他“哎哟”叫了起来。

我看见一滴鲜红的血，从他的左手拇指上涌了出来，并渗入到新鲜的刚刚刮掉树皮的榆木弹弓上。

我本想骂他一句“活该”的，看他疼得龇牙咧嘴的样子，便忍住了。母亲正绣着花样，扭头看见，叹了口气，去院子里掐了一小片芦荟丢给他。弟弟将芦荟叶子细细捻着，很快有黄褐色的汁液滴落在伤口上，那殷红的血，便慢慢淡了颜色。而滴落在弹弓上的那一滴，却渗透进去，变成难以祛除的黯红。

天慢慢热起来了。正午的时候，整个村庄的人，都陷入昏睡之中。只有弟弟，每天提着弹弓，在村外的小路上游来晃去。他射杀一切感兴趣的东西：树叶，花朵，苍蝇，蝗虫，蚂蚱，麻雀，斑鸠，鸽子。我在路上遇到过他，一个人隐在一棵粗壮的柳树后，眼睛犀利地注视着茂密枝叶间某个闪闪发光的地方，那里正有一只麻雀，在欢快地叫着，丝毫没有注意到步步逼近的危险。

片刻后，我听到一声惨叫。那叫声不是来自麻雀，而是弟弟。因为技术不佳，石子击在了树干上，又迅速弹了回来，并落在弟弟的手臂上。那枚锋利的石子，当然不会轻饶了他。而他的惨叫，也惊动了那只怡然自得的麻雀，让它迅速地飞离，隐没在有万千细碎的金子跳跃的稻田里。

麦收正在逼近。布谷鸟的叫声，也愈发地响亮，频繁，似乎它们就近在咫尺。那叫声催得人心慌，至少让大人们着急起来，好像一场大战即将来临。只有弟弟这样毫无用处又让大人们觉得碍事的小孩子，才会有闲情逸致，每天在乡间小路上四处摇晃。他已经可以很熟练地使用弹弓，看到眼前飞过一只苍蝇，会气定神闲地掏出石子，迅速断其性命。那把沾染过他自己鲜血的弹弓，究竟打死过多少苍蝇、飞虫、青蛙或者麻雀，我并不清楚，但从他看到麻雀时，贪婪地咽下口水的细微动作上，我知道，他已经迷恋上了这种杀生的游戏。

我忽然间有些恐慌，在一声声激荡着鼓膜的“布谷——布谷——”的叫声里。我怀疑我还没有来得及见到那只神秘的布谷鸟，弟弟就将其残忍地射杀在旷野之中。

到底有多少只布谷鸟，在村庄里啼叫呢？我数不清。但我总是固执地认为，所有的叫声，都来自同一只布谷鸟。每年的春天，它都从遥远的南方，飞越几千里，抵达我们的村庄，只为催熟铺天盖地的麦浪。而一旦使命完成，它就消失不见。没有人知道它们去往何处，就像无人知晓它们来自何方。它们从不像麻雀或者屋檐下的燕子，喜欢扎堆生活。它们总是孤独的一只，在广袤的平原上，在无人注意的高高的大树上，发出悲凉的鸣叫。老人们说，布谷鸟是一个苦命的女人，因被人虐待，哭泣而死，后化身为鸟，在死去的春天里，日日悲鸣。

只是，它们提醒着日渐丰腴成熟的大地，提醒着人类对于五谷丰登生活的向往，却始终与人保持着距离。似乎，传说中生而为人的布谷鸟，在受尽了人间的苦痛之后，再不肯信任人类，于是用高高飞翔的姿态，保持着对这片曾经眷恋的土地，若即若离的忧伤注视。

可是，人类并不因此而放过它们。很显然，弟弟与他的同伴，在布谷鸟可以穿透一切尘埃的啼叫声中，忽然生出了好奇，想要知道这样一种鸟，究竟与麻雀、燕子或者鸽子，有什么不同。于是他们掉转了弹弓的矛头，在日头盛烈的正午，大人们都昏沉睡下的时候，满怀着无处发泄的热情，开始了寻找一只布谷鸟的旅程。

而我，坐在偶尔有一两声蝉鸣漏下的庭院里，侧耳倾听着从太阳升起的地方，传来的布谷鸟的鸣叫，忽然生出强烈的预感，早晚，它们中都会有一只，惨死在弟弟和他的同伴的弹弓之下。

这让我觉得绝望。在这个村庄里，难道只有我认为，布谷鸟的叫声，是来自生命深处，来自大地深处，来自我永远不会抵达的神秘的山林深处吗？难道所有人都是瞎子，只埋头于对田地的耕种与收割，而丝毫不关心一只鸟来自何方，栖息于何处，又老死在哪一个角落吗？难道它们不是属于村庄的一个部分，不是抚慰了春种秋收所有人间烦恼的精灵吗？

整个村庄都在烈日下沉沉睡着，没有人听到我的心，正不安地跳动。在村人正午短暂的睡梦之中，就连唤醒大地的布谷鸟的声音，也无法进入。所有的人，都陷入短暂的死亡。除了弟弟。

弟弟是一个人悄无声息地溜出家门的。我听见他的脚步声，幽灵一样消失在南墙根下。一只猫不知是不是做了一个噩梦，忽然从陈年的麦秸垛上，跳了下来，但很快它又神秘地消失了。院子重新陷入安静之中，可以听到一只蚂蚁屏着呼吸，踩过一片树叶的声音。一只麻雀，“啪嗒”一声将“天屎”遗落人间。父亲在房间里，翻了一下身，嘟囔一句什么，又打着呼噜睡去。我回身进屋，躺在凉椅上，看着房梁下两只眯眼睡去的燕子出神。窗外，布谷鸟响彻大地的鸣叫，正一声一声传来。

我在这样的叫声中，想象弟弟带着威严的弹弓，一脸孤傲地游荡在田野里。风一阵一阵地吹过来，撩拨着他脑后细长的“八岁毛”，也撩拨着他嗜杀的欲望。这一次，他想要射杀的，不再是随处可见、永远也消灭不尽的麻雀，而是从未现身过、却将叫声传遍整个北方的布谷鸟。

于是我做了一个噩梦。梦里渗入弟弟弹弓上的那滴已经发黑的血，忽然间变成红色的暴雨，弟弟在没有遮掩的大道上，疯狂地奔走，呼号，却始终没有人前来相救。天地间除了呼啸而至的血雨就是穿透重重红色雨幕的布谷鸟的悲鸣，复仇一样的悲鸣……

我很快从梦中惊醒。窗外依然是燥热的，天空有些阴沉，好像真的要有一场红色的血雨倾盆而下。我擦擦额头的冷汗，忽然想去寻找弟弟。

我走遍了整个村庄，又将东西南北四条大道，都飞快地搜寻了一遍。我还爬到高高的土坡上去，俯视起伏的麦田，试图在金黄的麦浪中，发现苍蝇一样隐匿的弟弟。我又穿过无边的苹果园，寻找那双瘦弱的小腿。可是，一无所获。

事实上，整个的村庄，都陷在沉入湖底一样深深的睡眠中。那些平日里跟弟弟呼来喊去的男孩们，此刻也正在自家的床上，四体横陈，呼呼大睡。

“布谷——布谷——”，那嘹亮的叫声，又响起来了。我忽然忆起寻找布谷鸟未果的那个午后，我想我要跟随这只杳无踪迹的布谷鸟的鸣叫，一直走，一直走。只要跨过那条河流，我一定可以找到梦中哀啼的布谷鸟。当然，更能够找到在血雨中呼号的弟弟。

我最终在一大片桑园旁边，遇到了弟弟。桑园距离沙河，只有百步之遥。有邻村的女人，踩着石头蹚过河来，去村头哑巴家买黄豆芽。又有男人去白胡子家的小卖铺，采购几把镰刀，或者捎一块磨刀石。来来往往的路人里，只有一个背弓的老头，赶着一头黑牛，闲闲地扫了一眼蹲在地上的弟弟。

可惜了一只布谷鸟，叫得好好的，一个石子过来，就没了命。

老头自言自语地一边嘟囔，一边挥一下手中的鞭子，以便让那只试图钻进桑园的黑牛，回归正道。

而片刻前还一脸迷惑的弟弟，忽然就在这句话之后，惊慌起来。

弟弟想要逃走，却一起身，看到幽灵一样站在身后的我。

姐姐……我……想打一只毛毛虫……却……

弟弟涨红着一张脸，支支吾吾地，想要解释一些什么，最后却被我冷冷的逼视给吓住了。就连他的“八岁毛”，也惊在了半空。

忽然，天空中一阵喧哗。我抬头，见一群鸽子正呼啦啦路过，并朝炊烟缭绕的地方飞去。

就在我仰头注视着鸽子，飞过大片大片晚霞的时候，弟弟已经随着赶牛的老头，一起消失了。

我蹲下身去，久久地注视着那只寻找了很久的布谷鸟。它已经奄奄一息，眼中带着知晓自己将不久于人世的哀伤，麻灰的身体，在轻微地颤动。它的小小的脑袋，枕在一块坚硬的石头上。我轻轻地将石头挪开，那上面已经沾染上红色的印记。它的脑袋，很快地低下去。它在这个世间最后的力气，就是那样平静地，孤独地，看我一眼。

沙河的水，依然在哗哗地向前流淌。这是村庄最普通的一个黄昏。牛在大道上哞哞地叫着，粪便从它们的身后，热气腾腾地坠落下来。女人们也在热烈地叫着，呼唤她们的“牛犊”们回家吃饭。夕阳将扛着锄头的农人的影子，拉得很长很长。

没有人为一只布谷鸟的死亡，觉得悲伤。

一切都在喧哗之中。这让人无法喘息的喧哗。

风[①]

安　宁

起风了。

我坐在一株梧桐树下看天。天空上的云朵在跟着风走，起先是一小朵一小朵的，像春天落在沟渠里的柳絮，风一来，就溜着沟沿走，谁也不搭理谁，谁也不依恋谁。那些细碎的云朵，它们没有来处，也不知去向。地上的人并不晓得这一朵云和那一朵云的区别，甚至还没有抬起头来看它们一眼，南来北往的风，就将它们全吹散了。后来，云朵就越聚越多，风起云涌，大半个天空，很快就被它们占据了。

风有些着了急，试图以更大的力，将云朵重新吹散。可是云朵却深深地在天空扎下根去，盘根错节，枝繁叶茂，任由风有再浩荡的力量，也终于奈何不了它们。

弟弟起初在树下玩泥巴，风将他皱巴巴的衣服，一次次地吹起，执拗地要寻找一些什么，可是最终连一粒糖也没有找到，于是便无聊地将衣角无数次地掀起，放下，掀起，又放下。弟弟着了迷似的，沉浸在泥塑的坦克大炮中，嘴里发出“嘟嘟嘟”的机关枪声，还有一连串“嘭嘭嘭”爆炸的声响。他连一只蚂蚁爬上脚踝都没有注意，更不用说那一股不知从何处而来的风的撩拨。

风还在持续地吹着。它们越过连绵不断的山，吹过空空荡荡的田野，拂过被砍倒在地的玉米，试图带走一枚野果，不能如愿，只好恋恋不舍地将其丢弃，又继续向前，扫荡孕育中的大地。田间的草被风吹得快要枯了，可还是拼尽全力，从泥土里钻出最后的一抹绿。那绿在风里瑟瑟地抖着，左右摇摆，不确定要不要继续向半空里流动。风冷着脸，原本想将这已荒芜的草连根拔起的，却使不上劲，于是便呼哧呼哧地喘着气，沿着一大片草兜兜转转了许久，到底还是觉得无趣，伏下身体，蛇一样嗖嗖地擦

---

① 本文刊发于《上海文学》2018 年第 10 期。

着草尖向前。

后来，风就抵达了一片久已无人照管的桑园，看到了坐在梧桐树下的我，还有在自编自导自演的战争中，呜呜喊叫不停的弟弟。他的裤子上满是泥，脸上只剩下一双黑亮的眼睛。因为太瘦了，他整个的人就隐匿在衣服里，消失不见。于是风吹过来，只听见衣服绕着一截树桩一样，啪嗒啪嗒地响着。

风一定试图带走我和弟弟，于是它们在这小小的山坡上，逡巡逗留了许久。相比起我卷曲细软的头发，它们显然对弟弟的坚船利炮更感兴趣。它们叉着腰，居高临下地斜睨着弟弟，并将他用草茎做成的旗帜，一次次地拔起。风还在半空里发出怪异的笑声，那笑声长了脚，阴阴地从四下里聚拢来，俯视着再一次将草茎插到船上的弟弟。风当然笑嘻嘻地又吹跑了那无用的旗帜，并在恶作剧后，哗啦一下四散开去。风散开的时候，同时卷走了那根草。于是那草就沿着山坡，一路打着滚，踏上未知的旅程。弟弟生了气，停下激烈的战斗，跑去追赶他的旗帜。风哼着小曲，嘘嘘地笑着，嘲弄着弟弟，并将他的所爱，吹得更远，一直到那根草，落进了沟渠，并打着旋，顺水漂向更远的地方。

弟弟在沟渠旁，站了好久，才垂头丧气地返身回来。他已经没有热情再开始另外一场战争，尽管处处都是草，他完全可以随手扯一根新的草茎，重新投入战斗。他就在一步步朝山坡上走来的时候，忽然间看到了天边风起云涌的壮美景色。五岁的他，迎着风，张着嘴巴，傻子一样呆愣在原地。他的口水顺着唇角流淌下来，好像他在看的不是大朵大朵的云，而是一大锅咕咚咕咚冒着热气的猪头肉。他还不知道“美”是什么，也不知该如何表达，于是他就“啊啊”地朝我叫着，喊着：“姐姐，快看，云要打仗了！”

无数的云聚集在一起，要跟谁打仗呢？当然是风。风浩浩荡荡地在秋天的田野里吹着，以一种收缴一切战利品的骄傲的姿态。这时候的它们，早已将村庄的大道，人家的房顶，迎门墙上剥落了颜色的不老松，庭院里的鸡鸭猪狗，全给扫荡了一遍。风明显不屑于在墙角旮旯里小家子气地兜来转去，它们是有大志向的，它们要有气贯长虹的豪迈，要有吞云吐雾的气势。于是风扭头冲向云霄，开启了一场在遥远天边的战斗。

我和弟弟抬头看着天边的云，直看得脖子都疼了，风还没有散去。风一定也有些累了，在黄昏里慢了下来。凉意自脚踝处，蛇一样一寸一寸地漫溢上来。那是风带来的凉，自更为遥远的北方大地。在更北的北方，有什么呢？森林，沙漠，河流，戈壁，还是荒原？风从那里吹过，要马不停蹄地行经多少个日日夜夜，才能最终抵达这个小小的村庄，并搅动一场与云朵的战争，且恰好让我和弟弟看到？

那时的我，去过的最远的地方，不过是热闹的县城。我连火车也没有坐过，只从父亲的口中，听说他常去送货的地方，要经过一段长长的铁轨。我于是便想象着火车呼啸而来时，风将路上的草屑卷起，落在父亲的衣领上。他微闭起眼睛，躲避着半空飞舞的尘埃。风将震耳欲聋的声音，强行灌入他的耳中。或许，父亲会像个孩子一样，用手指堵住双耳，并微微地张开嘴，好奇地注视着这庞然大物的离去。在那样的片刻，火车带走了他在尘世的哀愁，那些穷困的日子，也暂时地被忘却，或抛弃在某个灰暗的角落。一切都忽然地生了翼翅，带着似乎从未有过梦想的父亲，奔向色彩瑰丽的远方，奔向他也曾经想要驰骋天下的未来。风将一切鸡零狗碎、柴米油盐的日子推远，父亲的自行车后架上，驮着的麦子、地瓜、粉皮，都自动隐匿。在铁轨上的风快要消失的时候，父亲或许有过瞬间的冲动，想要追赶那列远去的火车，或者变成任何一个车窗内曾经给过他注视的旅客，而不管他们是否跟他一样陷在日常的琐碎中。他只想去远方，猎猎的大风吹来的远方。就像那一刻，跟着天边的云朵，一起飞往虚空之地的我和弟弟。

天一黑下来，风就被关在了房间之外。我在窗前的灯下，做着无休无止的模拟试卷。我不知道人一天天长大，为什么也要一场场考试，但我明白，这一场场考试，可以将我送往大学里去。大学在哪儿呢？当然是在远方。想到这一点，我便将心继续沉入试卷中。窗外的世界，也慢慢浸入湖水一样的安静里，于是风的声音，便愈发地清晰起来。

院子里有搪瓷盆碰到水泥台子的声音，那是母亲在洗手。她刚刚给牛铡完睡前的最后一次草，并将刷锅水倒入猪盆里，用力地搅拌着猪食。猪们早早地就听到了，扒着猪圈的墙，站起来向外看着。弟弟拿着木棍，用力敲打着一头想要“出人头地”的猪。那猪于是无奈地重新回到猪槽旁边，并用哼哼表达着心中的不满。我透过窗户，看到手电筒清冷的光里，母亲正将一盆冒着热气的猪食，哗哗倒入槽中。她的一缕头发，被秋天的冷风不停地吹着，好像墙头上一株摇摆的草。随后便是猪们一头扎进槽里猛吃的声音。墙角的虫子要隔上许久，才会在风里发出一两声低低的鸣叫。那叫声有些冷清，是一场热闹过后孤独的自言自语，无人搭理，也不奢求附和。

在父亲将自行车推进房间里来，弟弟也将尿罐端到床前的时候，院子里终于安静下来。整个村庄里于是只剩了风的声音。风从一条巷子，穿入另一条巷子，犹如一条冷飕飕的蛇。巷子里黑漆漆的，但风不需要眼睛，就能准确地从这家门洞里进去，越过低矮的土墙，再进入另外一户人家的窗户。巷子是瘦长的，门是紧闭的，窗户也关得严严的，风于是只能孤单地在黑夜里穿行，掀掀这家的锅盖，翻翻那家的鸡窝，躺在床上尚未睡着的人，便会听到院子里偶尔一声奇怪的声响，像是有人翻墙而入。但随即那声响便消失不见，人等了好久，只听见风在庭院里穿梭来往，将玉米秸吹得扑簌簌响，也便放下心来，拉过被子蒙在头上，便呼呼睡去。

当整个村庄的人都睡了，风还在大街小巷上游荡。那时候的风，一定是孤独的。从巷子里钻出的风，遇到从大道上来的风，它们会不会说些什么呢？聊一聊它们曾经进入的某一户人家里，男人女人在暗夜中发生的争吵，或者老人与孩子低低的哭泣。还有一条瘦弱的老狗，蜷缩在门口的水泥地上，有气无力地喘息。

夜晚的风一定比白天的风更为孤独。它们不再愤怒地撕扯什么，因为没有人会关注这样的表演。于是它们便成了游走在村庄夜色中的梦游者，被梦境牵引着，沿着村庄的街巷，面无表情地游走。

我终于在昏黄的灯下，做完了试卷。那时，所有的星星都隐匿了，夜空上只有一轮被风吹瘦了的月亮，细细的，摇摇晃晃地悬挂在村庄的上空，好像渴睡人的眼睛。月亮看到了什么呢？它一定洞穿了整个村庄的秘密，知道谁家的孩子，比我还要用功地半夜苦读；知道哪个始终嫁不出去的老姑娘，夜夜辗转反侧，无法入眠。它在高高的夜空上，被秋天的风一直吹着，会不会觉得冷呢？没有人会给月亮盖一床棉被，当然，也没有人会给我盖。父母已经沉沉地睡去，临睡前被训斥一顿的弟弟，大约在做一个美好的梦，竟然笑了起来。那笑声如此短促，像一滴露珠，倏然从梦中滑落。而要早起到镇上做工的姐姐，也已起了轻微的鼾声。她将被子裹满了全身，不给我留一点进入的缝隙。清幽的月光透过窗户，照在褪色的被子上，一切都是旧的：床，柜子，桌子，椅子，箩筐。一切也都是凉的。

我在上床前，猫在院子的一角，撒睡前的最后一泡尿。风把尿吹到了我的脚上，风还从后背冷飕飕地爬上来，并一次次掀动着我的衣领。我的影子被窗口射出的灯光，拉得很长，长到快要落进鸡窝里去了。我怯怯地看着那团灰黑的影子，在地上飘来荡去，觉得它好像要从我的身体里分离出来，变成暗黑中一个恐怖的鬼魂。风很合时宜地发出一阵阵诡异的呼啸声，树叶也在扑簌簌地响着。忽然间一只鸡惊叫起来，一个黑影倏然从鸡窝旁逃窜。那是一只夜半觅食的黄鼠狼，它大约被我给吓住了，很快消失在黑暗之中，只剩下同样受了惊吓的一窝鸡，蹲在架子上瑟瑟发抖。我的心咚咚跳着，趿拉着鞋子，迅速地闪进门里，并将黑暗中的一切，都用插销紧紧地插在了门外。

我浑身起了鸡皮疙瘩，也不知是吓的，还是冻的。我很快钻入了被窝，又下意识地靠近姐姐温热的身体，但朦胧睡梦中的姐姐，却厌烦地踹我一脚，便翻了一下身，继续睡去。我的屁股有些疼，却又不知该向谁倾诉这深夜里的疼痛，只能自己孤独地揉着，而后蒙了头，闭眼睡去。

窗外的风，正越过辽阔的大地，包围了整个的村庄。

午饭过后，父亲将半袋麦子放在二八自行车后座上。弟弟兴奋地围过来看，又隔着尼龙袋子，将麦粒捏得咯吱作响，好像即将去上学的是他，而不是我。

“我要去送姐姐!”弟弟向父亲请示。

“那就送你姐到公路口吧。”

“我可驮不动你。”我抗议道。

“那我就跑着！我要跟洋车赛跑！我还要跟风赛跑!”弟弟的胸脯高高地挺着，一副自信满满能超越风的样子。

我只好用沉默表达同意。

弟弟立刻化成一股风，将我的书包从房间里提出来，他还装了一个大大的烧饼，于是书包便鼓鼓囊囊的，丑了几分。我看了心烦，将烧饼掏出来，气呼呼地扔回房间里去。弟弟却依旧笑嘻嘻的，看我出来，推动车子，他便瞬间飞奔至大门口，又忽然停住脚步，回头注视我推着车子，摇摇晃晃地向他走去。

我想甩掉弟弟，便在走出巷口后，趁他不注意，跳上自行车奋力蹬了起来。风有些大，又是顶风，于是我的计划执行起来便有些吃力。但我却硬起心肠，不打算回头去看弟弟。我只听见他跟在我的车子后，快乐地奔跑着，嘴里还发出啊啊啊的喊叫声。风在耳边呼呼地响着，风也一定在奋力向后扯拽着弟弟的双脚。我听见弟弟在呼哧呼哧地喘着粗气，他的脸一定也是红红的吧，我想。我能感觉到他在车后几米的位置，却始终追赶不上。但他越来越近的喘息声，又告诉我，他一定可以将我追上的。于是我又故意加快了蹬车的速度，但风也跟我较劲一般，把我用力地向后拖拽着。车子摇摇晃晃，半袋麦子眼看也要坠落下来，我有些泄气，恨不能跳下来，自己扛起麦子走人，将一堆废铁留给讨人嫌的弟弟。可是我又不想在他面前丢掉最后的颜面，便硬撑着，低头弯腰费力地蹬着车，好像那个倒霉的骆驼祥子。

忽然之间，车子变得轻了起来，犹如生了翼翅一般，我几乎想要高声歌唱，并放慢车速，怡然自得地欣赏一下风吹过秋天大地的美，或者深情地嗅一嗅泥土里散发出的成熟谷物的芳香。至于那个总是留着长长鼻涕的脏兮兮的弟弟，我才懒得理他。最好他化作一阵风，从我的面前彻底地消失掉。

可是没有，他依然在后面撒欢地奔跑着。只是，他在推着后车架奔跑。我低头，看到他的双脚，小马驹一样欢快地跳跃着，脚上的布鞋照例顶出一个洞来，看得见倔强的大脚趾，笑嘻嘻地探出头来。风将他包围着，但他有的是乘风破浪的力量，我觉得身后的弟弟，变成了一尾鱼，于波涛之中，奋力地向前。风一次次将他推回到岸边，他又一次次执拗地跃入汪洋之中。他甚至对这样的游戏乐此不疲，并用大声的呼喊，表达他内心的快乐。

“姐姐，我们一起跟风比赛吧！”

但他并不等我的回复，便跳到车子的前面去。这次，我看到了他奔跑的样子，瘦瘦的，两条小腿，在裤管里荡来荡去，好像那里是两股无形的风。后背与前胸上的衣服，快要贴到一起了。我觉得弟弟又从鱼，变成了纤细的纸片人，或者一只柔弱的蝴蝶，一阵小小的风，都能将他从这个村庄里吹走。可是他却丝毫不觉得自己的弱小和卑微，他的内心里涌动着强大的力量，这力量大到不仅可以对抗那一刻的风，还能对抗整个的世界。

是的，那一小段路，他追赶的不是我，也不是风，他在追赶他自己，一个被我嫌弃的小小的自己。

他就那样在我的前面跑啊跑，跑啊跑，有那么一刻，我甚至希望这条乡间的小路，永远都不要有尽头，就像这个世界上的风，也永无休止一样。我跟着他，奔跑到哪里去呢？我不知道，我也不关心。我只想这样注视着他瘦小的背影，倾听着他清晰的呼哧呼哧的喘息声，就像我们是在一条时光隧道里无休无止地奔跑，而这条隧道的尽头，则是成年之后，不复昔日亲密的我们。

风果然在很多年后，将我和弟弟蒲公英一样吹散了。我跟随着风，去往北方以北，那里是所有风的源头，无数支风，犹如千军万马，从沙漠、草原、戈壁一起出发，向着无尽的南方奔去。当我站在荒凉的戈壁滩上，看到沙蓬被大风裹挟着，漫山遍野地流浪，什么东西将它们拦住，它们就停留下来，将种子播撒在那里。一株沙蓬草，究竟能走多远呢？当它们的双脚，被石块、泥土、沙蒿、柠条或者大树牵绊住的时候，它们的心底浮起的，究竟是宿命一样的悲伤，还是终于寻到归宿的欢喜？有谁会关心一株沙蓬一生颠沛流离的命运呢？它们没有双脚，却借助风，在北方大地上游荡。如果幸运，一株沙蓬会遇到湿润的泥土，生儿育女，繁衍不息，而后将它们的流浪精神，完美地复制给后代。于是秋天一来，沙蓬这一大地上的浪漫种族，便跟随着风，开始了一场大规模的迁徙。它们穿过山野，戈壁，荒原；越过黄河，沙漠，村庄。它们一定比一个人漫长的一生，历经过更多的风景。它们看到过一头牛行走在草原，一个人赶着马车孤独前行，一只鸟巢在半空中摇摇欲坠，一株树被雷劈开死在荒野。它们在风里互相追逐奔走的时候，一株沙蓬会不会跟另外的一株说一会儿话？会不会像我和弟弟，在村庄大道上一前一后地飞驰，互不言语？如果某一天它们走丢了，是不是永远不会再有相见的日期？爬山调里唱，“我是一棵沙蓬草，哪搭挂住哪搭好”，这歌声里，蕴蓄了怎样一种对于命运的顺遂与无奈啊！

当我在蒙古高原上，写下这些文字，又想起那个孤独的午后，我和弟弟站在风里看天上的云。风最终将那些形形色色的云全部带走，不留印痕。风也带走了村庄里许多的人，他们或者寂寞地死去，或者沙蓬一样，流浪进城市。风最终将一个老去的村庄，丢给了我。

而这时，如果我回到村庄，蹲在墙根下，眯起眼睛，晒晒太阳，我一定又可以听到风的声音。那声音自荒凉的塞外吹来，抵达这堵墙的时候，已经是春天。风暖洋洋的，在我耳边温柔地说着什么。去年的玉米秸，在风里扑簌簌地响着，它们已经响干响干的，一点火花，都可以让它们瞬间呼隆呼隆地燃烧起来。空气中有一种甜蜜的、好闻的又热烈的味道，那味道似乎来自遥远的童年，在我还是一个孩子的时候。那时，我依偎在母亲的怀里，小猪一样拱啊拱，拱啊拱，最终，我寻到了世间最幸福的源头——母亲的乳房。

那一刻，风停下来。

整个儿的世界，都是我的。

万物相爱[①]

安 宁

一

在沂水河畔的王羲之故居，我停留了一个下午，并爱上了园中两株缠绕而生的树。

这是冬天。50 万年以前，人类的祖先就在此地繁衍栖息，并创造了远古熠熠生辉的东夷文化。冬日稀薄清冷的阳光穿过阴郁厚重的云层，悄无声息地洒落在居于老城一角的园林里。垂柳，竹林，楼阁，古刹，砚台，水塘，石碑，一切都静默无声，仿佛千万年的苍茫云烟横扫而过，这座古城却波澜不惊，这里依然是孕育了曾子、荀子、王羲之和颜真卿等风流人物的琅琊古郡，依然活在嗜酒暴烈的东夷荒蛮时代。

园林里人烟稀少。古城里的人们，在忙着生计，忙着追逐，忙着琢磨，忙着繁殖。进入园林之前，我在被大坝拦腰截住的一段浩荡的沂河水域上，还看到一些漂浮在水面上的死鱼，它们惨白的肚皮，向着灰扑扑的天空，发出生命最后的尖叫。秋天里飘落的树叶，鸟儿衔来的草茎，大风卷来的尘埃，某个男人扔下的烟头，这些原本无缘聚合的人间事物，此刻，它们簇拥着一条条怒目圆睁的鱼儿，发出低低的哭泣。河水一遍遍冲刷着高高的堤坝，瑟瑟冷风带来冬日干枯草木的气息。没有人关心一条鱼的死亡，正如一条鱼永远不懂得人类的悲欢。一道栏杆，将烟波浩渺的水面与冰封的大地隔开，也将不同生命间互相抵达的通道隔开。而在大坝的右侧，河水正如谦卑的旅者，以千百年来未曾改变过的自由的姿态，缓慢地流经平原、山丘、湿地，并一路向南、向东，最后汇入黄海。

一条河将根基扎进大地，却将它的一生，放逐在路上。一株树的一

---

① 本文刊发于《文学港》2020 年第 8 期，中国作家网 2020 年 8 月 12 日转载，《散文·海外版》2020 年第 10 期转载，入围“北京文学”公众号发布的 2020 年中国当代文学最新作品排行榜。

生，则始终驻守在脚下，至死都不会离去。一条河把爱与柔情交付给大地、水草、游鱼、云朵、风雨，一条河也可以与另外的一条，汇聚于大海，相守于汪洋。而一株树，却要以合适的距离，在很多很多年中，不停地向着大地和天空伸展，才能与另外的一株，枝叶相触在云里，根基痴缠在地下。否则，它们终生都只能遥遥相望，依靠一只只偶然飞落的鸟儿，传递呼吸，浸染绿意。

可是，就在这片午后寂静的园林里，我却在一个角落，发现了两株深情相拥的树。我不知道它们叫什么名字，在沉寂的冬日，它们一览无余地站在那里，犹如刚刚降临大地的婴儿，全身赤裸，枝干洁净，嫩叶尚未萌发，花朵也无征兆。或许，它们根本就没有花朵和果实。它们可以被叫作桃树、杏树、李树、槐树、榆树，或者女贞。它们素朴简洁的枝干，犹如隐入人群便消失不见的普通人。它们出现在你的面前，又立刻混入千万株树木，让你忘了它们是其中的哪一株。如果你回来寻找，一定会在园林中怅惘失神，仿佛它们已经从大地上消失，仿佛它们从未出现在这个星球上。你只听见风化作游蛇，穿过冰冷的树干，从枝蔓横生的法桐，到直插云霄的白杨，再到窸窣作响的竹林，还有尚存一丝绿意的草地。最后，风席卷了你的身体，你看到满目萧瑟，却只有易碎的阳光，遍洒大地。

但我却决定为两株不知名姓的树，停留下来。因为，我的双脚被它们起舞时发出的幸福的尖叫阻止，似乎前方是满地荆棘，我不得不惊慌地收住前行的脚步。如果两株树遥遥相望，一株居于普照寺旁，每日沐浴晨钟暮鼓；一株长于洗砚池边，在鹅叫声声中，临水静默，我必会将它们忽略。但它们却簇拥在一起，仿佛从一粒种子时，就相约不弃不离。也或许，人们刚刚将其中的一株移植到园中，另外一株饱满的种子，便被鸟儿衔着，从远方风尘仆仆地赶来。此时的春天，刚刚抵达临水的古城，万物在鸟雀的鸣叫声中，睁开惺忪的睡眼。一切都是新鲜蓬勃的。煦暖的阳光慵懒地洒满园林，迎春的花朵早已开到荼蘼。僧人诵经的声音，让人想要倚在春天的墙根上，舒适地眯眼睡一会儿。这只从南方飞来的鸟儿，在这璀璨的春光里有些眩晕，于是它张开喉咙，放声歌唱。那粒种子，就这样悄然滑落，隐入泥土。没有人在意一粒种子的消失，就连当初千里迢迢带它来到此地的鸟儿，也呼啦一声飞入高空，将它忘记。于是它在春雨中，永不停歇地向着泥土的深处伸展，又在春天的声声呼唤中，越过其中一株盘绕的根基，在某一个清晨，顶着晨露，破土而出。

许多年后的某一天，我无意中途经此地，看到了这两株将生命舞成热烈的“8”字形的树。夏天时满树氤氲的绿色，已经零落成泥。瘦削的树枝在干冷的草坪上，投下恍惚的影子。它们有着相似的冷寂与淡然，园林中的一切，钟声、鸟鸣、人语、水声，全都化为可有可无的背景。就连日月星辰，也都无关紧要。它们就这样日复一日地相爱，起舞，如痴如醉，物我两忘。一阵风过，它们亲密挽着的手臂，也只是发出细微的颤抖。

它们是如何在漫长的岁月中，执拗地相爱，沉默地起舞，义无反顾，不弃不离？一墙之隔的洗砚池小学校园里，每日传来孩子们的欢声笑语。大雄宝殿里僧人念经的声音，日日穿过故居围墙，散落书院街巷。故居对面的天主教堂，在商贩的叫卖声中肃穆地静立。世间的一切事物，都在这个古城里，按照生命的法则，落地新生，或者衰老死亡。唯有这两株无名的树，世人将它们忘记，它们也忘记世人。它们只为爱情而生。于是，在日月星辰周而复始的交替中，它们默默地积聚着力量，最终跳出这场惊心动魄的生命之舞。

这是两株树无声无息的舞蹈，没有音乐，没有观众，没有掌声。它们指向天空的枝干，正引吭高歌。歌声比水塘中任何一只肥美的大鹅发出的声响，都更高亢嘹亮。它们旁若无人地起舞，私语，倾诉，凝视。以天为幕，以地为席，根基缠绕着根基，枝叶牵引着枝叶，额头轻触着额头。一曲终了，便继续新的。它们要将自己嵌入对方的身体，于是舞蹈便永无休止。

我站在那里，因为这一场盛大的舞会而身心震动。我知道除了人力拔除，没有谁能阻止这一场树与树的深爱。它们来自完全不同的生命，却奇异地相拥在一起，成为完美和谐的一体。这大自然鬼斧神工的造化，终于臣服于两颗心发出的强大的呼喊。

一株树爱上了另一株树，于是它们忘记一切，决定起舞。

我这样想着，深情地再看一眼它们，便转身离去。

二

在北京，一切相距都很遥远。仿佛从南到北、从东到西，隔着十亿个光年的距离。

住在东六环的人，跟住在西六环的人，可能一生都不会相聚。即便在早晚六七点钟的地铁里，东西南北蜂拥而来的人们，化为鼹鼠，钻入血管密布的地下心脏，并在穿越城市心房的呼啸的车厢里，摩肩接踵，耳鬓厮磨，亲如手足，但他们依然不会相爱。

住在通州的一个朋友，他每天有三个小时，穿行在地下迷宫一样的地铁里，嗅着来自天南海北的人身体里散发出的可疑的味道。他从未跟任何一个与他同一车厢的人产生过交集，仿佛他们是他呼啸而过的人生列车上，窗外转瞬即逝的背景。但他却在去年的夏天，孜孜不倦地向我讲述过一只斑鸠，如何在他家的小花园里孕育宝宝的过程。他在城市巨大又孤独的轰鸣中，爱上一只迸发出原始生命繁殖之力的小鸟。

一个寂寞的雪天，我从快要将我五脏六腑颠出的地铁里走出，一脚踏进石景山路。夏天时遮天蔽日的高大的白杨，被一场大雪洗去了铅华，此刻，在淡蓝忧郁的天空下，现出洁净素雅的美。枝头的树叶，在刚刚过去的风雪之夜，彻底放逐了自己。昔日枝蔓芜杂的树干，变得清瘦起来。人们看向天空的视线，便愈发地开阔空旷。仿佛这世间的隐秘与喧哗，全都消失不见。于是天空清洁为天空，大地回归为大地。

大道两边的草坪上，积满了雪，阳光穿过层层的枝杈，洒落在哪里，哪里便银光闪烁，散发出奇幻之美。树下的积雪稀薄，枯草便顶着冰冻的雪粒，在冷风中瑟缩着身体。灌木的枝条被雪压得很低，眼看着快要撑不住了，忽然一只喜鹊扑棱棱飞过，翼翅扫过枝条，积雪四溅开去，宛若一场突如其来的绚烂的烟火。

雪松，柳杉，刺槐，白蜡，银杏，圆柏……一株株形态各异的树，在雪地上错落有致地静立着。被一场大雪过滤后的空气，氧气充足，让人迷醉。这清寂无边的午后，让人心里空荡荡的、冷清清的，好像需要去哪儿寻找一簇火焰，点燃这沉默却又鼓荡的激情。

然后，我便在一条巷子斜伸出来的拐角，看到了那株正在燃烧着的绚烂的金银木。为了这惊鸿一瞥，它似乎等待了很久，又蕴蓄了一整个夏天的激情。那时，它还是开满白色花朵的一株树木，在喧嚣的街头，安静地站在一排白杨的身后，好像它们在烈日下投在草坪上的无足轻重的影子。夏日的花朵太繁盛了，它们热烈地拥挤着，吵嚷着。在大地上争奇斗艳，又在半空中暗香浮动。它们直白地向这个世界呈现着自己，却又因万物皆生机勃勃，而被世人忽略。在这场浩浩荡荡的绽放中，没有人会注意一株金银木，它的花朵并不张扬，甚至在色彩缤纷的夏日，这黄白间杂的颜色，被密密匝匝的树叶遮掩着，会被人忘了这是一株正在开花的树。事实上，它们只能被叫作灌木，而不是树木。它们介于花草与树木之间，在街边的花园或者远郊的小树林里，它们纷乱的枝条，与高大的法桐、水杉或者松柏相比，缺乏动人心魄的力量；而跟小巧婀娜的花草相比，它们了无章法的散乱身姿，又不能唤醒人们内心的柔情。

每天有无数匆匆忙忙的上班族，从这株金银木身旁经过，他们连看也不会看它一眼。它漫溢的芳香，好似山间清浅的溪水，被城市巨大的轰鸣声淹没。每一个白日与夜晚，骑单车的人，开豪车的人，快步跑的人，慢步走的人，还有地上奔跑的公交，十几米以下疾驰的地铁，万米高空上正穿过云朵的飞机，他们都会经过这一丛灌木，但如同经过一片荒原，这株努力向着星空生长的金银木，并不曾被某个人记住它瞬间的芳华。它所站立的地方，拥挤喧哗，又形同虚设。

夏天很快过去，迎来万物肃杀的秋天，树叶雪花般纷纷扬扬地从枝头飘落，天地日渐现出眉目清晰的轮廓。这株像樱桃树一样浑身挂满红色小灯笼的灌木，开始跳入人们的视野。当秋风卷起满街的树叶，哗啦哗啦地在大道上奔跑，或者绕着皮鞋布鞋运动鞋高跟鞋飞旋的时候，这株金银木只是安静地站在那里，像一个羞涩的新娘，或者孕育着婴儿的幸福的母亲。没有什么能打扰它的宁静。路过的云朵投下一小片阴影，却也只是让它的一部分隐匿在其中，它更绚烂夺目、晶莹剔透的红，在秋天高远的天空下，静静闪烁，不张扬，也不卑怯。那一刻，它是天地间自由诗意无为的存在。

风愈发地紧了。风将硕果累累的秋天赶走，并将自己从一条紧贴地面的冰冷的青蛇，变成席卷了整个城市的呼啸的游龙。风带走了酸枣、银杏、山楂、沙果、葡萄、板栗、毛榛，带走了一切坠向大地的果实，却让金银木的枝头，以愈发浓烈的红，在小巷与大道相交的拐角，火一样燃烧。

风还带来了一场又一场雪。大雪将世界变得洁净，昔日的喧哗与躁动，被冰封成琥珀，在阳光下闪闪发光。一切都是悄无声息的，即便发出声响，也是一只喜鹊落在雪地上，跳跃时惊起的雪落的细微声音。风缓缓吹过，杨树枝干上的积雪，便梦幻般扑簌簌地落下，仿佛一场新的飞雪，又忽然轻盈地降临人间。

住在东六环与住在西六环的人，都走到这里。同样途经此地的，还有一个外地的打工者，一个定居北京十年的新移民，以及偶然途经北京的我。人们都停下脚步，被这雪后满树热烈的红色吸引。风在这个时刻，没有了声息，似乎为了这一簇炫目的红，它悄然消失在崇山峻岭般的高楼大厦之间。天空是清澈透明的蓝，空气中弥漫着积雪洗过的清冽充裕的干枯植物的气息，这气息来自顶着雪花的干草，沉睡的树木，沧桑的松柏，埋藏在雪下的红隼的羽毛，雨燕干燥的粪便，以及鸟雀热爱的金银木酸甜可口的果实。

在寒冷的冬天，日日被觅食的鸟儿们环绕的金银木，并未现出稀疏苍老的面容。它像傲雪的一束火，在洁白的草坪上不息地燃烧着。每一个路过的人，都会放慢脚步，看一眼这熊熊燃烧的火把，而后被缀满枝头的“小灯笼”映红了的疲惫的脸上，便会溢出一抹轻松的微笑。那微笑仿佛依偎着炉火许久，散发出一抹橘红的暖意。

就在这个时刻，那些在北京奔波谋生的人们，他们每日被轰隆轰隆的地铁碾压过的心，忽然发出一声声深情的呼唤。他们想称呼这一株雪中怒放的金银木，叫它母亲、爱人、姐姐、妹妹，甚至故乡。它是他们的亲人，他们在这个人间的一切哀愁、希望、悲欢，都被这一簇火焰点燃。他们因此觉得幸福。仿佛在这个城市奔波劳碌的一切岁月，都具有了崇高的意义。

我驻足停留了片刻，确认已经将这一簇永不熄灭的火，植入了心里，便微笑着继续向前。

三

十月末夜晚的闽西山区，重峦叠嶂泼墨一般，与漆黑的夜色融为一体。车在不知有多少道弯的山路上，犹如一条幽灵般的长蛇，无声无息地蜿蜒向前，并发出静谧的嘶嘶的声响。长途跋涉让我有些劳累，而灵蛇山又不知何时抵达，在车驶入又一个新的漫长无边的隧道之前，我终于疲惫地闭上了双眼。

不知过了多久，我感到一丝沁凉的风，自车窗的缝隙中吹来，仿佛暗夜中忽然绽放的花朵，缕缕香气从娇嫩的花蕊中溢出，浸入身体每一个敏感的神经末梢。我慵懒地睁开眼睛，随即吃惊地发现，一轮硕大的橙红的月亮，正离我如此之近，似乎只要打开车窗，就会触手可及。此刻，它宛若一个楚楚动人的少女，羞涩地躺在群山之间，将视线好奇地投向人间。人间有什么呢？似乎什么也没有，除了它自己洒下的漫山遍野温柔的月光。

山路盘旋向前。于是那轮月亮，便时而化作摇篮，静谧地悬挂在天际；时而躺在前方公路的尽头，调皮地等待我们的车开近；时而与我们捉迷藏，躲到天窗的上方；时而隐入深山，并在一个拐角，猝不及防与我们相遇。如果此时我飞到月亮上去，俯视人间，看到我所乘坐的汽车，一定像一只离开家族的固执的瓢虫，或者迟迟不肯睡去的孤独的飞蛾，沿着阒寂无人的通向无尽远方的公路，做一场长途探险似的飞行。月亮于是一路追逐着它，逗引着它，并因酣眠的人间竟然还有陪它夜行的生命，而觉得快乐。

有那么一刻，我希望我们的车永远不要抵达终点。我不想看传说中的灵蛇山了，因为月光下的每一座山，都已幻化成舞动的精灵。我也不想见山中隐居的僧人了，因为跟着月亮飞翔，内心比僧人还要自由。至于期待的万千繁星，它们正在我的头顶，熠熠闪光。此时的风，也是轻的，似乎怕惊醒了沉睡中的蜻蜓、鸟雀、松柏、湖泊。就连河流也静寂无声，像一只屋檐上的猫，穿越月光笼罩下的村庄和农田。如果酣眠中的大地也有梦境，那梦一定是柔软的，飞翔的，轻盈的，花瓣一样细腻光滑的。仿佛月亮有一只魔法棒，轻轻一挥，整个世界便瞬间陷入深深的睡眠。大地宁静，月光温柔，生命在睡梦中发出轻微的战栗。一切恍若死亡，这永恒的依然会苏醒的死亡。

我因这一轮清幽又热烈的月亮，想起了许多个有月亮的夜晚。

有一年，临近春节的冬天夜晚，我在北京五环外人烟稀少的途中，路过一小片树林。积雪尚未融化，一群乌鸦忽然扑棱棱飞起，惊落满树晶莹的白。月亮镶嵌在天窗上，从未离开。这是一片荒野，道路两旁高大的树木，在月光下静默无声。侧耳倾听，有风声自树梢上簌簌传来，仿佛一只无形的手，在轻轻拍打着什么。大大小小的鸟巢，像一团团幽静的暗影，栖息在高高的树干上。每一个巢穴，都是一个宁静的家园，有等待爱人的妻子或者丈夫，也有渴盼父母的嗷嗷待哺的婴儿。只是此刻，它们都睡着了，万籁俱寂，了无声息。只有车驶过不平整的马路，发出一声愧疚的颠簸。除此之外，便只有人细微的呼吸，在夜色平缓的流动中，怕惊扰了什么似的，蹑手蹑脚，进进出出。而月亮，则在长达两个小时的行驶中，一直透过天窗，将洁白的月光，洒落在我的左手上。我伸开掌心，注视着这一小片游动的水银，看它含着笑，那笑是清甜的，活泼的，山涧的溪水一样，带着湿漉漉的凉意，沁入我的肌肤。我和开车的朋友，一路注视着这一小片月光，彼此微笑着，却什么也没有说。

还有一年，在成都湿热的夏日夜晚，我关了房间的灯，坐在26层的飘窗上，俯视整个灯火通明的城市。四周一片寂静，仿佛有一条星光璀璨的河流，正缓缓穿越整个城市。草木繁茂，雨水丰沛，桂花树在湿润的夜晚向疯里长。每一个角落里都是生命，拥挤的生命，密密匝匝的生命，尖叫的生命。就连野猫，也在天地间放肆地呼唤着可以共度一刻春宵的伴侣。而我，坐在高处，倾听着这一场人间的隐秘，仿佛一个通灵师，忍不住想要抬头仰望上苍。我就在那一刻，看到一轮浑圆的月亮，挂在高高的夜空。

这是一轮贪恋人间烟火的月亮，所以它圣洁却又不失妩媚，娇羞却又不乏野性。每一点暧昧的月光洒落下来，都会导致一桩人间的引诱事件。于是，湿漉漉的夜晚，草木们想要一场可以放肆尖叫的爱情。昆虫们匍匐在茂密的草丛里，被月光撩拨得蠢蠢欲动，它们想冲破黑黢黢的夜色，飞到月亮上去，它们想大声歌唱，就像举办一场声势浩大的大合唱。它们想要性爱，生儿育女，繁衍不息。它们想在人类的睡梦中，完成生命的交接。一只岷江上的蜉蝣，此刻就在这撩人的夜色下，完成了它存活于世的唯一的使命——婚配。就在短短的数小时内，它们浪漫地在江面上飞翔，歌唱，絮语，产卵，而后生离死别，永不再见。此时，桂花尚未绽放，枇杷早已上市，桃子鲜嫩欲滴，夜市上有醉鬼摇摇晃晃地走过；而一只蜉蝣，却在月光下，尖叫着度过了它完美的一生。没有人听到它的叫声，犹如没有人听到万千植物在潮湿中完成的爱情的宣言。只有一个倚在高楼上的人，和一轮风情万种的月亮，无意中瞥见了这一场末世般的狂欢。

千百万年以来，一切都在发生变化。植物消亡，动物灭绝，人类死去，王朝更迭，但月亮，这将清幽的光遍洒荒野、草原、城市、村庄和古寺的月亮，这见证着人间悲欢、生命传奇的月亮，始终一言不发。

四

还在前往阿尔山的路上，便有一种进入人间仙境的恍惚。道路上人烟稀少，只有乘坐的大巴，在阳光下耀眼的雪地上，发出寂寞的声响。

两边是绵延不绝的森林，因为相隔遥远，所有的树木看上去，便如灰黑色的粗硬的头发，生长在高低起伏的群山之上。这是大兴安岭西南山麓的一个部分。这粗犷壮阔、横亘东北西南的原始森林，总让人想起开天辟地的盘古。《山海经》里最早记录的颇似盘古雏形的人脸蛇身的神怪——烛龙，恰好也生长在北方的极寒天地。这伟大的盘古之神，历经一万八千年，终于劈开天地，而他自己却累倒在地，其后他身体的每一个部分，都化为苍茫的大地："气成风云，声为雷霆，左眼为日，右眼为月，四肢五体为四极五岳，血液为江河，筋脉为地里，肌肤为田土，发髭为星辰，皮毛为草木，齿骨为金石，精髓为珠玉，汗流为雨泽，身之诸虫，因风所感，化为黎甿。"盘古将身体上攀爬的寄生虫，化为黎民百姓，可见宇宙之中，日月星辰、草木金石、江河五岳，皆比我们人类更为长久永恒。在这个星球上，人类不过六百万年的历史，恐龙却生活了1.6亿年，而与恐龙同时代的蜜蜂、虱子、蟑螂、海龟、龙虾，则至今依然生生不息。但当我站在高处，注视着被群山包围、积雪覆盖的阿尔山，这个犹如一滴圣洁的眼泪一样的小镇，依然忍不住为酷寒中认真生活的人们动容。风从更为遥远的西伯利亚吹来，又被重重的落叶松、樟子松、云杉、白桦阻挡、过滤。当它们抵达这个零下三十多度的小城时，便放慢了脚步，停止了呼啸。它们甚至不忍心拂去树梢的雾凇。于是阳光下的风，便几乎消失了痕迹。人们只有在肥胖的喜鹊在林间啄食草籽的时候，会看到风轻轻拂过羽毛；或者在明亮洁净的阳光下，看到被积雪几乎全部掩盖的草尖，正耸着单薄瘦削的身体，在风中发出轻微的颤抖。

大巴车将人们停放在小城边上，便继续前行。人拉着行李在雪地上向前，走了很久依然见不到人烟，会有一种与世隔绝的感觉。但这样的隔绝，并不让人觉得恐慌。仿佛时间在此凝固，这里化为极昼，阳光穿越厚厚的冰层，努力温暖着人间。生命可以长达九千年的云杉，与寿命三百年的白桦，以及在世不过百年的人类，共同栖息在这片高寒的大地上。天空是让人忧伤的蓝，那里空无一物，却又似乎纳括了人间的一切哀愁与欢乐。就在与天空一样散发出蓝色光芒的雪地上，无数匹马，正将温热健壮的身体，探入大地，寻找睡梦中的牧草。

在长达7个月的冬天里，阿尔山有着不被游客打扰的宁静舒缓的节奏。这时的森林、温泉、火山、湿地、山川、湖泊，重新归还给居住在这里的人们。一切都在沉睡，一切又似乎苏醒，以一种纯净的梦幻般的色泽苏醒。素白的山林将这个小城装扮成北欧的童话王国，赶马车的人在大街上响亮地甩着鞭子，啪嗒啪嗒地走过。马和人口中呼出的热气，很快凝结成冰，连同悬浮的尘埃一起冻住。

沿着住处左侧的小路一直向上走，会看到许多人家的院子，散落在山脚下。一只狗不知从谁家突然间窜出，看到来人，并没有狂吠，而是友好地歪着脑袋，等待那人小心翼翼地走近。家家户户的屋檐都被积雪覆盖，于是木头栅栏围起的院子，便像一个小小的白色的城堡。就在这热气腾腾的城堡里，女人们正为一顿丰盛的午餐忙碌不休。继续向小巷的深处漫游，会听到刀与案板在热情地跳着踢踏舞。这是元宵之前的小城，人们依然沉浸在过年的喜庆里，游客们还遥遥无期，除了牛羊马群，人们只需要为家人的一日三餐忙碌。有白胖的女人走出门来，隔着低矮的栅栏，微笑着跟邻院的女人说话。栅栏上倒挂着一只奶桶，一双破旧的牛皮靴正站在两块木头中间思考人生，鞭炮红色的碎屑星星点点地洒落在木桩上。再有一场大雪，或许连这些琐碎日常的事物，也将一同消融在无边的白色之中。这些隐匿在高楼大厦背后的古老村落，这些与森林山脉自然相接的小小庭院，这些悄然消失在积雪中的妇人的絮语，让我恍若在虚幻的梦中游荡。

在阿尔山，乡村与城市、森林与草原、群山与平原、湖泊与河流，和谐有序地交织在一起，仿佛树木的年轮，自由流淌，无约无束，却又遵循着自然的法则。马群在山脊上游荡，红色的马鬃在阳光下闪闪发亮，犹如燃烧的火焰。森林包裹着这一束束火焰，在白茫茫的大地上，向着天空无尽地生长。它们与林中赶马的人，空中翱翔的鸟儿，庭院里传出的轻微的咳嗽，共同构成人间的某个部分——彼此依赖又相互敬畏的部分。

万物有灵，阿尔山的温泉，这从地下汩汩流出的温热的水流，也一定汲取了天地日月的精华，具有了某种神秘的力量。当它们流经我年轻羞涩的身体，流经光洁圆润的石子，流经赤身裸体坐在一起说说笑笑的女人们，流经那些几乎看不出性别的佝偻的老妇，一种源自森林雾霭般的清新的水汽，瞬间缭绕了我。就在这清澈的泉水中，我第一次发现了身体的美。这不染尘埃、不着一物的身体，如此洁净，似乎，它生来就属于生机勃勃的山野。

就在这座圣洁的小城里，一粒种子偶然间植入我的身体。她历经十月，平安抵达这个尘世。我为她取名阿尔姗娜（蒙语“阿尔山”的汉语音译，意为“圣洁的泉水”），因为我曾途经这里，看到过蓝天与雪山、森林、马群猝然相接时的动人心弦，也看到过一滴晶莹的泪珠镶嵌在群山之间；风吹过大地，却不曾留下锋利的刮痕。一只鸟儿扇动着翅膀，掠过冰封的湖面。就在这人迹罕至的酷寒之中，却处处都是生命的跃动：这与广袤自然和谐交融的生命，这弥足珍贵并在宇宙中留下过往印记的生命，这与天地日月一样永恒不息的生命。

时代之殇中的朱安

崔　荣①

这里是孕育诸多人杰，更见证无数时代之殇的北京。清秋，我站在西三条鲁迅故居的光影中。这所故居由鲁迅自己设计，九十多年前，他在此写下向自己内心和前路艰难求索的散文诗集《野草》，暂居两年却是思忖良久之后，鲁迅离开居留了十多年的北京，挣脱将近二十年的、早成空壳的婚姻，向自己的新生活走去。

而在北京故居里终老，并在他们的婚姻中在此居住了最长时间的人，是他的原配夫人朱安。虽然在鲁迅离开北京后，两人山南水北再无交集，但这对夫妻在一个时代中生活，他们各自握着手中命运给予的门第、容颜、教育经历和性情，应对无处不在的时代时，他们都曾无奈服从，也都曾奋力相搏，可步调从未一致，这让这对夫妻在婚姻缔结之初就已分道扬镳，此后无论生活和命运，都是如此。

1906 年到 1936 年，在他们咫尺天涯般的三十年时光里，西方的理念、现代的意识所构筑的新生活似乎已然在望，事实上却遥遥无期，封建性的观念和意识的改变绝非一时一日，再加上军阀混战与异族入侵对思想启蒙进程的阻隔，远处与异域难以到来的微光更映衬着当世之时一切的滞重与混乱。“铁屋子”，这是鲁迅对他的时代的描述，恰恰说出了那个时代的时代之殇：无边黑暗、无形阻隔以及无望未来，所有人都处在其中，包括鲁迅和朱安。这是鲁迅和朱安作为夫妻唯一的共同财产，一个泥沙俱下漏洞百出的时代。他们都在时代新旧交替的历史进程中，也被笼罩在忽明忽暗时代所投下的陆离暗影中。

“铁屋子”的形象说法说出的，还有人与时代的关系。鲁迅和时代的关系是，时代曾极大地伤害过他，而他也在遍体鳞伤的同时将所受的中伤与绞杀，转化为写作的养料，其间爱恨交织光影斑驳，然而最终的结果

① 崔荣，内蒙古大学文学与新闻传播学院教授，文学博士。

是，无论作为作家还是作为男性，鲁迅都在与时代的搏击中主导着自己的生活和生命，他留下的几百万文字，是这位内质如钢铁般的文化英雄留下的与时代作战的证物，他批判的同时也记录着时代的不堪与荒诞，时代之殇也就在最终极的意义上于他无伤。

一生都在铁屋子之中，甚至在鲁迅逝世之后又独自生活了十一年的是朱安。鲁迅说她是一件来自母亲的礼物，她是一件无声的礼物，又是铁屋子一样的时代的无辜牺牲。在她生活的动荡年代，时代的伤害又在她这里全都被她驯顺地吞下，她暗暗自苦、不声不响，背影纤细安静，直至1947年去世。她被她的时代吞没，留给世人的只是留在别人的传记或是报道文字中的三句话。

第一句话是，“大先生都不同我讲话”。按照常理，一个母亲送儿子成年礼物，哪怕这礼物是给儿子选的一个媳妇，都不会差。更何况，这件礼物关乎家族的未来和日常生计的正常运转。在鲁迅母亲鲁瑞目光所及的范围内，朱安是最优选择。她家境小康，性情温顺，倒是鲁迅的故家，在鲁迅十多岁后就随着父亲病重和祖父入狱而家道中落，只是鲁迅在离开故乡后一路远走，凭官费留学到了日本，也算是这个曾经的翰林之家门楣生辉，哪怕再败落，也风骨自存。朱安不识字，还是小脚，但不识字、小脚在那个时代是婚配过程中的加分项。这么看来，双方可谓门当户对。这样的婚姻在那个时代正常而稳妥，朱安对自己的未来，应该有的是良好的想象。

父母之命订下的亲事，在鲁迅这里是一杯毒酒。他几次三番，说自己误进了母亲的毒酒，但实际上，也未必是误进，而是不得不喝，并且也像母亲预料的，是一定会喝。鲁迅不会悖逆母亲，这是儿子和妈妈之间未曾明言的共识。在鲁迅十三岁时，他的家庭遭逢大难，之后就在世人的冷眼中奔波。感受这一切的不仅有鲁迅，他的母亲应该体验更深。鲁迅的母亲那时要照顾病情日渐沉重后来终于不治的丈夫，关照在狱中喜怒无常的公公，还要抚养三个尚未成年的儿子，日子是如何过下去的，中间又是怎样的含辛茹苦，自不必多说。在鲁迅十八岁离开家之前，家庭堕入困顿的五年中，那些在当铺、药铺、监狱、他人的讥刺之间奔波的最艰难的日子里，鲁迅是和母亲一天一天咬牙过来的。他和母亲的关系，天然的情感联系而外，又被家道中落的变故夯实得非同寻常地紧密，这紧密的感情，再加上孝顺的传统文化已经深入到几乎是每一个从旧式文化中生长起来的知识青年内心深处。1906 年，被母亲以一封“母病速归”的家书从日本骗回绍兴结婚的新青年鲁迅，只能服从于这桩婚姻。因为倘若反抗，于情于理，都会伤透母亲的心，而这个败落中还勉力支撑的家庭，也需要一场喜事，扫去多年的晦气。

但这服从又那么不甘，在几乎所有的仪式上，鲁迅都像任人摆布的木偶一样，或许当年二十五岁的鲁迅，在内心深处早把自己的这场婚礼当作了自己的葬礼，并且也把作为共同体的对方朱安，一同送葬。这不甘又在他的生命中萦绕不去，甚至在二十年后写作的《孤独者》中，他还在借魏连殳的孝道故事浇心中块垒。多年来，这杯毒酒横亘在他的胃肠之间，难以消弭也无从化解。他对母亲有多少怨气，就会对朱安有多少怨气，而可能些许扭转两人感情局面的因素，朱安又什么都没有，她相貌平常、大字不识、低眉顺眼，在已经见过大江大河的鲁迅那里，她作为旧女子的优势就又全都是她的劣势。

鲁迅和朱安几乎没有交流，哪怕仅是言语的交流。所以在鲁瑞作为婆婆问朱安，为什么他们没有子嗣时，朱安会这么回答，“大先生都不同我讲话”，这回答几近顶撞，顶撞的是长期与自己相伴的婆婆。鲁迅和朱安其实说过一次话，那一次，两人同处一室，鲁迅主动开头聊天，他说日本有一种东西很好吃，话音还未落，朱安就忙不迭地答，“是的是的，很好吃，我也吃过”。这一答立刻把天儿活活聊死。鲁迅站起，拂袖而去，去到母亲鲁瑞那里。朱安哪是自作聪明，不过是迫不及待地迎合而已，她的迎合里，是卑微而真实的爱；鲁迅的拂袖而去里，是居高临下也真实的不爱。

朱安说过的话还有一句，“我生是周家的人，死是周家的鬼”。这句话听着惊天动地，放在鲁迅的不爱和朱安的无路之间，尤其显得苍凉。

朱安说这第二句话时，鲁迅和大弟周作人失和至决裂。决裂又到了鲁迅要搬出和大弟二弟、母亲、朱安共住着的八道湾胡同的大院子的程度。这一搬出，本来潜藏在有序生活表象之下的尴尬暗疾完全暴露。朱安的去留成了最大的问题。鲁迅的母亲当然可以留下来，因为她也是周作人的母亲，作人和树人一样，应该赡养她，然而朱安怎么办？这是她来到周家的第十七个年头，作为女性，人到中年，她以为她这么服侍着鲁瑞，就可以把余生的日子过下去。可是鲁迅不能再待在母亲身边，却让朱安是鲁迅的妻子这一身份异常凸显。

既是鲁迅的妻子，便没有理由在周家兄弟失和之际依然留在弟弟周作人的大院子里，而这时，鲁迅也来问朱安怎么打算。朱安将自己的生死都同鲁迅和他的周家绑起来，这回答在批判了一辈子封建纲常伦理的鲁迅听来，应是百感交集吧，既愚昧，但又有同舟共济的忠诚，处在众叛亲离境地中的鲁迅，需要这样的回答。这一次，也是生平的唯一一次，鲁迅带上了朱安，别寻他处生活。

在婚后，鲁迅的几次辗转里，朱安是不存在的，鲁迅从绍兴回日本，没有带上她；从绍兴到杭州，没有带上她；1912 年从绍兴到北京时，也没有带上她。这一次，鲁迅不可能不带朱安，也不会借机与朱安解除婚约，他从情感上可以厌弃她，却不会伤害她。因为，目光锐利者如鲁迅亦深知，朱安没有错，错的是时代，这么多年，他们之间的不爱，没有得到改善或是消弭，反而因为时代一日千里的进步而越发显得清晰。鲁迅不能与朱安解除婚约还因为，倘若如此，鲁迅就将在周家周全侍奉母亲、单薄善良的朱安彻底地送上了人生的绝境，一个被休的、毫无谋生能力的中年女性在那个时代的命运，其悲惨程度可以想象。

当然，即便鲁迅带上了朱安，也并不意味着他们的感情可以重来或是建立，因为真正意义上的夫妻感情在他们之间从未产生。更何况后来，许广平像一道强烈的春光，在鲁迅暗淡甚至阴郁的生命中几乎从天而降。现在已经难以考察许广平出现后对朱安的冲击，只是高大热烈的许广平，多时替鲁迅抄稿改稿，他们的书信往来，彼此的昵称，都具体化着这份迟来感情的炽烈。不爱可以掩饰得了，爱，难于掩饰。

这一次，朱安眼睁睁地看着身处政治、情感漩涡的鲁迅，做出生命中最重要的选择，他离开了居住多年的北京。鲁迅没有带上她，可能此时，她也已经感知一切，只是再一次平静也无奈地接受他的离开。朱安的隐忍豁达，或者也可能因为，在他们婚姻缔结的第二十个年头上，鲁迅早已耗尽了朱安的耐心与期待，又或者是朱安也明了，处在这种尴尬局面之中的三个人，都没有错？伴着鲁瑞，自己的婆婆，朱安在北京把自己的日子过下去，而鲁迅南至厦门，到广州，最终携着许广平回到上海，在上海给了许广平一个完整的家。鲁迅和朱安，从此各自天涯。

“我也是鲁迅的遗物”。朱安说这话时，已经是二十世纪四十年代中期。她心里的亲人，鲁迅已离开他热爱也憎恶的人间多年，鲁瑞也已故去。鲁瑞曾在生前要求周作人把赡养费在自己逝去后留给朱安，但这些来自与鲁迅决裂多年的周作人的资助在飞涨的物价面前杯水车薪；而战火连天，许广平代鲁迅给予朱安的资金支持也难以为继。近古稀之年的朱安此时头发花白，生活清苦甚至孤单无助。许是生活所迫，当她放出口风，要把自己拥有着的数量巨大的鲁迅藏书处理一部分时，好奇者甚众，生平第一次，众目睽睽，朱安站在漩涡之中。

接到许广平委婉劝说的来信，面对登门采访也是试图阻止的记者，朱安是平静的，尽管她知道自己可能被视为不识大体，可又如何？她深知日日需仓皇应付的生活是巨兽，而活着其实是难题。上门而来准备谴责朱安的记者，没能用上那些早已备好的义正词严的谴责，因为他们看着她喝着几近于清水的稀粥，菜则是几根咸菜，她在他们的窥探之下，有条不紊地说，你们要我善待鲁迅的遗物，我也是鲁迅的遗物。这是这一生，朱安对自己婚姻的再一次说明，也最大化地暴露了她作为旧式女子的认知，她是他的，不管他是否承认和接收。可能是因为感情，又或者来自认知，朱安从来没有在日新月异的时代面前改变这一认识，显示着迂执，然而比起那些“城头变幻大王旗”的不断改变信仰和情感的人，她又高贵、坚定得多。甚至为了这个信念，她在生命的许多日出与日落间甘愿自苦，不折不挠，即便战争和饥寒逼上门来。最终，鲁迅的书她也一直很好地留存着，不言不语。尽管，这些书没有解决她的任何问题，甚至就是这些书，拉开了他们之间的距离，让觉醒者鲁迅从来没有爱过她。

不知这故居对她而言，是否也是一间万难打破的铁屋子？或许，她不具备从上帝的视角俯瞰时代的能力，从未觉醒，但她宁可自苦而决不苟取，时代之殇中，这难能可贵、值得珍视。她做到了她作为一个妻子能够做到的一切。朱安逆来顺受，却也不移不折，用自己作为女性至为珍贵的善良、生命、青春和情感，为变化的、前进的时代买单。

不是一个朱安，而是许多个朱安，就这么在历史中悄无声息地走来，又毫无动静地离去，她守着自己的本分不曾越过雷池半步，却也同样失去了看重的一切。比起那些能够说出自己苦痛的女性知识分子，她们甚至都来不及哀叹，便被时代碾压或是凌迟。这也是时代的另一面，或者说，是时代本身。朱安们在这个时代中不是随波逐流，而是端然而立。不识字的朱安，用不被爱人认可的坚守和风干的情感，写下了自己充满悲剧性的生命故事。

当回忆变成哀悼

——忆悼恩师陈超先生[①]

范云晶[②]

生命中总是有些人总会有些事，躲在心灵的某个角落，就像冬季偶尔凋零的树叶，不经意间扰乱思绪，历久弥新。

2013年12月，冬天的北京依然是阳光明媚。我看到QQ群中有同学上传了一张照片，是几天前在杭州召开的首届“诗建设”诗歌奖的颁奖典礼。我想知道哪些诗人获了奖，在不经意翻看时，意外地发现了我的恩师陈超先生的身影。和我读硕士时相比，先生明显瘦了，也老了，他两鬓的白发显得格外醒目和刺眼。我瞬间感觉到一阵伤感和心疼，原来谁也敌不过岁月的无情！彼时在教室里看书的我，听任泪水突然簌簌而下，再也读不进一个字儿，便顺手给先生发了一条短信，请他保重身体，多吃点饭。很快，先生给我回了条短信，原文如下：“我没事，放心，咱们都要注意身体。”看到这条短信突然特别想念先生，霎时泪如泉涌，内心如潮水般的思绪，怎么样也无法控制。

自2004年硕士研究生毕业到现在已经整十年了，我印象里的先生一直是十年前，或者说十几年前的样子。那天，当我看到照片上坐在诗人王小妮旁边的陈超老师时才发现，又一个十年已经过去了。十年啊，我都由年轻不懂事的女生变成八岁孩子的母亲了，先生怎么能不老呢？突然害怕脑海中残存的与先生有关的记忆，会被时间的尘土一点点掩埋，我有种想记录下与先生交往的点点滴滴的强烈冲动。犹记得刚提笔时的激动，怎奈敌不过现实中的琐事和与生俱来的惰性，其实还有个难以言明的理由，可能是顾虑过多，我始终认为写回忆文章总有些不祥。种种成立的、不成立的理由加在一起……我没有一气呵成把这篇文章写完。总以为还有时间，总

① 该文收录于霍俊明、见君编：《在巨冰倾斜的大地上行走——陈超和他的诗歌时代》，中国青年出版社，2016年。

② 范云晶，内蒙古大学文学与新闻传播学院副教授，文学博士。

以为一切都来得及——来得及去看先生，来得及和他汇报自己的学习情况，来得及和他分享他在学生心目中的形象。最初想着完成该文之后拿给先生看，只为表达对他的感激和想念。然而，一切都来不及了，没想到不到一年的时间，我这未完成的回忆文章竟然变成了哀悼之文！

永远忘不了2014年10月31日的那个上午，光昕师兄发来短信向我求证先生去世这一消息的真伪。我震惊了，怎么可能！暑假前还和他通电话，教师节和中秋节还给他发过短信，他都一一回复！况且是那么乐观、宽容、豁达的一个人……然而，一切都是真的，一切都来得那么突然。我的第一反应便是悔恨，看到那么瘦弱的他，为什么就没想到是身体出了状况呢？与先生相处的点点滴滴再一次涌入笔端，只是这一次，必须完成，为完成尚未达成也无法达成的心愿，更为寄托哀思。

我相信，在每个人的求学岁月中，总会有一位或者几位对自己影响深远的老师，我也不例外。到目前为止，对我影响最大的老师有四位，我的大学班主任于东新老师、硕导陈超老师、博导敬文东老师以及博士后合作导师贺仲明老师，能遇到他们，是我一生的幸运。

特别笃信敬文东老师的一句话，“师生关系也是一种缘分”。和陈超老师的相识，完全是一种机缘。2001年，即将本科毕业的我决定考研。在大学班主任于东新老师的建议下，我选择了河北师范大学，打算报考我所挚爱的中国现当代文学专业。于老师替我“打探”到河北师范大学文学院，有位非常出名的诗歌研究专家陈超老师，并要到了他的联系方式。出于初生牛犊的无畏和莽撞，我给陈超老师写了一封信，向他讨教考研复习时应注意的问题。本以为先生那么忙，肯定不会搭理我这个偏远地区的无名小辈（我当时在内蒙古的一所高校读本科），没想到真的收到了先生亲笔写的回信，并对我的复习给予了有针对性的指导，这大大增加了我考研的信心。

一直到考研复试之前，和先生联系不多。记忆中只有一次，我打电话问他，我的本科毕业论文想写“第三代诗歌”，从哪一角度切入更好。还记得先生在电话里简短而明确的回答，他说从“生命意识”角度入手比较好。

2001年4月末，我如愿以偿地踏上了开往石家庄的火车，去河北师范大学参加研究生复试。一进入复试现场，在众多“考官”中，我一眼就认出了陈超老师（此前从来不知道先生长什么样子）：稍长的偏分发型，黑花半袖衬衫，黑色边框眼镜，整个人的气质是那么与众不同。记得先生当时问了我两个问题，一个是我本科论文的大致框架，另一个是让我列举出十位20世纪90年代的代表诗人。入学之后，学校要分配导师，更准确地说是导师挑学生。从心里讲，我特别想跟从先生学习，但毕竟不是本校学生，再加上先生在河北师大知名度很高，所以一直忐忑，怕不能做先生的“亲”学生。后来，同学告诉我，先生选了我，原因是知道我本科论文做的是诗歌，得知这个消息我高兴得简直要飞起来了。

刚开始选择陈超老师，只知道他是知名诗评家，和我感兴趣的方向比较接近，但对于他的为人还不是很了解。直到先生给我们开设现代诗学和西方哲学课程，才真正见识了先生的学识和风度。永远忘不了先生在现代诗学课上，朗诵食指诗歌《相信未来》时的动情和认真，这直接导致我不可救药地爱上了这首诗，以至于在后来的执教生涯中，每次朗诵和讲解时，都会自我感动得一塌糊涂。还有先生的现代西方哲学课，那么深邃和枯燥的理论，经先生的金口，变得通俗易懂，生动有趣，由此我记住了海德格尔，记住了维特根斯坦、福柯、德里达，记住了新批评，记住了叙事话语和新叙事话语……那时的笔记我至今还保留着，闲暇时偶尔翻看，仿佛又回到了课堂……先生极爱喝咖啡，每次上课时，看着他大玻璃杯里的咖啡因为多次续水由浓变淡，变淡，直至最淡时，一上午的课就结束了。

私下里我不止一次地和同学讨论，像先生这么有才华、有风度、有魅力的老师，爱慕的女生一定不少。所以对师母和先生的家庭充满好奇。我们想象的先生一定是家庭和顺，幸福完满，妻贤子孝的。了解以后才知道，原来先生也有着常人难以承受的不幸和苦楚。然而，生活的苦和累，先生从来没有在学生面前流露过半点。我所看到的，从来都是乐观、自信、宽容的师长和睿智、敏锐、思想深邃的诗人与批评家。2005年，先生获得了鲁迅文学奖，河北师范大学用“德艺双馨”这四个字来评价他，这个词，用在先生身上是如此贴切。先生为文的方式和思想的深度我无法企及，但是其治学态度却深深地影响了我——对异己观点和看法的包容，对诗歌的真诚、踏实和严谨的态度。先生发表的文章并不算太多，但是每一篇文章都很有分量。他的为人和为文赢得了诗歌圈里多数诗人和学者们的尊重。

我的师兄、诗评家霍俊明曾在一篇长文里提到，先生对自我的身份做了如下排序：诗人，诗歌批评家，大学教授。对我影响最大的还是作为教授的陈超，当然，前提是诗人和诗评家身份成就了作为教师的陈超的与众不同。做他的学生很轻松，只要学生们喜欢和愿意，可以选择现当代学科范围内任何题目，他从来不会因个人的喜好左右学生的选择。现在想来，那时的我真的很对不起先生的这份宽容和信任，还记得我毕业论文初稿给他带来的“麻烦”和“繁重的负担”。那时的我刚刚学会打字，学习态度也不够端正，交给先生的毕业初稿有很多错误，多字、漏字、错字，等等，都没有仔细修改就匆匆上交，还为自己在同门中最先交初稿而得意了许久。当我拿到老师修改后的稿子时，我特别愧疚，简直恨不能原地消失。整篇论文从头到尾，包括文字错误、标点符号错误、句子不通顺甚至是引诗疏漏的地方，先生都用红笔一一标出，作了认真修改，这该是多么大的工作量啊！每每想到先生戴着眼镜，在书房暗黄的台灯下，看着我为了省钱而刻意缩小的蝇头小字，逐字逐句添加和删改论文的场景，我就羞愧难当。先生写的论文修改意见，至今仍被我完好无损地保存。

我不是先生最有才华的学生，但是每每有新作发表，和先生通电话时，他都会给我鼓励，让我对自己充满信心。还记得研究生快毕业时有一次去他家，他“偷偷”送了我两本他自己编选的《当代实验诗选》，当时他说：“你喜欢诗歌，以后教学也许用得上。”我喜悦于和先生因热爱同一个事物而达成的这种“共识”，也欣喜于和他保守同一个“小秘密”而生出心照不宣的默契。毫不夸张地说，我之所以坚定地从事现代诗歌批评和教学工作，完全是受到先生的熏陶和影响。每每想到他，我就会敦促自己在诗歌研究和批评的道路上更坚定地走下去，并且从中收获很多快乐。不止我，他教过的很多学生都同我一样，因为喜欢他才喜欢上了现代诗。

2012 年我想考博士，于是便给先生打电话征求他的意见。其实在 2011 年春节打电话给他拜年时，就说起过这事。还记得当时电话那端先生略显腼腆和孩子气地笑着说，他明年也可以带博士了。那时我还没做好充分准备，尤其是对英语实在没有底气，没有考上的十足把握，所以不敢贸然许诺考他的博士。所以听到先生说可以带博士的时候，我根本就没胆量接话。转年等到想跟着先生读博的时候，却赶上他那年不能招生（当时河北师大现当代文学博士是三个导师轮流招生）。再次和先生成为师生的缘分就这样错失了。我真为自己没有先知先觉的特异功能而懊恼。早知道，早知道……假如他刚招那年我就做好准备，是不是又多了一次做他学生的机会？然而，一切假设都是虚妄，很多错过的东西已然无法挽回。看到网上太多悼念先生的文章，很多朋友、学生都受惠于他，却从来不曾为他分担心里的苦。我一直在想，如果，只能是如果，如果作为学生的我们及早发现他的问题，多多开导他一些，是不是就可以留住他？

多希望再次听到他那纯真如孩子般的笑声，现在仔细想来，他近几年的笑声确实少了很多。还记得读硕士期间，就我所提交的现代诗学课程的学期作业，和先生打电话交流时的情景。当时我选择了先生的诗歌《堆满废稿的房间》做文本细读式的批评。当谈到我尚未读出的隐藏含义时，先生在电话那端狡黠一笑，就如同恶作剧得逞的孩子一般可爱，当时我都不由自主地被他的天真所感染。当然，更多的是，作为学生的我理所当然地享受，甚至是挥霍着先生对学生的提携与呵护。当我的硕士论文被评阅导师质疑的时候，先生会贴心地安慰和鼓励。我们只想着神一样的先生是友人、学生的依靠，却不曾想过他也需要开解和安慰。

不知是不是巧合，在先生去世的三天前，我回到已经一年没有回过的工作单位，特意拿出柜子里的影集翻看，硕士时的毕业照都夹在里面。我最看中也是最遗憾的一张是与先生的合影。已经忘了是哪位同学拍的，人像有些虚，还有重影。记得刚刚拿到这张照片时，我还调侃着说，虚的部分恰好增加了先生和我脸上的皱纹，把我俩都照老了很多。照片中的先生蓝色牛仔裤、黑色 T 恤，棕色翻毛皮鞋配系着红色鞋带，还有黑框眼镜背后那带着热度的灼灼目光。如今再看这张照片，还真希望它定格的时间是二十、三十年，甚至是五十年以后，是我们那时的合影。这至少证明先生一直我们身边，只要拨通手机里某个专属于他的号码，电话那端就会传来他那富有磁性的嗓音。

2014 年 11 月 2 日，我拿到了从家里邮寄到学校的先生的著作——《打开诗的漂流瓶》，当我看到扉页上先生亲笔题签的“云晶存念”时，禁不住再次潸然泪下。这被我看了许多遍、引用过多次的书，曾经引领着我叩开现代诗的神圣之门，如今却成为和先生对话的唯一方式！唯有亲近先生思想的此刻，我才会有一种错觉，仿佛先生一直都在，不曾也不会离去！

每每看到别的同学幸福地发来给导师过七十，甚至是八十大寿的照片，我都会在脑海里勾勒“陈门弟子”给先生过大寿的热闹场面。那时的先生一定会笑得更开心、更天真吧！也许他还会高唱起山西民歌，敲打印第安鼓；抑或亲自朗诵写给师母的爱情箴言？然而这一天永远也等不到了，留给我们的，只能是无限的缅怀和思念——此恨绵绵无绝期！

到现在还是无法相信，更不愿意相信，那个壮硕的、喜爱游泳的、骑着自行车穿行于雾霾沉沉的石门的先生，怎么就悄然离去了呢？即使去送他最后一程，见了他最后一面，怎么也无法把安详地躺在菊花丛中，忘了带黑框眼镜的那个人和他联系在一起，真的不像，更希望那不是曾经把诗集命名为“热爱，是的”的智者！

还记得第一次读诗集《热爱，是的》的情景。相对于先生更看重的《博物馆或火焰》《我看到转世的桃花五种》这种疼痛、撕裂性的诗篇，我更倾心于《秋日郊外散步》《除夕，特别小的徽帜》这类充满温暖和人间烟火气的诗歌。总感觉“博物馆”“桃花”那样的诗歌太炽烈、太沉重也太“噬心”了，透露着太多的不安与不祥。“噬心”一词是先生在作文时经常使用的，如今，他却用如此“噬心”的方式，狠狠地给喜爱他、喜爱诗歌的人们重重一击！

已经习惯了在见到我所热爱的诗人或者诗评家“真身”时，立刻和先生发短信或打电话分享喜悦，而且每次都能得到回应；

已经习惯了在写文章遇到无法找到的书籍时，叨扰先生的清净；

已经习惯了在突然想念先生时，发个短信，打个电话，至今手机里还存有先生9月8日（中秋节）回复的“全家幸福”的短信；

已经习惯了看到先生有新作发表时，与先生交流，手头至今还放着尚未来得及交流的《诗艺清话》；

已经习惯了经常发短信“叮嘱”先生，什么时候来北京开会告诉我一声，我好去看先生。然而先生每次都匆匆而来，匆匆回去，竟然一次也没见到……

种种习惯如今只能变成不习惯！

先生给我印象最深的一篇文章，便是先后收录在《生命诗学论稿》和《打开诗的漂流瓶》中的那篇《从生命源始到天空的旅程》，开头这样写道：

我在巨冰倾斜的大地上行走。阳光从广阔遥远的天空垂直洞彻在我的身上。而它在冰凌中的反光，有如一束束尖锐的、刻意缩小的闪电，面对寒冷和疲竭，展开它火焰的卷宗。在这烈火和冰凌轮回的生命旅程中，我深入伟大纯正的诗歌，它是一座突兀的架设至天空的桥梁，让我的脚趾紧紧扣住我的母语，向上攀登。

这段话清晰地勾勒出了先生忍受着撕裂之痛砥砺前行的清晰轮廓。我愿意把先生最后的一次选择看作是另一种向上攀登的方式。无论是栖居在大地，还是飞升至天空，我或者我们还能找到亲近先生的方式，有先生的诗歌相伴，有先生的思想相随，先生是永生的！

而我最最尊敬的恩师陈超先生，在没有痛苦、没有暗夜、没有嘈杂、没有失眠的天堂，也定会有诗为朋，定将快乐、安好！

2013 年 12 月初稿

2014 年 10 月 31 日—11 月 21 日完稿

2021 年 10 月 30 日再改

丝路漫行笔记[①]

高建新[②]

“丝绸之路”是一条由商贸推动文化交流的五彩路，为汉唐的开放和强盛做出了巨大贡献。只要走上“丝绸之路”，就会激发一种久违的英雄情怀，产生无数的联想和想象，关于战争的、边塞的、商贸的、奇异物产的、未知世界的。沿途民族风情浓郁，有无数壮丽的自然景观、形态丰富的文化景观以及大快朵颐的美食、美酒。

一

我是从2004年暑期开始“丝绸之路”之旅的，这一走就是十几年。为了旅行与研究的方便，我们通常将汉唐陆路“丝绸之路”分为东、中、西三段：长安向西北经金城（今甘肃兰州）至河西走廊的玉门关、阳关以东为东段，全程大约2000公里；出玉门关、阳关向西至帕米尔高原（古代称“葱岭”）以东为中段，汉唐称为西域，亦即今天的新疆维吾尔自治区全境，东西大约2000公里；翻过帕米尔高原经中亚、西亚一直到大秦（古罗马）为西段，全程大约5500公里。汉唐陆路“丝绸之路”三段中有两段在今天的中国境内，已经成为重要的文化景观带。2014年6月，在第38届世界遗产大会上，中国与吉尔吉斯斯坦、哈萨克斯坦联合提交的“丝绸之路：长安—天山廊道路网”文化遗产申请项目入选《世界遗产名录》，它经过的路线长约8700公里，各类遗迹多达33处。其中，中国境内包括河南省4处、陕西省7处、甘肃省5处、新疆维吾尔自治区6处共有22处

---

① 本文刊发于《书屋》2021年11期。

② 高建新，1959年11月出生，内蒙古呼和浩特人，内蒙古大学文学与新闻传播学院教授。1982年开始发表文学作品，在《人民日报》《光明日报》《文汇报》《文艺报》《内蒙古日报》《草原》等报刊发表散文、随笔200余篇。另有《自然之子——陶渊明》《山水风景审美》《诗心妙悟自然——中国山水文学研究》《酒入诗肠句不寒——古代文人生活与酒》《骏马追风舞——唐诗与北方游牧文化》等学术著作出版。

考古、古建筑遗迹。虽说走了十几年，我也只走了“丝绸之路”的东段与中段的一部分地方。

历史烟云中的河西走廊充满了传奇，无论是自然还是文化。河西走廊东起武威市天祝藏族自治县中部的乌鞘岭，西至玉门关，是“丝绸之路”东段的核心区域。一路向西北，纬度渐走渐高，如爬坡一样，到了瓜州再到敦煌，才开始下坡。2017 年的整个暑期，我都穿行在河西走廊上，北向三见龙首山、合黎山，南向三见祁连山。其间两次去西宁，从西宁乘火车向西北直到张掖，一路与祁连山相随。祁连山平均海拔 4000 米以上、东西绵延 1000 公里，终年积雪，晶莹皎洁，在高原阳光照耀下银光闪烁，令人心动。探访中国西部，探访“丝绸之路”，绕不开祁连山，绕不开河西走廊。2018 年 8 月，我从敦煌飞赴西宁而后改乘火车去拉萨，在空中俯瞰白雪皑皑的祁连山，依然激动不已。

河西走廊上的四郡，地处“丝绸之路”东段，山河险固，战略地位重要。汉武帝收复河西地区，“初置酒泉郡，后稍发徙民充实之，分置武威、张掖、敦煌，列四郡，据两关焉”（《汉书·西域传序》）。两关，指玉门关、阳关，地处“丝绸之路”东段的最西端，是通往西域的门户。河西四郡每一郡相距 240 ~ 300 公里，从东到西、排列有序，如宝鼎一样扛起了整个河西走廊，成为汉唐西北的军事边防要地，曾为抗击外族入侵、守护“丝绸之路”畅通作出了巨大贡献。当时有《游河西走廊二首》，抒发感怀：

其一

丝绸有路到大秦，匹匹生绢价万金。
四郡河西排宝鼎，兴唐盛汉首铭勋。

其二

沙打凉州落日红，焉支羯鼓响无穷。
胡姬劝酒狂歌醉，撩乱边情月夜浓。

河西走廊同时也是汉唐贸易与文化交流通道，中原的物质文化如丝绸、瓷器与精神文化如印刷术、纺织技术的输出主要是通过河西走廊完成的，西域的物产如琉璃、香料、石榴、葡萄、葡萄酒、汗血马与文化如舞乐、佛教文化等，也主要是通过河西走廊进入中原的。除酒泉外，河西三郡是国务院公布的国家历史文化名城。酒泉，因“城下有泉”“其水若酒”而得名，李白所谓“天若不爱酒，酒星不在天。地若不爱酒，地应无酒泉”（《月下独酌四首》其二）。酒泉向西几十公里是明代长城的最西端——嘉峪关。嘉峪关关城背倚高山，险峻天成，凸起在茫茫大漠中，巍峨宏伟，壮阔无比，自古有“天下第一雄关”之称，东西绵延的万里长城在这里画上了完美的句号。

河西走廊上的第一重镇是武威，古称凉州，汉唐以来一直是繁华地，北朝温子升《凉州乐歌二首》其一说：“远游武威郡，遥望姑臧城。车马相交错，歌吹日纵横。”姑臧城，今武威市凉州区，《大唐大慈恩寺三藏法师传》卷一说：“凉州为河西都会，襟带西蕃、葱右诸国，商侣往来，无有停绝。”当时的凉州是与长安、洛阳、金陵、扬州一样著名的大都会：“高槛连天望武威，穷阴拂地戍金微。九城弦管声遥发，一夜关山雪满飞”（柳中庸《凉州曲二首》其二）；“吾闻昔日西凉州，人烟扑地桑柘稠。蒲萄酒熟恣行乐，红艳青旗朱粉楼。楼下当垆称卓女，楼头伴客名莫愁”（元稹《和李校书新题乐府十二首·西凉伎》）。

凉州历史悠久，文化昌明，地势险要，有山川屏障环绕，如襟似带，是通往西域的要地，东西往来者熙熙攘攘，争相进入。唐人写中国西部，凉州入诗最多，内容厚重，感情深沉苍凉：“高楼酒夜谁家笛，一曲《凉州》梦里残”（张祜《登杭州龙兴寺三门楼》），“今愁古恨入丝竹，一曲《凉州》无限情。直自当时到今日，中间歌吹更无声”（白居易《题灵岩寺》）。今天的武威盛产冰葡萄酒，有文庙、海藏寺、鸠摩罗什寺、西夏碑等众多名胜，我第一次访问鸠摩罗什寺是在2004年，当时曾有小诗以纪：

龟兹有幸降宗师，妙采莲花弃臭泥。
普度众生归大乘，修成舌塔望云齐。

鸠摩罗什尝言：“臭泥中生莲花，但采莲花，勿取臭泥也。”（《高僧传》卷二）后秦弘始十五年（413），鸠摩罗什在长安大寺圆寂，临终说：“今于众前，发诚实誓：若所传无谬者，当使焚身之后，舌不燋烂。”果然火化之后，“薪灭形碎，唯舌不灰”（同上）。鸠摩罗什是佛教由小乘转向大乘的关键人物，影响广泛的色空观——“色不异空，空不异色，色即是空，空即是色”，就是由鸠摩罗什译自《心经》的。鸠摩罗什圆寂火化后有舌舍利，弟子们建舌塔供奉。

武威有“天马之乡”之称，雷台汉墓出土了著名的“铜奔马”（亦称“马踏飞燕”）铜塑，是罕见的艺术珍品，现藏于甘肃博物馆。它以来自大宛国的汗血马为原型，又结合西北游牧地区骏马的特点塑成，凌空奔驰，劲健有力，由此可知汉王朝强盛时的审美风尚是阳刚大气的，是追求力量和速度的。铜奔马在 20 世纪 80 年代被国家旅游局选定为中国旅游标志。2018 年秋天访甘肃博物馆，再见“铜奔马”，亲切依然，草成小诗以咏赞：

追风宛马敢翻空，汗血滴来一路红。
葱岭霜蹄才踏燕，飞云已罩陇头东。

张掖，古称甘州，因“张国臂掖”（应劭《地理风俗记》）、以通西域而得名。因为地处张掖绿洲，海拔高，即使夏日炎炎，这里也雨水充沛，清凉如秋。在张掖，我租车到了北郊的合黎山下，一睹其雄姿。合黎山东西纵横上百公里，山北是内蒙古的腾格里沙漠、巴丹吉林沙漠，再向北，越过居延绿洲，就进入了蒙古国。合黎山与东面的龙首山、西面的马鬃山，共同构成了河西走廊的北部屏障。为了抵御突厥南侵、布防军事工事，当年陈子昂就曾来过合黎山山口查看地形。合黎山山口上蓝天如洗、白云悠悠，南望便是绵绵无尽的祁连山。张掖市内有大佛寺，始建于西夏永安元年（1098），寺内有木制释迦牟尼涅槃像，长 34.5 米，为中国现存最大的室内卧佛像。张掖市西北的临泽县有中国丹霞地貌发育最好、地貌造型最丰富的国家地质公园，公园内的丹霞地貌五色斑斓，又以红色、橙色为主，如彩缎一样铺展在西北大地之上，雨后的色彩尤其鲜艳。“每至旦暮，彩霞赫炽，起自山谷，色若渥丹，灿如明霞”（《南阳府志》），明人对丹霞地貌的描述，可以用来形容张掖丹霞地貌令人惊艳的颜色之美。

从武威一路向西，经过张掖、酒泉、嘉峪关，而后是瓜州。《元和郡县图志·陇右道下》说：“（瓜州）地出美瓜，故取名焉。狐食其瓜，不见首尾。大历十一年（776）陷于西蕃。”还真的在瓜州服务区吃到了本地的蜜瓜，瓜皮淡绿，瓜肉橙黄脆甜，有点儿像哈密瓜。过了瓜州，就到了河西走廊的锁钥之地——敦煌。敦煌古称沙洲，是“丝绸之路”上最耀眼的明珠，也是中西文化交流的桥梁。莫高窟美轮美奂的壁画、雕塑，更是艺术家的朝圣之地。历史上，无论是取经的、经商的还是探险的，都要集结在敦煌，学习外语、熟悉地理、储存体力、调适心理、准备驼队和给养、聘请向导，而后过玉门、出阳关、走西域，几个月穿行在茫茫无际的沙海。从敦煌向西，是库木塔格沙漠和有“死亡之海”之称的罗布泊；再向西北，是绵延数百里的有“干旱之山”之称的库鲁克塔格山脉，再向西便是塔克拉玛干沙漠。塔克拉玛干沙漠东西长约1000公里，南北宽约400公里，总面积337600平方公里，是中国境内最大的沙漠，是世界第二大沙漠（第一大沙漠是撒哈拉沙漠）和最大的流动沙漠，流沙面积世界第一。只有穿过塔克拉玛干沙漠，抵达葱岭，才算走完今天中国境内的“丝绸之路”。除去朝廷的命令，只有两种原因可以催人走上这九死一生的旅程，那就是金钱和信仰。前者是贩运丝绸，后者是西天取经。

敦煌市西南70公里处，是古阳关遗址，有新建的阳关城和博物馆。游人在此可以花10元钱领一个关牒（相当于护照）、租借骆驼在沙海中骑行一段，以感受当年走上西域、穿越茫茫戈壁的情景。阳关是汉唐西境的国门，唐中期后废圮，今天仅剩汉代烽燧遗址。旅人西出阳关，需穿越库木塔格沙漠和罗布泊，找到孔雀河并沿河一路西行，经过尉犁县（唐在此置焉耆都督府）到达今天的库尔勒市，但这也只是走了“丝绸之路”中段的东面半程路。新建的阳关城门上有引自《西厢记·长亭送别》的“悲欢聚散一杯酒，南北东西万里程”楹联，读后让人心生无限感慨：万里之外一别，何时才能再见？只有来到此地，才能真切体会王维“劝君更尽一杯酒，西出阳关无故人”诗句中饱含着的生离死别的巨大悲伤，能活着出去，却不一定能活着回来，活着回来，却不一定能见到当年送别你的人。路途虽然艰难危险，前人却把经过阳关通往西域的大道称为“阳关道”或“阳关大道”，后泛指康庄大道。不仅如此，前人由王维的送别诗又进入音乐、绘画，有《阳关三叠》《阳关图》等，不断演绎着人生不能除却的悲欢离合。就此我写成了《诗与音乐绘画的会通——从王维〈送元二使安西〉到〈阳关三叠〉〈阳关图〉》一文，刊载在《文史知识》2018年第2-3期上。重访阳关，我有小诗《访敦煌阳关烽燧遗址》：

关楼孤耸带斜阳，四望苍茫锁大荒。
劝尽一杯心已醉，三叠声里更哀伤。

因为沙漠四围，敦煌的夏天酷热，最热是午后，气温时常在40℃上下，不落的太阳晒得人头顶冒烟、后背着火。2017年7月26日我从张掖夜乘火车时尚细雨蒙蒙，清爽潮润。晨至敦煌，已觉酷热难当，午时气温竟达38℃，再成小诗以咏：

甘州一夜雨淋淋，分至沙洲立见春。
大漠雄关开朔野，汉唐丝路此为尊。①

奇妙的是，大约到了夜里的11点，一股凉风从敦煌市的北面吹来，气温一下变得清爽起来，游人涌上街市，开始了一天最有味道的生活。敦煌的沙洲夜市是当地最著名的夜市，灯火通明，人声鼎沸，游人们聚集于此品尝着各种美食，如红柳烤羊肉、西域胡羊焖饼、红烧羊蹄子等，直到凌晨才渐渐散去。因为好奇，食客问店主什么是“胡羊”，回答说：“敦煌的绵羊嘛，好吃得很!”店主一句话吊起了食客的胃口，非要吃个饱才肯作罢。

敦煌名胜古迹众多，历来为人向往。敦煌市东南25公里有举世皆知的佛教艺术长廊——莫高窟，开凿于十六国的前秦建元二年（366），一直持续到元朝，前后长达一千余年，是红学家周汝昌先生所称许的中华文明的三大高峰之一（之前是甲骨文、之后是《红楼梦》）。莫高窟中有各个朝代的彩塑2400多身、壁画4.5万平方米，恢宏壮丽，夺人心魄，宗白华先生说：“敦煌艺术在中国整个艺术史上的特点与价值，是它的对象以人物为中心，在这方面与希腊相似”；“敦煌人像，全是在飞腾的舞姿中（连立像、坐像的躯体也是在扭曲的舞姿中）；人像的着重点不在体积而在那克服了地心吸力的飞动旋律”（《略谈敦煌艺术的意义与价值》）。1988年2月，敦煌莫高窟就被联合国教科文组织列入《世界文化遗产名录》。包括西千佛洞，我前后4次观赏，特别是2018年8月18日至8月21日在敦煌

① 甘州，古张掖；沙洲，古敦煌。

参加“2018 敦煌论坛：敦煌与东西方文化的交融国际学术研讨会”，住在敦煌宾馆，开会和吃饭都在敦煌研究院，每日都要与莫高窟的牌楼对望。会上又组织参观莫高窟，结结实实地了解了莫高窟的过去、现在，无论是在文化史上还是在艺术史上，莫高窟、西千佛洞、榆林窟都是奇迹，空前绝后，无法复制。因研究莫高窟藏经洞出土的写本文献而诞生的“敦煌学”，是真正意义上的世界性学问，此领域的学者被学术界广泛承认和推崇。常书鸿、段文杰、樊锦诗等学者，因守护莫高窟、研究“敦煌学”而蜚声海内外，为士林敬重。

二

2018 年暑期，我再次走上“丝绸之路”。这次是到了中国境内“丝绸之路”的西端——古代的西域、今天的新疆境内。新疆地处汉唐“丝绸之路”中段，自然形态丰富，文化多样，民族众多，是东西方文明最大的交汇处，也是英国史学家汤因比教授心目中的多种文化汇聚的福地。从呼和浩特飞往乌鲁木齐，再飞往伊宁，向西飞越天山北支的婆罗克努山，在 8000 米的高空俯瞰雪山及伊犁河谷，景色壮丽。1 小时后到达“中国薰衣草之乡”——伊犁哈萨克自治州的首府伊宁。伊宁机场内满溢着馥郁的薰衣草芬芳，清心醒脑，伊宁街头随处可见茂盛的薰衣草以及出售各种薰衣草制品的店铺。

我是乘汽车游览新疆西部边境地区的，第一站是霍尔果斯口岸。从伊宁向西北 100 公里就到了对面是哈萨克斯坦的霍尔果斯口岸，途中经过科克达拉市，耳边响起了传唱久远的《草原之夜》：

美丽的夜色多么沉静
草原上只留下
我的琴声
想给远方的姑娘
写封信耶
可惜没有邮递员来传情
等到千里雪消融

等到草原上
送来春风
可克达拉
改变了模样耶
姑娘就会来伴我的琴声

可克达拉市是新疆直辖县级市，与新疆生产建设兵团第四师实行师市合一管理，那时在遥远西部工作着的人们是多么深情，深情中充满了诗意的期待。霍尔果斯是蒙古语，意为“驼队经过的地方”，是陆路“丝绸之路”上的重镇。1881 年清政府与俄国签订《中俄伊犁条约》，割让 7 万多平方公里的土地给俄国。口岸有当时立的中俄界碑，现已成为文物，人称“耻辱碑”，据说由清政府出资、由沙俄政府制作。在埋设界碑时，清政府没有官员到现场监督，沙俄政府乘机将界碑向中国境内推移了 20 公里，对此清政府虽然一直未予承认，但也由此形成了 40 多平方公里的争议地区。界碑上刻着沙俄国徽双头鹰像，显示了沙皇通吃东西方的勃勃野心。直到今天，俄罗斯的国徽上依然是伸着两只爪子的双头鹰，莫斯科大学的旅游纪念章上也有双头鹰的标志。

离开了霍尔果斯口岸往东北上，就到了素有“高原明珠”之称的赛里木湖。赛里木湖在博尔塔拉蒙古自治州境内，海拔 2080 米，是高原淡水湖，蓄水量相当于 10 个喀纳斯湖、100 个天池大小。赛里木湖颜色碧蓝，平静如镜，天在水中，水在天上，天水一色，美不胜收。从赛里木湖沿着 218 国道向西南行，便进入伊犁河谷。伊犁河谷北、东、南三面环山，北面有西北—东南走向的科古尔琴山、婆罗科努山，南面有西南—东北走向的哈尔克他乌山和那拉提山，中部还有乌孙山、阿吾拉勒山等横亘，构成“三山夹两谷”的特殊地貌。伊犁河谷属于乌孙国故地，汉代的解忧公主就是远嫁到了此地，对此唐人颇有不平：“条桑去附枝，薙草绝本根。可惜汉公主，哀哀嫁乌孙”（鲍溶《述德上太原严尚书绶》）。巩乃斯草原、巩乃斯河谷就在其境内，巩乃斯河穿行其间，历史上盛产骏马，即著名的“乌孙马”，汉武帝初名之“天马”，今称伊犁马。当我为一匹神骏的枣红色伊犁马拍照时，它躁动不安，喷着鼻息，昂首嘶鸣，前蹄一个劲儿地跑着草地（跑，音 páo，走兽用脚刨地，如杭州的虎跑泉）。牵马的哈萨克少年说，它就想奔跑。见此情景，草成小诗《伊犁行》：

天马骏逸谷地成，嘶风跑雪纵横行。
乌孙旧地归西域，公主琵琶起汉声。

前路遥遥，凌晨5点即起身，在蒙蒙细雨中由伊犁哈萨克自治州的新源县沿着218国道前行，山势渐高渐陡，道路蜿蜒曲折，翻越海拔3050米的巩乃斯山脉，眼底群山苍茫，云气缭绕，山下便是中国第二大草原——巴音布鲁克，海拔2700米，面积达23835平方公里，平阔无垠，一派浩荡。一路东行再南下，中午时分到了天山深处和静县的巴仑台镇，吃了一碗羊肉面片，又购买了矿泉水和刚出炉的烤馕。馕，古称“胡饼”，是汉唐丝路上的必备干粮。有了骆驼、馕和饮用水，就可以穿越茫茫的沙漠戈壁。过了和静县就进入了南疆，再向南向西便走上唐代“丝绸之路”中线，沿路炎风如火，四望荒凉，已属于“绿洲文明”地带，不能想象玄奘独自一人是如何由此西行，穿越浩瀚大漠，翻过葱岭，历经千难万险，九死一生，到达他心中的圣地天竺那烂陀的。

从巴仑台向南经过和静县向南，就到了盛产香梨的库尔勒市。库尔勒是巴音郭楞蒙古自治州（汉代的焉耆国）行政区首府，北倚天山支脉，有孔雀河的源头博斯腾湖，南临世界第二大沙漠塔克拉玛干沙漠。塔克拉玛干沙漠的北缘是汉代“丝绸之路”的北线、唐代“丝绸之路”的中线（唐代又开辟了一条新北线）。塔克拉玛干沙漠的南缘是汉唐“丝绸之路”的南线，均是古代中西交通的咽喉之地。玄奘西天取经，回来时走的就是南线，先后经过今天的喀什、疏勒、莎车、叶城、皮山、和田、于田、民丰、且末、楼兰，先进入敦煌，最后回到长安，玄奘曾在《大唐大慈恩寺三藏法师传》卷五备述归国旅途的艰难和危险：

从媲摩城东入沙碛，行二百余里，至泥壤城。又从此东入大流沙，风动沙流，地无水草，多热毒鬼魅之患。无迳路，行人往返，望人畜遗骸以为幖帜。硗确难涉，委如前序。

媲摩城，在今新疆策勒县北，属安西都护府管辖；泥壤城，尼雅故城，在新疆民丰县（西距于阗150公里）100余公里的塔什拉玛干沙漠中，汉之精绝国所在；硗确，多石而坚硬的路。因为是移动的沙漠，没有确定的道路，只能以人畜的骸骨为标志，才能避免迷路，玄奘的取经之路可谓去国也难回来也难。《大唐西域记·大流沙以东行程》卷十二中也记载了玄奘走“丝绸之路”南线经泥壤城东行回到敦煌的情形：

从此东行，入大流沙。沙则流漫，聚散随风，人行无迹，遂多迷路。四远茫茫，莫知所指，是以往来者聚遗骸以记之。乏水草，多热风。风起则人畜昏迷，因以成病。时闻歌啸，或闻号哭，视听之间，恍然不知所至，由此屡有丧亡，盖鬼魅之所致也。

库尔勒向西是铁门关，是“丝绸之路”的必经之路，岑参诗曾描写过铁门关恶劣的自然环境与险要的地理位置：“铁关天西涯，极目少行客”“桥跨千仞危，路盘两崖窄”（《题铁门关楼》），“银山碛口风似箭，铁门关西月如练。双双愁泪沾马毛，飒飒胡沙迸人面”（《银山碛西馆》）。向西是轮台市，再向西100公里是库车。库车古称龟兹，是连接今天新疆南北的要冲、汉唐中西文化交流的重镇。公路两边尽是戈壁，午后气温已达36℃，地表温度可能有42℃，一下车热风席卷，晒得人头顶冒烟、后背灼烫。荒凉的西域，火炉里的西域。出库车县沿库尔车河向北70公里，便到了著名的天山大峡谷。峡谷属于雅丹地貌，呈褐红色，远看如火。谷内溪水漫流，气温在20℃上下，清凉如秋，上次游大峡谷还是在2012年8月，一晃就是整整五年。从库车向西偏北50公里，就到了归龟兹研究院管理的克孜尔千佛洞，上次来时是2012年8月，参观了千佛洞，但是不许拍照，晚上还在龟兹研究院的职工食堂吃了一顿饭，在研究院的招待所住了一个晚上。这次规定有了变化，可以用手机拍摄千佛洞里的壁画了。大喜过望，于是用手机拍了几张，效果也还说得过去。

游过克孜尔千佛洞之后，又从库车出发，沿着唐代“丝绸之路”中线向西南，经过阿克苏就抵达了喀什。喀什是中国最西端的城市，是喀什噶尔的简称，意为玉石般的地方，东望塔里木盆地，西倚帕米尔高原，与塔吉克斯坦、阿富汗交界，是汉唐“丝绸之路”绕不过的重镇，也是“丝绸之路”中国段南、北两道在西端的总汇点。玄奘西天取经，往返均经过喀什，《大慈恩寺三藏法师传》一书有详细的记载。人们都说：“不到喀什，就不算到新疆；不到古城，就不算到喀什。”我在喀什老城穿街走巷一整天，四处寻觅“丝绸之路”的踪迹，一直到天完全黑下来才回去。功夫不负有心人，在老城居民区的蔬菜摊上看到了由“丝绸之路”传入的多种蔬菜、水果、干果及调味品，如胡荽、胡芹、胡瓜、胡萝卜、西瓜、葡萄、黑胡椒、孜然、鹰嘴豆、蚕豆、开心果、无花果等，有些物产今天我们的日常生活已经离不开了。“丝绸之路”的开通，极大地丰富了中原的物质生活与精神生活，泽惠一直延续至今。

喀什地区盛产美玉，基本分为籽料（河床中采的玉）与山料（山上采的玉），籽料受河水冲刷，多圆润，山料由人工开采，如矿石，有棱角。在喀什玉雕厂参观，一块重 4 公斤的羊脂玉开价 15 万人民币，一小块儿籽料挂件开价 8 万元。同等品质，籽料比山料要贵。汉唐“丝绸之路”又称“玉石之路”，贩运玉石与丝绸一样利润巨大，元人马祖常说：“波斯老贾度流沙，夜听驼铃识路赊。采玉河边青石子，收来东国易桑麻”（《河湟书事二首》其二），西域胡商以玉易丝，利润巨大。玉门关的设立就与方便和田玉输入中原关系密切，不同处在于：玉石由西向东入关，丝绸由东向西出关。“玉石之路”稍短，“丝绸之路”漫长。贩运玉石，西域赚中原的钱；转运丝绸，中原赚西域的钱。

博物馆是了解一地历史文化的最佳之处。喀什博物馆收藏的汉唐文物丰富多彩、文化价值独特，如南北朝的“三耳压花陶罐”、唐代的“浮雕人像陶片”、宋代的“饰绛丝边缘绢绵袍”等，都是“丝绸之路”上的遗珍。从当地出土的丝麻残片、陶纺轮、石纺轮看，历史上的喀什地区不仅转运丝绸也出产丝绸，地位十分重要。今天的和田一带出产一种名为“艾德莱斯”的丝绸，轻薄柔软，色彩绚丽，式样以条纹为主，中亚风格十分明显，实际上就是汉唐传承下来的。我在喀什艾提尕尔广场边上的一家专营“艾德莱斯”的丝绸店，看到的丝绸颜色纹样有数百种之多。唐诗中描写的《胡腾舞》《胡旋舞》男女舞者穿的舞衣，主要是用这种丝绸制成的。

从喀什出发沿着有“中巴友谊公路”之称的 314 国道，出疏附县的乌帕尔镇一路南行，就进入了帕米尔高原。帕米尔高原，《山海经·大荒西经》称“不周山”，古人认为不周山是人界唯一能够到达天界的路径，因山中多野葱，汉唐称“葱岭”。《汉书·西域传》说：“西域以孝武时始通，本三十六国，其后稍分至五十余，皆在匈奴之西，乌孙之南。南北有大山，中央有河，东西六千余里，南北千余里。东则接汉，厄以玉门、阳关，西则限以葱岭。”唐诗中的葱岭为“西极”之代称，指西部、北部的万里边疆：“葱岭秋尘起，全军取月支”（于鹄《出塞》），“密雪曙连葱岭道，青松夜起柳营风”（方干《王将军》），“前年葱岭北，独战云中胡”（韦庄《平陵老将》）。我们乘坐的“喀什丝路旅游”专车一路前行，与昆仑山、盖孜河相随。这一带是汉代疏勒国旧地，历史悠远，文化深厚，自然风光壮美！游人需在“盖孜边防检查站”下车，核验身份证、边境通行证。穿过一条悠长的隧洞，就见公路两侧云雾缭绕，雪山苍莽。沿着314国道经过沙山环抱的高原湖泊——白沙湖继续向前，便进入阿克陶县南境，到达海拔3700米的喀拉库勒湖，柯尔克孜语意为黑湖。湖边空气清冽，西风吹来，湖水荡漾，水色青碧如翡翠。因为是高山湖，湖上云气飘浮，时聚时散，乍晴乍雨，风光独绝。湖对面是有“冰山之父”之称的慕士塔格峰，海拔7509米，山顶终年积雪，映衬在蔚蓝色的天宇下分外晶莹皎洁，是真正意义上的湖光山色，奇崛壮美，无以复加。由此再南，就到了塔什库尔干塔吉克自治县境内的红其拉甫口岸，海拔4733米，是世界上海拔最高的口岸，口岸对面是巴基斯坦，口岸距喀什市420公里。

伴随现代化进程的加快，地域差别日渐缩小，能代表一地文化特色的首推饮食。说北京，肯定要提到油条、豆腐脑；说山东，肯定要提到煎饼、大葱；说河北，肯定要提到驴肉火烧；说山西，肯定要提到刀削面；说陕西，肯定要提到肉夹馍；说重庆，肯定要提到红油火锅；说湖南，肯定要提到红烧肉，等等。喀什以羊肉闻名，天下独绝：一是新鲜，当地人说，新鲜的羊肉上落的是马蜂，不新鲜的羊肉上爬的是苍蝇。二是现宰现吃，不过夜，喀什没有冻羊肉一说。三是吃法多样，可煮可蒸可涮可烤，可以馕包肉，可以手抓饭，可以过油肉拌面，也可以羊肉汤煮馕、羊肉汆面片（当地称“那仁”）。各种羊肉美食以馕坑烤肉为最，把羊肉剁成拳头大小的带骨肉块，用鸡蛋清、姜黄、胡椒粉、孜然粉、精盐、面粉，还有我不知名的西域特有的香料，拌匀成糊，均匀地涂抹在肉块上，再穿挂在铁架子上放入馕坑，四面受火，约烤半小时即成，外焦里嫩，鲜美异常。再佐以浓烈的“伊力特”老酒，听邻座说着你压根儿就听不懂的语言，更是妙不可言。7月的喀什晚上10点多天才刚黑，烤羊肉的炭火在大街小巷闪烁，空气里弥漫着羊肉的香气，央视《舌尖上的中国》形容美食常用“弹牙”一词，指食材上好、烹制讲究，耐咀嚼品尝。如以此论，喀什的羊肉“弹牙”面食亦“弹牙”。我在喀什遍吃各种做法的羊肉和面食，实在是天下美味。从呼和浩特经乌鲁木齐飞喀什，单程航程3537公里，来回7074公里，不贪吃、不吃好能对得起遥远的旅程吗？但喀什的美食实在太多了，你就是放开肚皮吃也着实也吃不了几样。

在喀什游览了5天之后，带着不舍，7月26日由喀什机场飞赴乌鲁木齐，草成小诗二首，抒发喀什观感：

其一

丝路西行极此边，巍巍葱岭尽冰川。
云翻雾锁盘盘路，玄奘东归苦雪山。

其二

东渐胡风物产丰，石榴如火籽瓤红。
馕坑烤肉孜然粉，辣味椒香洒半空。

三

“丝绸之路”开放互通，壮阔悠远，如画幅一样缓缓铺展在苍茫的亚欧大陆上。我以为，“丝绸之路”上移动的风景与永恒的象征非骆驼莫属。

骆驼是仁兽也是神兽，素有“沙漠之舟”的美誉，是耐力的代表，善于在极端的气候条件下长途跋涉，能在沙漠中找到水源，是“丝绸之路”上最重要的运载牲畜，可以远距离驮运丝绸、陶瓷、茶叶，直到西亚、中亚乃至大秦。清人童华《骆驼经》说：“驼日行六七十里，急行可三四百里，马不能及。虽冰雪在地，寻啮草根木枝，即可度日，不费草料。遇郭壁（戈壁）数百里，则灌盐一斤，缚其口，数日不饥渴，故塞外往来挽运，盘打阪，过郭壁，莫善于驼”；“驼知泉脉所在，辄止不行，往往掘地得泉”。一说丝路风情，人们首先想到的就是骆驼。敦煌城里到处可见骆驼图案，鸣沙山有成群的骆驼供游人有偿骑乘，以体验古老的“丝绸之路”驼铃叮咚、沙海茫茫的情形。喀什的艾提尕广场有一组名为“丝路风情”的骆驼铜塑，表达了对骆驼为“丝绸之路”所作贡献的敬重。广场上还有一对漂亮的白驼悠然漫步，神情自若，令人叹赏，遂作《咏古丝路骆驼二首》，以咏眼前之景：

其一

南北天山魅影浮，驼蹄印路自成图。
遥遥碛道连西域，雪岭嚼冰渡热湖。

其二

曲颈如鹅趾掌宽，茫茫沙海自成船。
盐浆解渴风中宿，运驮绢丝满宇寰。

热湖，今称伊塞克湖，高山不冻湖，在今吉尔吉斯斯坦境内，唐代称“热海”“咸海”或“大清池”，是“丝绸之路”上的必经之地，岑参有《热海行送崔侍御还京》一诗：“侧闻阴山胡儿语，西头热海水如煮。海上众鸟不敢飞，中有鲤鱼长且肥。”这是唐人第一次将热海写入诗中。骆驼脾性温顺，在你骑乘的时候，它会先弯曲蹄子、跪下前腿，再跪后腿平卧，让你很容易地抬腿跨上去，等起身时则是先起后腿、再起前腿，慢慢立起全身，缓步向前。骆驼的步履，可以用不紧不慢、四平八稳来形容，骑乘在有驼峰前倚后靠的驼背上，有绝对的安全感。骆驼奔跑也很有意思，马跑是直的向前，骆驼跑是左右向前。记得我17岁在内蒙古苏尼特草原插队，在一个初冬的黄昏，我要去山那边的牧民家。在四望苍茫的草原上，凭着骆驼的沉稳，数着渐明渐亮的满天寒星，走过了一片又一片沙地，最后安全到达。

可以这样说，没有骆驼，就没有“丝绸之路”的运输；没有骆驼，“丝绸之路”就不会延伸得如此之远。敦煌莫高窟壁画中有多幅有关骆驼与“丝绸之路”的壁画，如第61窟、第296窟、第302窟、第420窟，或为骆驼饮水、灌药，或牵引骆驼及驼车在山间草原行走，这些壁画创作的时间大致在公元5—10世纪之间，说明隋唐时期以骆驼为主的驮运仍旧是“丝绸之路”商旅贸易最主要的交通运输方式。“丝绸之路”上的骆驼稳健持久，魅力独具、让人心动。不管怎么评价，骆驼都是那种能给人带来无限美感的古老生灵，是勇气和力量的化身。时至今日，骆驼依旧不断地引发人们关于汉唐历史、边塞、西域、贸易以及“丝绸之路”的丰富想象。

“诗圣”杜甫说：“崆峒西极过昆仑，驼马由来拥国门”（《喜闻盗贼蕃寇总退口号五首》其三），是唐代“丝绸之路”繁盛的文学写照。崆峒，山名，在今甘肃平凉市城西 12 公里处，峰林耸峙，怪石嶙峋，主峰海拔 2123. 3 米，唐属陇右道肃州福禄县，是古“丝绸之路”西出关中之要塞，有“西来第一山”之称。西极，极西，西方极远之地，汉唐时中国人所知的极西之地就是大秦，即罗马帝国。杜诗说，走过崆峒山、翻过昆仑山一直向西，经过里海、黑海、地中海就到了大秦；“丝绸之路”开通以来，骑着骆驼、牵着马前来的人争相涌进国门，其势如堵，盛况空前。不说葱岭以西的“丝绸之路”西段，亦即今天中亚、西亚以及北非、欧洲的高原、山川、河流、大海，仅是中国境内的以河西四郡、阳关、玉门关、吐鲁番、霍城、伊宁、焉耆、库尔勒、铁门关、轮台、库车、阿克苏、喀什、疏附等为代表的丝路沿线风光就美不胜收，胜境无数、风光绝美，让人流连忘返。

“丝路”壮游，一看地域，二看距离，三看海拔。一出行就是几千公里，穿越河西走廊、进入天山南北，浩阔的天宇、巍峨绵延的雪山、荒凉无边的戈壁、广袤的草原、悠远的河流、清澈的湖泊，由此连带起的长城、古堡、烽燧、大漠、胡杨、驼队、骏马、胡笳、羌笛、弯弓、鸣镝，构成了全幅的“丝绸之路”图景，既雄浑壮阔又古劲苍凉，有咀嚼不尽的文化蕴涵与美学意味。“丝绸之路”连接的不仅是东方与西方、内地与边疆，还连接着历史与现实、今天与未来。“丝绸之路”宛若彩云游动，迤逦在遥远的天边。走上“丝绸之路”，自豪感与英雄主义情怀油然而生；走上“丝绸之路”，视野和心胸才会大开；走上“丝绸之路”，你才敢像诗人海子一样硬气地说：“远方就是这样的，就是我站立的地方。”（《遥远的路程》）

散步时的一次偶遇

聂新兰①

四年前散步时的一次偶遇，让我对小区附近的村子帅家营和村里的龙王庙有了种牵挂。如今每每经过那里总不免要多看几眼。虽然从我认识帅家营的第一眼起那里就已是断壁残垣，那座神秘矮小的龙王庙就突兀地伫立在乱糟糟的瓦砾和土堆旁，然而我还是被吸引了。

那段时间的我，工作特别忙碌，整天重复着从家到办公室，再从办公室到家两点一线的生活。好不容易休息了，就特别想出门散散步、透透气。当时正值三月中旬，人们虽然还未脱去冬天的装束，树木也没有发出新绿，但空气中已开始透出一丝丝柔和的暖意。所以在那个下午，蛰伏了一冬的我出门显得有点迫不及待。

小区南边的小黑河已经很久没去了。我记得 2012 年底刚搬到这里的时候，南边这片地根本没法走。当时位于小黑河北边的前巧报村应该刚拆完不久，偌大一块地方荒草丛生，到处是高高的土堆，过小黑河只有一条坑坑洼洼的土路。过了几年，往小黑河方向才修了一条半截子路，跨小黑河大桥也修了一半，壮观规模已初具。自此我和先生散步的轨迹终于可以往南移了。

不过毕竟是一座未修通的桥，大桥左右两旁还有很多荒地，所以这里一直少有人至。但我和先生还挺喜欢这里的，可能是因为清静和野趣横生吧。而且跨小黑河一带视野超级好，桥面很宽，桥下就是滨河路和不断变美的小黑河绿化带。没有高楼遮挡，景观开阔，来到此处总能让心情放松。春夏时分，站在安静的桥边远望河面上的落日熔金，还会有一种仿佛天地都寂静下来的美。

然而始终有点遗憾，桥和路一直没修完。那天出门时，我就特别想去小黑河看看路到底修得怎样了。因为在此前的夏天，停滞许久的工程终于

---

① 聂新兰，内蒙古大学文学与新闻传播学院教师。

重新启动了，许多大型工程车来往频繁，附近沙土飞扬，机器轰鸣，因此再没去过那里。结果那天散步惊喜地发现大桥贯通了，于是和先生兴奋地继续往前走，直到大桥的尽头，再往前的路就不通了。一些蓝色挡板竖立在不远处，旁边还停着一些大卡车。

当我们在路的尽头东瞧西望之际，东边土路上的一所小房子引起了我们的注意。屋顶是黄色琉璃瓦，屋檐上还有中国古代建筑常有的脊兽，这样的造型在如此空旷荒凉处显得非常特别。我们怀着好奇心走近观看，发现这所小房子是一座小小的庙宇。庙非常小，左右大概只有三米宽，庙前用矮墙围了一个小院，院中摆放了一个香炉。庙的院门前有两块石碑似的彩色墙面书写了两段文字，一是龙王庙建庙史，一是帅家营建村史。墙上的字有些已经斑驳脱落，但大体意思还能识别得出来。不瞧不知道，一瞧吓一跳。原来这座龙王庙在这样一个不为人知的角落里竟悄悄待了近270年，而它周围大片被拆成瓦砾、土堆的地方就是具有270年历史的帅家营旧址。

这一发现着实让我意外。在一片荒草枯树和沙土碎石的废墟中，我们就这样和一段被遗落在城市郊野的历史旧迹不期而遇了。岁月的沧海桑田瞬间堆叠在眼前，让我们不由得慎重起来，要多看它几眼。正当我俩站在这里徘徊流连时，我感觉到路对面有一个人似乎正望向我们。过了一会儿，在我们拍照留念之际，那个人朝我们走来，原来是一个穿着蓝色外套的大姐。她主动过来和我们攀谈起来，看我们正给龙王庙拍照，她说："多拍点吧，这可有200多年的历史，值得纪念。"

于是我们就问她是否为帅家营的村民，她说是。我问她姓"帅"吗？她也说是，她说他们全村基本都姓帅。看我们很有兴趣的样子，大姐又主动热情地告诉了我们有关帅家营的一些事情。她说庙前的围墙大概是2009年修的，但龙王庙本身已有200多年的历史。自她小的时候龙王庙就是这样，至今并没有什么大的改变。

我们问她村子拆后村民们都有什么反应。她说好些老人都觉得可惜，因为这里原是他们祖先千挑万选出来的风水宝地。通过墙上的文字，我们也得知确如她所说。帅家营村，是由山西忻州的萝卜野茬帅家巷人帅金州于1742年完成选址的。选中这里，一个很重要的原因是此处毗邻两条河，小黑河和大黑河，是当时的风水先生鉴定过了的风水宝地。选址完成后帅金州便带着他的三个儿子在此处建村立业。在耕种土地、建设家园的过程中，为祈求风调雨顺、生活富足，帅金州又与家人商量修建了这座龙王庙。自此经几代人修缮维护，一直保存至今。听大姐说后来中国跟日本打仗时，有军营驻扎在此，帅家营的名字大概由此而来。

和我们聊天时，大姐得知我们住的地方和她现在的住所不远，又邀请我们一道回去。路上大姐跟我们说，她常常想起原先的村子，有时还会把村子原来的样子画下来。又说自己并没学过画画，只是因为对过去的街道房屋太熟悉了，所以一切就像图画一样烙印在她的脑海里。她说，在这里生活了这么多年，如今村子不复存在，多少让村民有些感伤。尤其是大家拿着拆迁款到城区各处重新购置新家，所有人都有条件住进了楼房，生活条件的确提高了不少，但见面不像从前那么方便了。

我特别能理解她的感受。小时候读到一些描写城市的文章，总有作者把城市比作“钢筋水泥的森林”。那时只觉得这个比喻听起来有点酷，但个中真意其实并不了解。毕竟我小时的成长环境还比较开阔粗放，没有像如今这样整日被高楼大厦和一间间门窗紧闭的屋子“拘禁”起来。长大后，生活开始加速度，中国在日新月异地飞跃和进步。一切都是可喜的，然而也有东西在悄悄改变。

小时候一出门就可以碰见邻居，见面总问你吃过了没？那时串门不需要预约，很少电话、没有微信，想去就去。如今高楼大厦越来越多，小区管理越来越严，一切看上去更井然有序了，然而人与人之间的亲密感却越来越远，信任度也越来越低。终于在某一刻我明白了什么是“钢筋水泥的森林”。我想帅家营大姐的经历也是这样一个类似的过程吧。原来整个村子是一个熟人社会，开门就能见到邻人晒太阳、聊天、打牌、织毛线……所有人之间都知根知底。如今他们各自分散到一个相对陌生的环境后，往日那种出门就是熟人的亲切感开始变得稀缺而珍贵。

肯定是我们对龙王庙的关注引发了大姐倾诉的欲望，回去的一路但凡我们有不清楚的地方问她，她都知无不言地告诉我们。谈到小黑河，大姐告诉我们，她专门在前巧报村回迁房的楼房检验过，她说从 16 层往下看，小黑河尤其美。虽然大姐说拆迁后同村的人在哪里买房的都有，但我感觉不少人还是更愿意选择住在附近。因为在回去的路上大姐碰见了不少熟人，后来她决定和其中一位一同回家，于是我们就和大姐分手了。

看着大姐和熟人悠然走路的背影，那种随意祥和的气氛让我羡慕，也让我想起了自己的家乡。一出门就能碰见熟悉的面孔，即使多年未见的叔叔阿姨老了不少，却依旧让久居异乡的我倍感亲切。他们是父母多年的邻居，打小认识我，会让我有确定的归属感和安全感。尤其是看见陪我一起长大的房屋草木如故，更觉难能可贵。不过这种感觉对那些始终未曾离开原地的人来讲，或许并不敏感。相反，他们中的很多人或许正幻想着奔向远方，摆脱束缚。

也许没遇见龙王庙，不听闻帅家营，那天下午将是又一个日复一日的重复。然而废墟里的一瞥让那个下午变得意义非凡起来。我突然意识到自己其实也处在时代的风云变幻中，我见证着历史，同时也被历史的进程所裹挟。我身边不断有旧的事物消亡，更有许多新的事物诞生。将近 300 年的帅家营不见了，但龙王庙被想要坚守的人保存了下来。

如今距离第一次与帅家营相遇已过去了四年，小黑河大桥一带又有了许多新变化。比如往南延伸的路终于通车了，比如原前巧报村的回迁房小区晚上已是灯火辉煌，比如小黑河南边的帅家营也起了新楼盘。那龙王庙呢？会被拆掉吗？每次去那里散步我都带着这个疑问。还好一直在。而且某天我惊讶地看见龙王庙被改头换面地重新修葺了一番。仿佛是为了与周围的高楼匹配，原先红黄基调的龙王庙变成了典雅灰，从前斑驳不清的介绍文字被刻在了真正的石碑上。一切都那么崭新，以至于我矫情地觉得它变得冰冷和陌生了。斑驳的墙体文字不见了，仿佛有温度的记忆也随之飘散了。但龙王庙毕竟保存了下来，它用一种全新的样式展现了一种融合和坚守。此时的它，将会是下一代人的成长记忆吧。想到这，心里还是甚为欣慰的。

真的很神奇，四年前的偶遇让我真正意识到历史其实并不只在书本里，它就在你的身边。270 多年的帅家营变为瓦砾，原帅家营村民委员会变更为帅家营社区居委会。又一批新的城镇居民涌起，时代的变迁随时随刻都在发生。

长安香飘万里路

孙恒存①

转眼又到了长安香飘万里路的时节了。就是这芳香，不久将会招徕一批怀揣梦想的学子前来读书论道、指点江山。记得两年前来到福建师大仓山校区长安山校园参加硕士研究生复试的我，也曾经是他们中的一员。复试期间闲暇之余的傍晚，在灯光的牵引下，我几次漫步长安山脚下。伴着习习微风，我开始体会这个陌生的校园所带给我的些许感触。误入小道深处时，软风将一缕芳香送到面前，并迅速窜到脑海中，霎时弥漫在灵魂深处，那种净化和超脱至今在每一个细胞处犹能慢慢回忆出。一路走下去，随着懒散的风吹，那股清香时有时无，亦浓亦淡。如果梅花以“冷香”著称，那飘逸在初春季节的此香则可唤作“暖香”了。我不禁想到林妹妹打趣贾宝玉的一段说词。《红楼梦》第十九回“情切切良宵花解语，意绵绵静日玉生香”中，宝玉从林妹妹袖中闻得醉魂酥骨的奇香，缠着林妹妹问此香何处而来。林妹妹就借宝钗吃“冷香丸”一事说：“难道我也有什么‘罗汉’、‘真人’给我些香不成？便是得了奇香，也没有亲哥哥亲兄弟弄了花儿、朵儿、霜儿、雪儿替我炮制。我有的是那些俗香罢了。”接着，林妹妹问宝玉说：“我有奇香，你有‘暖香’没有？”宝玉一时被问呆了。林妹妹又拿宝钗和宝玉“金玉良缘”的事打趣宝玉说：“蠢才，蠢才！你有玉，人家就有金来配你，人家有‘冷香’，你就没有‘暖香’去配？”从这段有趣的对白中可以看出，由“奇香”先是惹出“俗香”，接着又拽出“冷香”，再后是“暖香”的出场。宝玉好粉黛故从其发现“奇香”开始，黛玉太敏感故以自贬之语“俗香”应对。而宝玉和黛玉之间的情感错位加上宝玉的痴呆和黛玉的刻薄遂又引出“冷香”和“暖香”的一番故事。暖香的飘荡，典故的雅趣，我一个异乡人开始喜欢上了福建福州，喜欢上了这香飘万里招徕学子的不老长安山校园。

---

① 孙恒存，内蒙古大学文学与新闻传播学院教师，文学博士。

我有幸通过复试，当年的金秋季节入学后的我一直忙于认识新的老师、新的同学，熟悉新的学习生活环境，然后就是躲在书堆后面拼命汲取生命的椰汁。终于我也渐渐忘却了去弄清楚长安山校园飘荡清香从何而来这个曾经思考过的问题。直到一年前的此时，我终于借一个请教的机会知道了“校园暖香花中来”的缘故。那时我们专业同行八人结伴去闽江公园踏青。在那里，我又闻到了两年前曾经在长安识别的“暖香”。我趁此请教于本地的几名女生。她们异口同声地说：是鸳鸯茉莉的花香。其中一位同学还指给我看。顺其所指，我看到几株类似茶树的花枝。花染两色，各表一枝。花朵如瓷杯中泡好的茶叶般漂浮在绿叶和枝丫上面。浅蓝和雪青的花色杂间丛中。香飘身段，“任是无情也动人”。后来我就模仿纪晓岚的打油诗和僧志南一首绝句的后两句口占一首：“一人两人三四人，五人六人七八人。沾衣欲香鸳茉莉，拂面微冷闽江风。”只见一位本地的女生说：“前面说的都好，只是这‘拂面微冷闽江风’是否改成‘拂面微暖闽江风’更合适一些？毕竟春姑娘来了嘛!”我说：“这对像你这样适应这里气候的本地人来说是应改为‘暖’字的，但是对于我们这些不是很适应本地气候的人来说，用‘冷’字更能表现出我们对这初春气候的深切体会。我总感觉这边初春的冷比已经过去的冬天的冷更深入骨髓。但是初春的冷伤人不害花，花朵还是争相崭露花蕊，释放暖香。”这位女生回答道：“怪不得我们宿舍的几个北方人这几天总是把门窗关得死死的。原来是这样呀!苏轼说‘春江水暖鸭先知’，我们却是‘昼夜冷暖心自知’。”于是，大家都会心地笑了。待回到长安山校园仔细分辨后，感觉闽江公园所嗅到的香气同长安山校园的芳香似有点不同。其实，长安山的芳香不只是鸳鸯茉莉的，其他还有梧桐花、月季、不知名的野花等。这些大花神和小花神、有名的花神和无名的花神经过历史的浇灌和风雨的培育共同创造了这香飘万里的长安山。

就是这些芳香，每年都会从五湖四海、天南海北招徕一批学子前来读书论道、讲经说法，同时又是这些芳香将深造完的学子香缠周身送出校园。毕业的学生遍走祖国神州大地、山南水北，而长安山的芳香也随即飘过万里路程，洒向每一个有读书梦想的幸运青年。于是，即使远在天涯海角的学子也会顺着这芳香找到福建师大并辞母别父、跋山涉水前来读书深造。年复一年，日复一日。走了一批又来了一批，来了一批又走了一批。

长安山脚的芳香在不断向外飘荡，它飘过武夷山塞，飘出八闽大地，飘过浅浅海峡，飘向异域国度……所谓“福师聚英才”和“桃李满天下”是不是可以这样去理解呢？我只道：不老长安青山在，香飘万里溢四海。

老家三则

鄢　冬[1]

三年没回老家。之所以更喜欢称它为老家而不是故乡，一是它占了个“家”字，提到它就心生暖意；二是它有个“老”字，所以它像我的老朋友那样亲切，它又是个老人，富有沧桑和皱纹。对老家，总是离开越久越生敬重。在老家的注视下，那些人和事也显得真的老了，于是记忆就已经颤颤巍巍地滑动了。

舅舅

无论我什么时候回来，四舅几乎都能第一时间从十里地外捕捉到我的脚步声，这次也不例外。命运扼住了舅舅的咽喉，他做了喉癌手术之后声带全切除，失声的他却总是不缺乏生命的热量，他几乎抓住了空气中任何感兴趣的声波，并将它们转化为一个个富有留白和表现力的嘴型等我们去填补。

我已经很难准确捞取三年后第一次和四舅会面的窘迫和紧张。对一个五十年滔滔不绝且外向的男人而言，之后的命运是缄默无言。这一次我不能过于炫耀我这几年的生活，虽然也并没有什么可以拿得出手的荣光，但我已经意识到，即使是多说一句闲话，也成了一种赤裸裸的炫耀，于是，我们两个都在见面的第一刻，分别被语言击败了。

手术半年了，也许是基本习惯了不说话，也许是利用一切可发挥的部分证明自己还藏有说话的潜力，四舅的眼睛变得极为灵动，肢体的大开大合也显得极为铿锵有力。四舅比之前的任何时刻都更喜欢听别人讲话，但他听话的神情却并没有以前的焦躁和激切，而是沉浸在思考和满意的笑容中：仿佛他们就是替自己在说话。

① 鄢冬，内蒙古大学文学与新闻传播学院副教授，硕士生导师，该院创意写作中心主任。

当然，四舅并不总是这么安然，听四舅妈讲，他也总是压抑不住自己表达的欲望，也总是幻想对方特别是像四舅妈这样亲密的人可以明白他的一切，因此总在失望过后愤怒，但在愤怒后又无所适从。

四舅十年前是家族中最胖的，现在是方圆十几里最瘦的，脂肪颗粒被疾病点燃并溶解。但对生活，四舅却表现出超乎我想象的热情。四舅最喜欢交往的人，是我两岁的孩子，因为他们都不太说话，他们都可以向对方肆无忌惮地比画，在另一种环境中获得彼此的肯定和尊重。

于是，四舅几乎每天都骑着他那辆老迈的摩托车，从十里地以外的山里赶来，和我的儿子一聊就是大半天，他们忘了吃饭，也不必在乎人情世故和眉眼高低。

路

有时想想，像四舅这样的人的命运，和乡间永远不平坦的小路很搭配。

老家的路，总不能平坦。但和城市里大兴土木导致道路不畅不同，乡间不平的路，就是路的性格，也是农村的脾气。

每次从高速公路拐进乡间崎岖的小路，我都像一个被都市抛弃的孩子又瞬间骑上了家的脊背，上下颠簸并不能使我心生倦意，恰恰是凯旋的斗士一样越发豪情万丈。我不想去分辨，到底是我用三十多年的经历驯化了家乡，还是家乡用三十多年的安稳融化了我。总之我们互相纠缠在一起，目光也随着路的高低起伏而上下跳跃，思绪翻飞。

老家房后的那条主干道是村里献给世界唯一拿得出手的礼物。道路两旁列阵的人家伴着日复一日的炊烟，冒出隐性的光荣。然而，尽管主干道修了数次，除了路基越来越高，几乎没有明显的改观，该被大水冲垮的地方，依旧豁牙漏齿地存在着。准确地说，从外形上看，这条主干道更像是高架桥，桥底下的百姓就像流水一样，过着他们的日子。

路两旁的树，从我记事起它们就在，当然，在它们身上，一些少不更事的麻雀和喜鹊经常逗留或是安家，只不过它们也同样得提防更幼稚的我们用弹弓射出的流弹。大树底下，能够闲坐的人则是两种心情，一是闲，二是闲不住。闲话里闲不住的别人家，就像路上从不限速的汽车一样飞驰而去，说过了什么事，自己都忘了。

直到有一天，这条咧嘴的主干道，成为我的仆人，我坐在车上，车坐在它的肩上，我不担心它坑坑洼洼的性格，因为它一定会把我引到家里。当然我也丝毫不需要担心，这是唯一的路。

它也是唯一的主人。

碑

万物的蓬勃在不算炎热的夏天，显得更为从容。目之所及的远方几乎都种满了庄稼。他们在你身边辛苦劳作，你能看得清他们脸上豆大的汗珠以及被汗水冲刷得亮堂堂的紫红色的脸，他们是他们家庭中升起的一轮轮太阳。当你离他们很远了，或在一望无际的豆子地深处，或者在遥远的山岗上，他们似乎真的与天相接，然后把自己冉冉升起。

从前，在农村长大的孩子几乎没有人不会干农活。孩子们坐自家的四轮车下地干活，大有壮士一去不复还的悲壮感。庄稼长高的时候，孩子就显得矮了，蹲下身来，逮几只蚂蚱，挖几个坑，揪几片叶子嚼一嚼，这些细节都代表他出工却不想出力。农村孩子在学业上的勤奋，起初的动力都是：不想就这么过一辈子。

那么田里的这辈子，都给了谁？

田间地头，总有许多石碑注定永远无言地耸立。对生者而言，他们是一座座通天的塔。我从不敢走近这些石碑，尽管我知道地下的那个灵魂其实和我并没有多大关系，但我害怕他会逼问我：我的一生，到底是啥样？

密密麻麻的墓碑，他们聚在一起并不孤单，却让生者感受到了生命的孤绝。也存在另一种可能，墓碑和庄稼们长在一起，他们在替他们的后人继续看守着这块田。从墓碑传递出来的，是对土地的郑重和庄严。

于是这把土，不仅长庄稼，也长出庄稼人一茬又一茬的灵魂。只不过，有的魂被北风吹散了，有的魂瓜熟蒂落，依旧落在土地里。

之后的某一天，又成了路，成了碑。

暗夜烛光[①]

赵　乐[②]

唐贞观四年（630）唐太宗打败东突厥，天下社会安定，夜不闭户，马牛被野，民物蕃息。农历正月初一，群臣朝贺，太宗雅兴大发，赋诗《正日临朝》，自我颂扬："车轨同八表，书文混四方。"不无得意地将一统天下的意气激扬在文字中。事实上，众所周知，这是以残暴闻名的秦始皇为中国做出的贡献。秦始皇消灭六国后，在道路交通、文化事业、经济单位上也规划了统一的步调：车同轨、书同文、统一度量衡。

所谓书同文，就是用战国时秦人通用的小篆为基础，加以调整统一，作为官方规范文字，在全国推广，同时废除其他异体字。这一举措有助于国家政教的推行和地区间的文化交流，对中国文化的传承、中华民族的文化认同和凝聚力都产生了深远的影响。文字，在秦朝以全新的活力点燃了新的文脉火苗，开启了古朴的隶书、秀劲的楷书、飘逸的行书、狂放的草书等书体的花样年华。而站在文字的新起点回望它的前世，那灼烧龟甲和兽骨发出的星星火光，真正为暗夜中摸索前行的民族和文化点燃了燎原的希望。

当我们惊叹于远古时期人类的成长和创作，就会不由自主自豪于中国文明古国的身份。空间之广布与时间之久远是所有文明的共性，但令我们再一次自豪的是，我们的文化芳泽绵长而从未断绝。维系这份坚韧的传承的，就是龟甲和兽骨上那些文字发出的光芒。商朝人以虔诚的姿态占卜了国家、战争、生产、生活等方面的天意，然后虔诚地将本次占卜经过或结果等刻画在该片甲骨上。沟通天地神灵的占卜是商王朝政治统治中的头等大事，形诸甲骨文的记录则是中华民族可信历史的文脉之端。甲骨文是目前可知的中国最早的成熟的文字，但我们仍然希冀在科学研究的努力下能更新这一结论。但无论中国的文字源头在哪里、是什么，那些朴拙的符号

① 本文 2021 年获得内蒙古大学文学与新闻传播学院灯火原创征文比赛散文组一等奖。

② 赵乐，内蒙古呼和浩特人。内蒙古大学文学与新闻传播学院副教授。文学博士。

都承载着中华民族的文化基因，惊艳了所有的时光。

三千年前的文字为中华文明保存了文化火种，在漫长的历史中，汉字的形体屡有变异而一脉相承。作为文化的载体，我们的先人们用这些文字符号创造的楚辞汉赋唐诗宋词元曲明清小说，好似汉字砖石构筑的人类灵魂的大厦。汉字，忠实地记录了中华文明五千年的光明，照亮了中华民族踯躅前行的文化。

“风声、雨声、读书声，声声入耳；家事、国事、天下事，事事关心。”这副对联由明代著名思想家顾宪成所书写，悬挂在江苏无锡东林书院的依庸堂内。秉承着儒家学而优则仕的传统，儒家学子们身处江湖之远，心系庙堂之高，“学成文武艺，货与帝王家”。朗朗的读书声、宏伟的人生蓝图都在泛黄的书卷中娓娓道来、徐徐展开。

书籍是人类进步的阶梯。在古代中国的历史上，最早的私人藏书楼始于北魏，而明清时期的虞山（今江苏常熟）地区掀起的一股买书藏书热，成为藏书史上的地标、佳话。虞山地区先后涌现出一批彪炳史册的藏书家、藏书楼，如赵用贤赵绮美父子的脉望馆、钱谦益的绛云楼、钱曾的也是园、毛晋的汲古阁、瞿秉清兄弟的铁琴铜剑楼、两为帝王师的翁同龢的翁氏藏书等，铸就了藏书史上的盛况。清末著名学者翁同龢曾手书对联“绵世泽莫如为善，振家声还是读书”，这个家族中由于有父子帝师，叔侄状元，成就了家族的无上荣耀。更耀眼的是，翁氏家族的成就彰显了读书改变个体、家族、国家命运的力量。隋朝开始的科举考试，让寒门读书人冲破门第樊篱的困境，去攀登遥遥在望的梦想，这份荣耀在科举制末期绽放了“读书改变命运”最明亮的华彩。

清末民初，也还是由承载思想的书籍化身文化的火种，成为挽救国家、民族危亡于暗夜之中的光明。应运翻译的生物学著作《天演论》是被康有为称赞为“中国西学第一人”的严复带来的启迪国人思想的火种。在阴云密布的清末，“物竞天择，适者生存”点燃了国人的思想火花，《天演论》成为暗夜中推动中国近代文明的火炬、社会变革的希望之光。西学的东渐，带来大量的思想和文化，这些书籍的传播，催生了戊戌变法、辛亥革命。厚重的历史车轮，被轻薄的书页撬动，滚滚向前。古老神州命运多舛，抗日战争中，1932 年 1 月 29 日 20 多架日本战机飞临上海闸北上空，并接连投下 500 公斤重的炸弹。炸弹首先击中位于此地的商务印书馆印刷厂。2 月 1 日日本浪人纵火东方图书馆，商务印书馆 30 年之收藏，全部化为灰烬。日军侵沪司令盐泽幸一的一席话能反映出日本焚毁行为的险恶心态。他说："烧毁闸北几条街，一年半年中国人马上可以恢复，只有把商务印书馆及东方图书馆那中国最重要的文化机关焚毁了，中国则永久不能恢复。"书籍早已超脱了纸本的藩篱，每个字都化身为暗夜中的烛光，燃烧着东方古国崛起的希望。

观古今于须臾，抚四海于一瞬。回顾着文字和书籍，它们点燃了一簇簇火花，在中华民族的至暗时刻成为中国觉醒的启明灯。这灯火由少人问津的私家藏书楼，到今天最大化开放的各级图书馆、24 小时营业的书吧，为黑夜中的中华大地，照亮了一方书桌。文字、书籍接通了祖辈千年的百姓理想——耕读传家，更指向了未来中国的光明前景。这烛光温暖着我们的生命、支撑着我们的自信、塑造着我们的希望。

胡不凋小传

张浩兰①

胡不凋者，一异秉杨树也。立塞外青城某临街园子中，与松柏柳槐榆等杂居一处，共享近二十春秋。过往者每行色匆匆，寒来暑往间故事并不曾为世间所道。

酉年十月初，得遇有缘者琦，日以照相记录其秋日景语并发群，方见此树冠如雀屏，杆如华表，枝叶密而有致。先二十日间，仍见其青茂如夏时，叶碧绿有油光。再历两番风雨，十日后叶黄尽。自此始，众人提心，日日数其叶，并籍之观天气物候，记琐事，仿佛有所持寄。至四十四日，寒风呼起，除松柏外，他树已萧然。唯此树虽稍显憔悴，枝叶间仍见豪强气，其时已逾立冬十日也。

我与琦议："再撑一周，为其立传。"

琦曰："应该能！"

于是，肝肠吊起，分秒嫌长。忙乱之际，每张望于窗外。某日课间，竟感叹出声：

"寒风猎猎，云胡不凋？雨雪霏霏，云胡不凋？"

想及大漠胡杨三千年生死传奇，断猜此树必为其血统后裔；又有同事沈夫子赞曰"坚贞不凋"，遂名其"胡不凋"！

今日风大，冬气进逼，"胡不凋"果真又挺过一周，虽见疏零景况，可飒飒风骨犹似高诵"悲回风"！其叶仍亮如金蝶，只不知还能做几日停留……

因感于琦之执着、树之坚韧，双灵遇而通心犀，互为代言，语出生命健朴本色与高贵之华章，实属难得。又不期然间竟引我等众人相随，共品岁月浓淡，关怀兴衰甘苦，慨然于春秋倏忽而从容安详于变迁……特于感恩节作小传以记之。

---

① 张浩兰，女，汉族，1967 年生，内蒙古鄂尔多斯人。内蒙古大学文学与新闻传播学院副教授，兼任中国少数民族文学学会理事，内蒙古大学梅兰诗社社长。

在阿尔山，上天说：可以

张浩兰

一进阿尔山，但看游人：见山林喜，见草原疯；蹬踏熔岩，嬉戏清流；沉吟平湖，乐享凉风……俨俨然入籍桃花源中！疑惑而问：世间真有山屏泽障可护佑世人一息自然之气？

在阿尔山，上天说：可以。

再入温泉宫，见诸浴者：男女老幼，着泳衣，袒胸背，挨挨挤挤，说说笑笑……显然返归真朴，不过一群稚子幼童！讶异而问：真有泡地母心泉而可忘却难堪，不拘性别、洁垢并处同一池者？

在阿尔山，上天说：可以。

信步森林、地质公园，风情异美不胜举，就哈拉哈河徘徊出没，每每不期而遇已令人心动：凡人旦与挚爱失之交臂便错莫难言以致一世情殇，安可信有缘无处不相逢？

在阿尔山，上天说：可以。

东北极寒，冬日滴水成冰。哈拉哈河因有地热流泉交换而盛名为：不冻河。想来山野诸物冰封雪盖时，此水仍雾气腾涌，一路唱响：皇天后土犹不弃汹汹趋利祸世之人事而依旧仁和、信赖并泽福于世间？

在阿尔山，上天说：可以。

…………

凡此种种，各色游人自寻得千百般妙处，也时时闻慨叹及自言自语之问：为什么会……？怎么可能……？

在阿尔山，上天说：可以。

东巷记[①]

甘　迪[②]

呼和浩特的附中东巷是一条很有年代的巷子了。

它略有弯曲，从这一头是望不到那一头的。每天从家到学校，两点一线，东巷是必经之路。以前，对换季怎么也没什么概念，只觉天气忽然暖和了可能就是春天的脚步近了，什么时候又冷不丁感到一阵凉风透过衣裳兴许就是秋天来报到了。但东巷，就如一个时光机一样记录着四季间微妙的变化。你会在某一天惊奇地发现巷子两旁光秃秃的树枝上长出一朵朵嫩芽，舒展着身体。接着便是“絮起晴风落又斜”的景象了。地上的团团杨絮随着疾驰而过的汽车翻滚，环卫工人点燃成堆的杨絮发出“嘶啦”一声转瞬即逝，燃烧的一刻犹如傍晚时的火烧云般绚丽。树叶这才开始由嫩绿变为草绿再逐渐变为深绿。盛夏正午的树叶在艳阳的照耀下绿得油亮，好像随时会滴下一滴墨汁一样。就这样，忽然有一天你会发现东巷南口铁栅栏上的爬山虎红得像一颗颗炽热的心脏，娇艳欲滴。我的脚步也会不自觉慢下来去挑选一些中意的枫叶珍藏在书里。我特别喜欢把一些花花草草留在书里。至今，我书柜中的那本《唐诗三百首》里还有着一朵丁香花散发着暗暗香气。这些火红的枫叶总会勾起我对第一节绘画课的记忆：那时我还小，兴致勃勃地去上绘画的试听课。老师让画一座红色的房子和一棵绿色的树作为课堂作业。当我交上我的作品——画有绿色的房子和一棵红色的树的时候却被老师批评了一番，也磨灭了我对绘画的热情。我当然没有报那样的兴趣班。那些爬山虎红的时间很短，稍不留神可能就已经变得金灿灿的了。这也是为什么我钟情于红色的树叶的原因。那些低头族也许会被突然飘落到他们怀里的落叶吓一跳，猛然抬头才发现原来这时的东巷已是落叶纷飞，路边的孩子正兴奋地踩在那些干枯的叶子上，听着它们发出薯片被嚼碎似的一声脆响。就连栅栏那边的流浪狗也在满是落叶的草地上

① 本文发表于 2021 年 4 月 1 日《内蒙古日报》“北国风光”栏目。

② 甘迪，蒙古族，内蒙古大学文学与新闻传播学院 2019 级汉语国际教育专业在读学生。

翻找着什么，尾巴还不时扇起几片树叶发出悦耳的声音……秋天的东巷是最美的。就算是树上的叶子掉光、南口栅栏上只剩下一些胡乱缠绕着的枯树枝也丝毫不会影响东巷的魅力。一棵棵杨树像巨大的打蛋器一样矗立在天地之间，好像要搅拌天上的云彩一样……这就是东巷告诉我的四季。

平时，它也是一条热闹非凡的巷子。两旁的小吃店、礼品店鳞次栉比，应有尽有，让人眼花缭乱。因为东巷的南口是师大，北口是内大，所以出入巷子的人也自然以学生为主。时间长了，便对每家店的位置、菜品一清二楚。“哎，今天去哪啊？学友斋还是土豆粉？”“沪上阿姨又出新品了，咱去看看？”“哎哟，刚在魏吉茂等了差不多半个小时呢！”听着人们的谈论，我不由得暗自发笑。“姑娘，‘王一碗’怎么走啊？”我这才回过神来看见一个快递小哥向我打听着。“哦，前面再走走，路东那家木头色的牌子就是了。”到了晚上九点多，街上的车已经渐少，可是东巷里的生活才刚刚开始。别说是车，就是人走着都得到处避让着擦肩而过。路灯下，小吃车上的热气清晰可见，不时飘来臭豆腐和烤冷面的味道。人们一边往里吸着清鼻涕，一边吸溜吸溜地吃得哈气连连。透过饰品店的橱窗可以看到人们在试戴着帽子、耳环，挑选着皮套。当然，大学夜生活的乐趣可远不止于此。

放假的一天偶然经过东巷，那景象可甚是罕见：里面空无一人，大部分小店儿也都关门大吉，冷冷清清、萧萧条条，只有修车大爷孤身在那里坚守，还有就是环卫工人那“唰——唰——”的扫地声。我不禁心想“呵，东巷的热闹景象果然还是得归功于我们嘛！”

在我看来，东巷集活力与纯朴于一身。无论呼市的男女老少大概都可以在这里找到属于自己的一段难忘岁月。自我们搬家后，我也就离开了与我朝夕相处了六个春夏秋冬的东巷，有关东巷的种种回忆也只能停留在高中毕业的时候了。如果有时间，我一定会再回到东巷，再一次完整地走过它，到曾经约起的奶茶店点上一杯热饮，看一看有哪些新开业的小店儿，听一听学生们谈论的话题与我们当年又有什么两样，找一找那只在东巷定居了六年的老狗，那只人们走到它面前连尾巴都懒得动一下的老狗，还有老旧的牌子、褪色的栅栏、墙上的涂鸦，细细品味那久违的感觉。

未可笑馋意[①]

马嘉璐[②]

——有什么好丢人的呢？这是爱啊。

我最近特别想吃乐乐茶新出的那个欧包，真的。

“金黄色泽的南瓜果肉，焦香酥脆，香浓扑鼻，一种灵感与美味的结合”，这是它家打出的文案。不管是确有长处还是虚张声势，作为一个在内蒙古读书的小姑娘，虽然我从来没去过南方的这些店，但它已然成为我的“白月光”了。自从来了内蒙古，我就总感觉血液都变得稀薄了，因为少了可爱的勾兑奶茶和小点心。

冰四季奶青加一份椰果三分糖少冰，热红茶玛奇朵浇上黏黏的波霸。还有芋泥！泛着水光的、烫烫软软的轻紫色，舌尖一抿就是满口香甜。那张我的新晋“白月光”的广告配图里，带着小裂纹的刚刚出炉的金黄色的酥皮，里面隐约可见半融化的洁白泛着鹅黄的乳酪，和明澄澄的南瓜泥，四周的那点轻紫色画龙点睛，层层叠叠，松松软软，百媚千娇。明明蓬松得和被子似的，一口咬下去，被咬的地方挤在一起，截面却紧紧凑凑。缓缓回弹间，内馅蠢蠢欲出，让人忙不迭地接住，甚至不惜把舌头烫出泡来。

我这个人是很容易向往一种食物的，也就是馋。

前天，我对床一个山西的姑娘要了一份烤鸭的外卖。我发誓我一开始真的极尽鄙夷来着。才十五块钱，谁知道那个塑料袋里装的是鸭子，还是别的什么可爱的小动物比如小肥老鼠啥的？

然后她就开始拆外卖。

再然后，我就下了一单，真香。

责任真不在我，是那只鸭子勾引我的。它没有被放在一个素白的聚乙烯餐盒里，而是像古代的美人儿侍寝一般，囫囵个儿地藏在一张油纸里。

① 本文曾发表于《草原》2020 年 5 月刊。

② 马嘉璐，内蒙古大学文学与新闻传播学院 2019 级汉语国际教育专业在读学生。

每揭一层，香气就重一层，欲望就强一寸。等到暴露在光天化日之下了，也没有感到既得的厌倦，而是惊鸿一面，只盼日日相见。它只油光水滑地躺在那里，闭着眼，丰腴美满，便已是绝色。皮被烤得焦脆，内层的脂肪也没被浪费，欣欣然绽开一朵朵的花儿来。撕开来，里面是被腌过的白肉，温柔地等你撷去。不需要大师傅片出花样，也不需要什么京酱白葱，只一块块地咬了，烫烫脆脆地咽下去，一辈子就再没有什么烦忧了吧。

你呢？你上次被馋到是什么时候呢？这种原始的快感，你有多久没享受了呢？不论是朝朝暮暮还是电光火石，是相许已久还是萍水相逢，只一样，那一刻之后，看山是你，看水也是你。这可不就是爱情吗？

可是没办法，这个凡俗的世界怎么可能容下这么伟大的理想呢？于是人人噤声，日复一日。走进食堂吃着同样的工作餐，或是面无表情地程序化地大嚼小圈圈样子的代餐饼干，或是麻木地盯着便利店里旋转的微波炉，安静地吃完。最远的逃离，也不过是多走一条街道，去吃一碗汤头浓一点的麻辣烫而已。之后殊途同归，走回那大厦去。

可是，野性只是被压抑了，并没有被根除。野火烧不尽，春风吹又生。

某一天，你在等公交的时候，不知从哪儿，就会冒出一个巫婆似的老奶奶，在你的身旁起劲儿地扇着刚开锅的，盛着毛肚鱼丸魔芋结冻豆腐鸭血鱿鱼丝的小木格子，然后邪恶地掏出一把不锈钢小漏勺搅啊搅。

你瞥了一眼，看到一块白萝卜正在拼命地吸吮汤汁，由惨白变成柔和的茶色，纤维软化开来，像块温润的黄玉。你吸了口气，保持体面与冷静。它们妖媚地笑着变本加厉，派出虾饺同志在你的余光里大腹便便地展示自己透视装里的一派春光。你把目光收回锁在手机屏幕上，试图听网课充电。敌方邪魅一笑，喊来了柔嫩的娃娃菜，质朴单纯地望着你，水汪汪地笑。于是你动摇了，那么清澈的小可爱怎么会害人呢？于是小试身手，风卷残云，引狼入室，万劫不复，一网打尽。

看吧，有什么好丢人的呢，这是爱啊。

我馋的东西好多的，比如从小学开始幻想描写还因此作文得过 A⁺ 却从来没有吃过的桃花糕，红艳艳软糯糯的清凉甜腻的桂花糖藕，从没吃到过的正宗的南京的蟹黄汤包，还有我奶奶做的，一直觉得不好吃的软软的鸡蛋羹。有的吃过，有的没吃过；有的充满期待向往，动力大到让我累成狗，还有的，余生只是馋罢了。

可无论怎样，是什么，在哪里，谁做的。亲爱的，这些都是爱呀。

我之前看的一本唐书上讲，有个人生了重病，奄奄一息，突然很想吃荔枝。家人去问郎中，郎中说他现在在上大火，这是大忌。可是这人一定要，家人没办法，就给他买了一点。那人吃了，竟全好了。可见，馋可攻毒，并非全无道理。

所以啊，我不是劝诸位一定尝遍天下鲜，辞职去寻至味珍欢。肥该减还是要减。可是，那一份小孩儿似的心性最好还是不要丢掉的呀，那是人最朴实的情感。它也和小孩儿似的，日日撒着娇要这要那，有点烦人，可是足够可爱，足够让你对未来充满希望，然后天天向上。

小说篇

婚　事

安　宁

接到父亲病重消息的前一天，乌日娜在理发店又见到刘贵，那是他们分手后的第三个月。

刘贵走进理发店的时候，乌日娜正忙着为一个男人剪小平头，那男人长了一张和刘贵一样挑剔的脸，以至于乌日娜不自觉地就将发型，剪成了刘贵那样精明得有些不惹人喜欢的式样。男人于是满腹牢骚，乌日娜只好左一剪右一剪地进行修补。所以听到有人推门进来，乌日娜只是习惯性地点头说："麻烦您坐下稍等。"

于是刘贵便像以往那样，闷声不响地陷进了沙发里。如果理发的男人再耽搁一会儿，怕是他又习惯性地背对着乌日娜，在吹风机嗡嗡的响声里，躺倒在沙发上睡过去了。好在平头男很快就结束了抱怨，从廉价小皮包里夹出油腻腻的二十元钱，丢在桌上，踩着一地同样不满的碎头发渣子，推门离去。乌日娜去沙发旁取笤帚的当口，才看到了低头玩手机游戏的刘贵。她吓了一跳，甚至后退了两步，呆了片刻，这才问他："你来……做什么？"

刘贵看着吃惊的乌日娜，现出从未有过的一丝愧疚："其实……也没什么事，就是你的电脑，落在了家里……"

"哦。"

乌日娜是个粗枝大叶的女人，乌金巷拐角卖衣服的阿丽娅常常说，如果乌日娜再傻笨一些，怕不仅将钱全丢给了别人，连她自己，也估计给弄得没了影子。那台电脑明明是她托人从日本买回来的，花了一万多块，算是她浑身上下，最值钱的家产了，偏偏就给忘在了刘贵家里，而且，过去三个月了，她竟然完全没有想起。

"你要有时间，就帮我拿回来吧。"乌日娜看着门外探头探脑、不知是想要理发还是纯属无聊的几个闲人说道。

"很快天就黑了，你还是跟我一块回去拿吧。"

乌日娜想，刘贵的潜台词，大约是他没有时间送吧，和刘贵在一起的两年，他除了来店门口偷窥过她两次，几乎很少进店。倒是刘贵的父亲，几次乘坐公交，来给她送饭，以至于整个乌金巷的人，误以为乌日娜即将嫁给一个糟老头子。大家都说，瞧乌日娜多可怜，挑来拣去，最后就只有嫁给60岁老头的苦命。乌金巷的男人女人都擅长嚼舌根，但乌日娜天性慢一拍，别人说什么，好久才会在她心里激起一些反应，即便是这延迟了的反应，她也能像给顾客洗头发一样，用温和的水哗哗一冲，很快便只剩了好闻的洗发水的味道。

所以乌日娜什么也不解释，任凭流言蜚语在乌金巷里，穿堂风一样吹来吹去，终于时间长了，人人觉得腻了，也便转换了话题。

想到麻烦刘贵再跑来送电脑，会给乌金巷里的男人女人们，制造新的话题，乌日娜也就不再作声，只轻声回了一个字："好。"

乘坐66路公交到达刘贵家楼下的时候，乌日娜一时有些恍惚，想起就在几个月前，她还站在楼下，指挥着工人们搬运水泥沙子，将70平方米的两室一厅重新装修一下，作为她和刘贵的婚房。那时她满怀着刘贵会娶她的梦想，觉得老旧楼房的楼道，都跟着亮堂起来，就连楼梯口大张着的垃圾洞，将垃圾扔进去的时候，那沉郁的一声钝响，都是悦耳的。

此刻重新站在已经跟自己无关的这栋楼前，乌日娜心里有些悲伤。不是悲伤她失去了刘贵，而是悲伤她为什么总是遇到像刘贵这样花完了她的钱，便无情无义离开的男人。到底是她太傻了，还是城市里的人太精明了？她从草原来到这个城市十年了，却始终没弄明白。

一个胖大的女人从防盗门里出来，带着八卦的视线，将乌日娜上下打量了一番，而后哐当一声，关门离去。乌日娜不记得见过这样一个女人，这个小区，就一栋楼，一个破旧的小院。长年咳嗽的一个老头，守着形同虚设的铁门，同时兼打扫庭院。原来的住户，已经渐渐搬去高档小区，留下来的，除了老弱病残，便是没钱的外地来打工的出租户。出租户流动性高，乌日娜自然不记得胖大女人。不过刘贵很快补充说："这是我们对门新搬来的，商场卖袜子的。"

"哦。"乌日娜停顿片刻，又加上一句，"你将电脑提下来吧，我就不上去了。"

院外昏暗的路灯下，刘贵有些失望。但三楼窗户旁，一声轻微的咳嗽，又提醒了他："来都来了，也见见我爸吧。"

这句话让乌日娜无法拒绝，她什么也没说，用沉默表达了自己的意见。

门打开的时候，装修的油漆味，似乎还在房间里弥漫。灯光有些晃眼，尽管那红木颜色的灯是乌日娜精心挑选的，她还记得，为了讲下二十块钱，她在灯饰店里，跟满脸雀斑的老板娘，磨了好半天，最后，那老板娘不知是不是可怜她，终于肯松口，给她便宜了二十块。这些，乌日娜从来没有跟刘贵提起过，为了装修这间婚房，她将理发店关了半个月，流失了很多老顾客。每天早晨起来，刘贵甩手去上班，乌日娜指挥工人装卸材料，而等到刘贵下班，一天的装修也结束了。甚至刘贵只提供了一万块钱，就不再过问经费的事。用阿丽娅的话说，乌日娜完全是"猪脑子"，自己掏出五万块也就罢了，竟然连账都不知道记，更不懂提醒刘贵每项支出所花的费用。

而今站在晃人眼的吊灯下，乌日娜知道自己的确是猪脑子了。刘贵的父亲听见门响，先从卧室里探头出来看了一眼，随即又被针扎了一样，将快掉光了头发的脑袋缩了回去。乌日娜站在靠门的位置，像草原上的一只傻狍子，被刺眼的灯光一照，便不知道该朝哪儿去，坐到崭新的沙发上，或者再朝客厅里走上一两步，似乎都不合适，这里已经不是她的地盘，尽管她在这里流过汗也流过泪。

刘贵的父亲终于走出卧室，他先轻咳两声，这让乌日娜更加地不安起来。不过刘老头还算是个和蔼的人，至少比刘贵更懂得关心乌日娜。刘贵上班忙，没时间，很多时候，甚至乌日娜去买衣服，都是刘老头陪着给她拎包，以至于导购员总用好奇的视线审视他们。就连这些家具的样式，也都是两个人一起去挑选的。刘老头脾气怪，跟儿子天生的仇人，又因老伴去世得早，两个人吵起架来，连个帮忙的女人都没有。刘老头也曾经找到过一个女人，跟他过了五六年吧，据刘贵父子的统一说辞是，女人骗光了他们的钱后，就跑了。所以自此父子俩心里就落下了病根，总怕再有一个女人出来，将他们骗得血本无归。乌日娜很及时地跳出来，扮演了这样一个潜在的威胁分子。刘老头总是说，你快跟我儿子分了吧，他根本配不上你，你看他都不肯跟你去领结婚证，你是女人，耽误不起。乌日娜那时总以为刘老头说的话都是真心为她好，现在想想，免不了有怕她骗财产而赶她走的嫌疑，尽管乌日娜并不愿意这样去想刘老头，她叫他爸爸叫了两年，也更愿意将他当成自己的父亲。所以看到刘老头咳嗽两声，好像有重要事宜要发布的时候，乌日娜心里还是紧张了一下，想他会骂她呢，还是会骂他的儿子呢。结果出乎意料，刘老头竟然带着一点讨好的语气，试探性地问乌日娜："这么晚了，今天就留下来吧……"

这一句让乌日娜更紧张了。她看一眼刘贵，刘贵竟然也跟刘老头一样满是期待的眼神，刘贵的嘴硬得像石头一样，而且他不只是自己硬，还不许乌日娜撒娇卖萌，每次乌日娜试图以温柔的方式，让刘贵去做点家务的时候，刘贵马上提高了警惕，问乌日娜，是否有什么企图？每个进到刘家的女人，都是带着霸占财产而后跑路的企图来的，刘贵和刘老头在这一点上，达成了空前的一致。所以此刻，两个人也空前团结地向乌日娜示好的时候，她有些迷惑了，不知道两个男人葫芦里，到底卖的什么药。

不知道，乌日娜也便委婉地回绝，说还是拿了电脑回去吧，她还有事呢。刘贵一听有些急了，冲乌日娜就喊："都住了两年多了，这么晚了，就不能留下来？"乌日娜被这句话给镇住了，她想今天的刘贵真奇怪啊，他到底在想什么呢？又要对她说些什么呢？非得要留自己住这一晚，而且竟然还是这么迫切地、破天荒地对她挽留。

但乌日娜究竟还是软心肠的女人，仅仅刘贵这么一句喊，她就像以前任何一次下班回来一样，将包放到鞋柜上，径直走到洗手间去洗漱。她快用光了的洗面奶还在那里放着，只是被扔到了旁边的杂物架上，她用力地挤出最后一点玉米粒大小的洗面奶，在掌心里慢慢地揉搓着。门外是刘贵走来走去的脚步声，还有掀动床板的声音，她猜测这个向来什么家务都不会做的男人，是在帮她找棉被，她和刘贵一向是分开用棉被的，他没有拥着她入睡的习惯，她在他的身边，觉得他更像自己的儿子，而不是男人，她细致入微地照顾刘贵，最后却落个婚房装修后，被扫地出门的下场。

果然，乌日娜走进卧室，看到有着喜庆的大红花朵的两床棉被，已经铺好了。乌日娜有种领了结婚证的感觉，但这种感觉转瞬即逝，一天站着给人理发的疲惫，竟然在坐在床沿上的那一刻，很快地席卷了她。尽管乌日娜知道这有些不解风情，但是她对跟刘贵领结婚证，不再抱太大的希望，所以也便任由自己打一个哈欠，说一句睡了，便背对着刘贵，拉过被子，睡了过去。

乌日娜现在知道自己是怎样一个没心没肺的女人了，重新躺在刘贵的身边，她竟然一夜无梦，很轻松地度过了一晚。起床洗漱后，乌日娜忙着要走，刘贵忽然拦住她说："等等。"而后他便冲进了刘老头的房间里，一阵叽叽咕咕后，重新走出来，像宣布一件国家大事一样，注视着乌日娜的眼睛，说："咱俩去领证吧。"

两年来，领证这件事，一直是乌日娜与刘贵之间引发诸多矛盾的关键所在。其实在最初相识的半年里，刘贵还是愿意去跟乌日娜领结婚证的。可惜，上天总是阴差阳错地让他们离领证差了那么一点点。第一次，乌日娜因为户口还在老家，又没想起来开户籍证明，没有办法登记。第二次，刘贵又给公司请了假去，结果，恰逢民政局全体开会学习，没有一个人值班。有这样两次，刘贵就今推明、明推后地懒得再去了，乌日娜不会说甜言蜜语哄劝刘贵，更不会撒泼耍赖地强求刘贵，于是关于结婚证的事，便搁浅下来。

乌日娜想，刘贵冲进刘老头房间里，到底说了些什么呢？他们两个男人，在这几个月里，一定商讨过无数次了吧，一个结婚证，好像要了他们全部的身家性命一样，反反复复，纠纠缠缠。他们知道她是一个传统的女人，从草原走到这个城市，无依无靠，只想安心地过日子，却还是在领证这个问题上，对她怀着巨大的敌意。不，他们是不知道的，他们在一起生活了两年，他们并不了解她。

刘贵对乌日娜的沉默，有些着急，他以为乌日娜一定会感激涕零地立刻答应下来，她不是一直期盼着这件事吗？可是乌日娜什么也没说，他着了急，又多余地解释了一句："刚刚我对爸说，不管你将来会不会离开，就算冒险，也跟你将证领了吧。"

乌日娜心里笑了，领证对他们父子，果真是一件冒险的大事，好像投资做什么生意，有一半的风险，是要赔本的，而且可能赔个倾家荡产，片甲不留。

但过去与他们父子同居一个屋檐下，所生出的与一个家有关的温情，又涌入了乌日娜的心里。刘老头和刘贵是各自管钱的，刘老头一个月两千块的退休金，不多，但是他却视为珍宝，谁多跟他说了两句好话，他马上就怀疑人家是看中了他的工资折。所以三个人规定，谁先到家谁就去买菜，毫无疑问，刘老头是一直据守在家里的，所以每次刘贵回来晚了，他便喋喋不休地抱怨，说儿子生下来就是克自己的，将他的老婆克死了不算，还把钱也克没了。乌日娜总是一边炒菜，一边用一块切好的火腿堵住刘老头的嘴，刘老头也便不再絮叨，嚼着火腿嘟囔一句：好吧，算我上辈子欠这臭小子的。

乌日娜一时间有些犹豫不决，那些盼望着跟刘贵领证的过去，波浪一样涌了过来，激荡着她的心，一个三十六七岁的女人，没有事业单位的正式工作，没有养老保险，没有男人追求，唯一想要的一个家，刘贵都不能大大方方地给她。而今他终于恩惠一样施予了她，可是，她却没有那么强烈的想要的欲望了。

就在乌日娜面露为难之色的时候，一直躲在卧室里侧耳偷听的刘老头忽然走出来，急迫地追问道："你们俩过了国庆就去领证吧，再拖延要到什么时候？"

就在乌日娜横下一条心，想着要不就将证领了吧，手机忽然间响了起来。看到是大哥的号码，乌日娜朝阳台快走了两步，才将电话接通。她听见对面大哥命令似的急促说道："马上飞回来，阿爸心脏病犯了，很严重！"

乌日娜都没有来得及跟大哥问一下详细的情况，电话便被挂断了。乌日娜忘了刘贵和刘老头正在等待着她的回复，事实上，她好像被一棍子给打倒在地，脑子里嗡嗡的，整个人都爬不起来。刘贵连问了两遍，怎么了？乌日娜都没有回复。她只是心神恍惚地拿起自己的包，随手打开了房门。刘贵又继续追问：到底什么时候去领证？乌日娜觉得这句话听起来那么遥远空洞，好像从一个幽深的山谷里传出来的，而且那声音不是人类的声音，因此她无法给予对应的回复，她只是自言自语似的，丢给站在门口的刘贵父子一句话："我要回家，阿爸病了……"

乌日娜当天晚上，便乘飞机抵达了阿爸所在的医院。医院里挤满了病人和家属，房间里的灯泛着惨白的光，乌日娜一时间有些茫然，明明前一刻她还在跟刘贵父子探讨一个结婚证的问题，这一刻，却要面对阿爸岌岌可危的生命。阿爸在草原上劳碌了一辈子，老了跟随大儿子进城，却并不适应城市里的生活，几次跟阿妈想要回到草原上去，都因大哥的孩子需要人照管，而不得不留了下来。阿爸曾经说，哪天他死了，就将骨灰随便洒在草原上，他在草原上喂了一辈子牛羊，不能死了，却孤苦伶仃地蜷缩在城市的公墓里。他还几次让乌日娜从省城回到旗县来，说那里有什么好男人呢，至于一待就是十年吗？乌日娜想说省城有二哥二嫂，有她开在乌金巷的小小的理发店，有刘贵和他的父亲，可是这一切，而今似乎都不重要。二哥二嫂忙着工作，连给她介绍一个合适男人的时间都没有。当初她给他们看大了孩子，可是，她因此被耽误的青春，却再也回不来了。她甚至有些后悔，当初与二哥一起考入大学，因为交不起学费，她主动退学打工，供二哥读书，可是而今二哥成了大学老师，她自己却依然是一个小小的没有任何保障的理发师，似乎除了嫁人，她看不到多么明亮的希望。而今过了最好的年龄，就连嫁人，也要受制于刘贵之类的人了。

想到这些，乌日娜觉得悲伤，坐在浑身插满了管子的阿爸旁边，忍不住流下眼泪。大哥脾气很差，看到乌日娜哭，当即发火：“有什么好哭的?！阿爸还活着呢！要哭也是哭你自己，快四十的人了，还一个人没着没落地混！”

乌日娜知道大哥急的时候，六亲不认，连嫂子孩子和阿爸阿妈也一起可以给骂，于是便擦了眼泪，假装去倒便盆，到了厕所，才发现便盆里其实就只有一小片卫生纸。乌日娜对着医院破旧的洗手间，又哭了一通。那一刻她多么希望有个人能给她打个电话过来，哪怕一句话都不说，只是安静地听一听她内心的痛苦，也可以让她觉得有一丝的温暖。可是，她脑子里将所有认识的人，她的老客户，她做理发店的同行，她旧日的同学，都想了一遍，却发现没有一个人是适合打电话的。至于刘贵和刘老头呢，他们明明知道阿爸重病，却连一个电话都不主动打来，她又何必向他们讨要安慰与同情？

乌日娜其实知道大哥发脾气的原因，有一多半，是因为她的婚事始终没有着落。大哥比二哥更关心她的婚事，尽管他从未认真地跟乌日娜谈过这个问题，每次乌日娜找了新的男朋友，他也只是“哦”一声，便不再过问。相比起来，二哥二嫂倒是热情得多，每每都将乌日娜新男友的家底，摸得比她自己还要清楚。但他们的热情，总让乌日娜感觉自己是一个滞销品，因此需要被迫不及待地推销出去，否则只能烂在这个家里，成为人人讨厌的鸡肋。虽然同在省城，但是乌日娜去二哥家的次数，并不太多，每次去，都是二嫂加班，侄子需要人照顾，乌日娜因此早早地关了理发店的门，充当二哥家暂时的家庭主妇。倒是大哥，从未要求乌日娜做过什么，逢年过节，乌日娜因阿爸阿妈而住在大哥家里，也不见他怎么热情，甚至说着说着，就将她大骂一顿。有一次乌日娜抱怨二嫂不上心，说好了帮她引见一个条件挺不错的男人，可是乌日娜几次催促二嫂去那个男人家里看看情况，二嫂都说忙碌推脱掉了，后来终于有空，结果男人却结婚了。大哥当即摔了茶杯骂乌日娜：自己不操心自己，谁能管你一辈子?!

但也因为大哥的暴躁脾气，乌日娜不喜欢回来，如果不是阿爸阿妈住在大哥家里，她宁肯长年累月地待在乌金巷的理发店里。理发店只有二十多平方米，厕所和厨房仅能容一个人转身，至于卧室，则是在半空隔出一个床铺的空间而已。乌日娜每天睡在这个隔间里，都像飘浮在半空，有忽然间从高空坠落身亡的担忧。她曾经谈过一个男人，试图跟她一起在理发店里做饭，可是在看到一个人都要猫着腰的厨房后，就后悔了，很快找了理由，销声匿迹。这些事情，乌日娜从来不会讲给大哥听，她想哪怕老死在乌金巷，也不要大哥知道她所经历的艰辛，包括这两三年，被一个结婚证纠缠住的烦恼。

乌日娜很快就熟悉了医院的生活，有她回来陪床，大哥大嫂看上去轻松了许多，她一个人几乎可以顶好几个人用，帮阿爸洗脸洗脚，给阿妈买饭，打热水，叫护士测体温，缴费，拿药，倒便盆等。阿妈年纪大了，跑不动，仅仅上下楼梯，都让她气喘吁吁，于是她只能坐在三个病人外加六个家属陪护的拥挤的病房里，带着一种无能为力的哀伤，看着女儿乌日娜像男人一样跑进跑出，并追在医生护士的屁股后面，询问阿爸的病情到底何时可以好转出院。阿妈在这几天里，迅速地衰老，好像阿爸的心脏病，已经传染给了她，甚至她的疾病比阿爸更为严重，她几乎就像是一株冬天枯萎的草，在漫长的严寒面前，快要看不到生命的气息了。

乌日娜因此劳累，每天睡眠只有短短的三四个小时，既要照料阿爸，还要安慰阿妈。有时候她会在午休时忽然间寂静下来的病房里，看着落在病床上的一小片阳光发呆，并因此羡慕那白色的床单。她想自己还不如一条床单存在得更有意义，似乎从大学退学后，她的生命里，就很少有阳光能照耀进来，先后历经的几个男人，无一例外都是顾客眼里只知道躺在沙发上睡觉，连地上的碎头发渣都不帮乌日娜去清扫的懒惰男人，而且他们还将乌日娜所挣的钱全骗去花光了。在刘贵之前的一个男人，叫张万昌的，曾经趁乌日娜忙得没有时间去交一块已经定下要买的地基的钱，拿了乌日娜给的两万块，说是帮她代交，最后却在认购者一栏里，写上了自己的名字。张万昌游手好闲，没有什么正经工作，还动不动就理直气壮地跟乌日娜要钱，好像她是他的母亲。是的，乌日娜总是扮演母亲的角色，她历经的几个男人，都像她的儿子，包括刘贵在内，每天早晨刘贵出去吃早饭，向乌日娜伸手要一百块钱的时候，乌日娜总觉得刘贵是一个被她惯坏的孩子。

而今这个被惯坏的孩子，明明知道乌日娜在焦虑之中，却连一个问候的电话都没有打来。想到这些，乌日娜愈发觉得难过。那一小片阳光，已经慢慢移到窗台上去了，那里有乌日娜插的一束野花，是草原上随处可见的格桑花，乌日娜昨天去买饭，绕过一片无人的山坡，见那里有一丛丛的格桑花正在绽放，即将十月，它们应该是最后一次绽放了吧，所以那绽放里便带着一种傲然和悲伤，乌日娜觉得自己有些像那花朵，便采回一束来，插进一个用完的药瓶里。而今那花朵已经枯萎了大半，有一朵还落在了窗台上。乌日娜走过去，拾起那萎谢的花瓣，举在阳光下看了许久，然后听到阿爸忽然在身后问她："乌日娜，你在看什么?"

乌日娜吓了一跳，这么多天，这是她第一次听到阿爸头脑清晰地跟她对话。之前他一直处于昏迷不醒的状态，即便醒来，也是呆滞的，好像他的魂魄被某个神秘的东西，给暂时地带走了。这一句问话，让乌日娜比大夫更为确信，阿爸从鬼门关闯了过来。乌日娜忘了回答阿爸的问话，而是惊喜地去叫大夫。恰好大哥大嫂也下班过来，一家人商量之后决定，将阿爸接回家去照料。

回家后的第一顿饭，因为哥嫂忙着上班，乌日娜便决定去附近的饭馆里买饭回来。乌日娜已经快一年没有回来，但这个小城似乎还是保留着她走之前的模样，连那些开得不温不火、快要倒闭的饭馆，依然半死不活地经营着。一家新开张的饼店，忽然放出一连串的鞭炮，将路旁一只毛发稀疏的老狗，给吓得跳出去三丈远。老板娘喜气洋洋地站在门口，肥胖的脸上满是油腻腻的微笑，乌日娜怀疑他们家的肉饼也一定是油腻腻的，因此很自觉地离那些鞭炮碎屑远一些。

就在前年，乌日娜还和刘贵一起，来这条小吃街上闲逛，并因究竟是买酱牛肉还是羊蝎子回去做午餐，而生出一些小小的不愉快。刘贵那时候好像一个受气的小媳妇，因为大哥第一眼见他时略带挑剔的眼神，而始终耿耿于怀。尽管刘贵在省城也只是一个业绩萧条的房地产公司的普通职员，一个月拿三千多的薪水，但是他在乌日娜面前，却有一种天生自带的城里人的骄傲。有一次乌日娜哄劝刘贵去洗碗，刘贵不悦，扔过来一句：你们做生意的，天生就狡猾。乌日娜因为这句话，低迷了很久，她想起每次有人将她介绍给男人，她就被总结为“做生意的，开小理发店”，好像她三十多年的人生，这一句不带任何情感色彩的话，就足以概括了。至于她的喜怒哀乐，她离开草原后，在省城苦苦奋斗挣扎的十年，她被一个又一个男人骗走了情感和金钱后的痛苦，都不值一提。

而今刘贵是再也不肯跟她一起在这条小吃街上走了吧，他连阿爸病重的事情，都不关心，又怎么会关心她心底的悲伤？乌日娜想起乌金巷的阿丽娅，长得不如她好看，却是命好，找到一个好男人，第一次登阿丽娅家的门，便像个长工一样，帮阿丽娅家放牛放羊，打扫庭院，捡拾牛粪，烧火做饭。在阿丽娅经期的时候，他甚至还帮她清洗内衣。阿丽娅说这些的时候，脸色红润，犹如一块散发着柔和光泽的美玉，不由让乌日娜感慨，一个好男人可以让女人复活，而一个处处算计的男人，也会让女人变得尖酸刻薄，就像她跟刘贵父子一起居住的两年里，向来不懂算账的她，竟然也会当着他们的面，谈论今天的米面价格又涨了多少。大哥一直说她笨得像一只羊，要被狼吃了，还傻乎乎地给狼唱歌听。有时候她也的确觉得自己很笨，就在她跟刘贵分手前的两三个月，她因为劳累，腰椎间盘突出，严重到完全走不动路了，刘老头探头看一眼躺在床上痛苦呻吟的她，还轻描淡写地说：等周末刘贵有空的时候，再陪你去看吧，要不他还得请假。后来又忧心忡忡地问刘贵，如果乌日娜以后动不了了，瘫痪在床，那可怎么办？二嫂听了狠狠骂了她一顿，让她赶紧从刘贵家里搬出来，否则她死了估计这父子俩还会算计抬尸出去要花多少钱。

这些琐碎的烦恼，此刻看来，与空气里漂浮的尘埃，没什么两样，并不能阻挡乌日娜想尽快给阿爸阿妈买一份他们喜欢的蒙古肉饼回去的心。于是在将小吃街上所有的饭馆都光顾了一遍后，乌日娜决定还是选择新开张的饼店，因为那里聚集的人最多，那么至少说明味道是不错的吧。凭借自己多年经营理发店的经验，乌日娜这样想。

大约是因为忙碌，也或许是化妆品太劣质了，老板娘脸上涂抹的香粉，已经被汗水冲花了，于是那印迹便像有许多的车马从她的大脸盘上碾过。老板娘当然看不到自己的花容失色，照例像骄傲的母鸡一样，站在收银台后面，掌控着拥挤的食客，和玻璃橱窗后汗流浃背的厨师小工们。大多数顾客都跟乌日娜一样，等着将肉饼打包带走。店铺很小，胖大的老板娘似乎就占据了一多半的空间，所以食客们只能让自己像夹心饼干一样，紧缩在热气腾腾的店铺里，时不时会有人因为加塞的问题，而争执几句，老板娘也不管，笑看着她的“兵士”们，似乎拿准了他们不会走开，无论如何，一定要将肉饼吃到嘴，才肯善罢甘休的。而在没有拿到新鲜出炉的肉饼之前，干干嘴仗，既消遣了无聊的时光，也将食欲激发得更为高涨，这当然符合小城人的生活方式。

乌日娜订了十几张肉饼，在所有顾客里面，她应该算是订单较大的一个。可是老板娘并没有因此就格外地对乌日娜多一份热情，她照例对拥挤的人群喊着：“17 号，4 个羊肉胡萝卜馅饼！说的是 17 号，没听清吗？你这是 21 号，还早呢，站后面等着吧！”乌日娜看她扯着很大嗓门，底气十足地叫着号，便有些走神，想，这个女人到底哪儿来的自信呢？她长得那么肥硕，又带着东北女人的霸气，怎么就在这个世界上，比乌日娜活得滋润自在？那个同样圆滚滚的厨师，是她的男人吗？如果不是，他为什么就“曼丽曼丽”地亲昵称呼着她？如果是，他又为什么会心甘情愿地给一个没有什么魅力的女人打工？

不知是不是有了微微的嫉妒，还是看到比她后到的顾客，都提了肉饼心满意足地离去，乌日娜忽然就有些生气，隔着人群朝老板娘问话：“怎么没个先来后到？我都等一个小时了！”老板娘漫不经心地看了乌日娜一眼，一副不屑跟乌日娜争辩的表情，淡淡回道：“马上就好了。”作为同行，乌日娜对“马上”这个词语的理解，跟别人是不一样的。这几乎是用来安抚欺骗所有顾客的一个托词。有时候理发店里顾客等得不耐烦了，乌日娜也会略带歉疚地这样来一句：马上好了，请您稍等。但事实上，这个“马上”究竟需要要等多久，就连说的人，都不清楚。

这一等，果然又是半个小时过去了。乌日娜自认为是个耐心很足的人，可是为了吃几张肉饼，就耗费一个半小时，她还是觉得有些气恼，而这样的气恼，无处可说，则更让她觉得心烦。她又去质问老板娘，到底还需要等多久？老板娘依旧是那一句话，马上就好了。乌日娜终于急了，脱口而出："算了，我不要了，麻烦你们退钱给我！"老板娘大约是见怪不怪，慢吞吞回复道："你的已经做了一半，退不了了，要退，也只能退一半的钱。"

摆在乌日娜面前的只有两条路，要么继续无休无止地等下去，要么拿一半的钱立刻走人。可是两条路乌日娜都不想选，乌日娜只想立刻将钱全部讨要回来，离开这个飞舞着苍蝇并充斥着油漆味道的饭馆。

乌日娜直视着老板娘，一字一句地警告说："如果你不退还所有的钱，我现在就找朋友过来。"说完乌日娜便掏出手机，假装给谁拨打。老板娘果然有些慌张，语气和缓又着急道："你看你看，你的肉饼都已经装入了袋子，你却不要了，让我们怎么做生意？"乌日娜不理，将手机放在耳旁，镇定地表演给周围的人看："大哥，麻烦到小吃街新开张的饼铺来一下……"

不等乌日娜说完，老板娘便恶狠狠地将60块钱扔了过来。两张钞票翻飞了几下，最后带着空气中的尘埃，灰突突地落在乌日娜的脚面上。乌日娜冷冷一笑，不急不恼地弯腰，拾起60块钱，转身离开了喧哗的饼铺。

乌日娜行走在乱糟糟的小吃街上，心情也糟糕到了极点。她第一次觉出自己的蠢笨无能，竟然连一份阿爸喜欢的午餐，都买不到。她历经的每一个男人，都将她掠夺一空，而后无情离去，是不是也因为她是一个笨人？她想起以前在草原上放羊，她一个人躺在山坡上，看天空上的云朵，曾经想，她要做一片云朵，飘到世界的每一个角落去看一眼，她也不为谁停留，她只是怀着好奇与热情，去看一看这个缤纷的世界。正是因为这样的理想，她考入了省城的大学。可是，人生是多么残酷啊，而她又是这样一个善良到愚蠢的女人，她永远不会为自己考虑，以至于而今，她在省城努力了十年，却没有存下一分钱，也没有被任何一个男人温柔地对待过。

乌日娜最终是空着手推开家门的，所有人都在等着她买饭回来，可是她却什么也没有买到。她明明路过卖烤红薯的男人的，她也知道阿爸喜欢烤红薯，可是那一刻她只顾着恼怒，对肥胖的老板娘恼怒，对连一句问候都没有的刘贵父子恼怒，对被幸福环抱住的阿丽娅恼怒，对活得体面安稳的二哥二嫂恼怒，对那些只知道攫取而不会对她付出的男人们恼怒，以至于，她完全忘记了她出门是要做什么的。

大哥拉长了一张脸，问乌日娜买来的饭呢？乌日娜沉默了片刻，才将饼铺的遭遇，三言两语地讲了出来。大哥正喝着一碗奶茶，听完当即将碗摔碎在地上，而后指着乌日娜大骂："从小你就笨，活到快四十了，还是脑子笨得无药可救！知道你为什么被男人骗得一文不剩吗？知道为什么别的女人都结婚生子家庭幸福工作稳定，只有你什么都没有吗?！就因为你是这个世界上最愚笨的女人！"

乌日娜想，一个懂得任性撒娇的女人，被自己的大哥这样责骂，一定会尽好被宠坏的妹妹的角色，也冲他大发脾气，而后带着满脸的泪痕和委屈，等待所有家人轮流给予哄劝和安慰。可她偏偏长了一颗慈母的心，她几乎用恳求的语气让大哥小声一些，阿爸就在隔壁，他心脏病刚刚出院，经不起这样的争吵，只是一顿饭而已，她现在花十几分钟就可以将午饭做好的……

但是大哥的情绪已经完全地失控，他不停地摔着手头的东西，碗，筷子，茶杯，碟子，凳子，一直摔到阿爸走出卧室，用尽了力气，却只对乌日娜说了一句话："早点乘飞机回去吧，我都这么老了，吃什么，不吃什么，又有什么重要的呢？"

乌日娜刚刚抵达乌金巷的时候，刘贵打来了电话，他一开口就是一通抱怨，问她怎么这么长时间连个电话都没有？她是不是故意想看他们父子俩的笑话？证领不领不重要，不至于一走就音讯全无吧？

乌日娜忽然对刘贵诱饵一样在她面前晃了两年的结婚证，失去了兴趣。她想大哥骂她是对的，她连一笔可以爱惜自己的钱都没有，又有什么资格，得到男人的爱与尊重？她并不想跟刘贵争吵，而质问他们父子为何对阿爸的病情漠不关心，更没有意义。她只在刘贵喋喋不休地还想继续说下去的时候，轻声打断了他："结婚证，留着给更适合你的女人吧，我不需要。"

乌金巷依然是老旧的模样，像一个稳妥的家庭主妇，人们走在这里，永远不会有乌金巷会忽然间消失掉的担忧。阿丽娅的衣服店，也依然开着，尽管生意不算太好，可是乌日娜知道即将结婚的阿丽娅，是不会关掉的，她需要这个小小的店铺，就像乌日娜需要暖气始终烧得不冷不热的理发店一样。卖蒙古奶酪的女人推着小车，沿街走着，她很少叫卖，脸上带着在这条街上，她不需要出声，也会有人陆续将新鲜奶酪买走的自信。一个小孩子摇摇晃晃地奔跑着，而看护他的老人，则在后面闲庭散步似的，不紧不慢地跟着。古老的榆树在秋天里用日渐稀疏的枝干，遮掩住头顶湛蓝的天空。而温暖的阳光，则像金子一样，从树叶缝隙中缓缓洒落下来，而后将万千明亮晶莹的光泽，铺满乌金巷长长的石板路。

乌日娜走在这条穿行了五年的石板路上，觉得后背上的阳光，窸窸窣窣地响着，好像一些来自幼年的糖果，重新回到了她的衣服兜里。她怀揣着这个无人知晓的秘密，轻轻推开理发店油漆剥落的木门。

真　相[①]

艾嘉辰[②]

我现在又在天体物理学基础必修课上走神。

“同学们，大家记住，P000000 的毁灭过程及原因是我们本门课程结业时的必考点，现在有哪位同学可以自告奋勇地带领大家再复习一遍这个内容？”

“老师，我可以！首先，P000000 是我们前不久也就是 2770 年出版的第七版《宇宙天体命名编号法》中第一页第一章第一节的第一个天体的法定命名编号，它的俗称是太阳。当然喽，考试的时候可不能写太阳，要写 P000000，否则会扣分的！”

学霸就是学霸，能够把教材内容和考试要求完美结合。他与老师用眼神交流，老师点了点头，露出了赞许的表情，并示意他继续。

“P000000 的本质属性是一颗稳定星，它原本是一个可以自行发光和发热的类球状星云。但由于‘2199 湮灭’事件的发生，现在的它已经彻彻底底地死亡了，所以以前‘恒星’的说法也随之改变了。至于‘2199 湮灭’事件，老师，这个好像我们只需要完整写上这个专有名词就可以了吧？”

“好的，感谢这位同学的精彩回答，请坐。不错，对于现在的你们而言，你们只需完整写上这个专有名词就可以了，具体的来龙去脉不需要你们去掌握。那么，我们继续……”

“老师，我想具体地了解下‘2199 湮灭’事件。”坐在最后一排的我举手打断了老师。

“哦？岚修同学今天这是怎么了？怎么开始听我的课了？”听着老师对

---

① 本文发表于《草原》2020 年第 4 期，发表时有删改，此版本为未删减原版。本文入选“2020 年科普科幻青年之星计划”50 篇优秀作品，收录于《新世纪文库·内蒙古青年作家作品精选》（四卷本），内蒙古人民出版社。

② 艾嘉辰，2000 年 7 月生，内蒙古大学文学与新闻传播学院 2019 级汉语国际教育专业在读学生。中国科普作家协会会员，内蒙古作家协会会员。

我的嘲讽，其他的一些同学捂嘴偷笑了几声。

“这个事件你会在人类宇宙史这门课程中学到，你应该去问问教那门课的老师，而不是在我的课上问我。”

“可那位老师的答案我不满意。”我压低了声音说道。

“哦？你还不满意？”老师的嘴角明显露出了一丝狡黠的笑容。

“准确一点来说，是我不相信他的回答。我去过图书馆翻阅过相关书籍，在几百年前的大众科普读物上都明确写着太阳是一颗恒星，它还有着将近50亿年的寿命，怎么可能在22世纪初突然死亡了呢？而且我们的《人类宇宙史》这本教科书上给出的解释也很荒谬，说是因为太阳表面的氧气浓度不知何种原因急剧增加，使太阳中心氢物质的燃烧效率超越了完全燃烧，达到了不可思议的十万兆倍，使太阳在极端条件下以惊人的速度‘自杀’了，这又怎么可能呢？不说这个数据之夸张，就说太阳即使达到了完全燃烧，那它的热能也将超越想象地增加，它的体积也将膨胀到足以吞噬地球，我们怎么可能……”

“够了！不要再说了！我不知道你在说些什么，我也无法回答你的问题，你现在给我坐下，我们继续上课。”老师突然情绪激动起来，他的两腿微微颤抖，上下两排牙齿死死地咬在一起，就像是混沌未分之前的天地一样。

我没有听他的话，而是继续说。

“但老师，您是亲身经历过‘2199湮灭’事件的人，您怎么可能不知道呢？”

“你……你从哪里听说的？我只有459岁，我怎么可能去过黑核，你在胡说些什么……”

“老师，我们现在都已经是28世纪了，年龄还造不了假吗？还有，您说的黑核是……”

“岚修！你给我现在出去！立刻出去！”老师的脸色由红润到发紫变化到现在的煞白，汗珠一颗颗从他那象征着绝顶聪明的脑袋上滚落，流到了他的额头、他的眼角，汗水的酸涩刺激着他的眼睛，他举起胳膊用手背擦汗，露出了他那已被腋下的汗水浸得透明的白衬衫。

“老师，我没有冒犯您的意思，我只想知道真相，我……”

“岚修，出去……”他的身体现在已经控制不住地发抖，他用左手紧紧攥住右手手腕，用力地压于腹部，期待这样能使自己稍稍缓解一些，缓解一些他内心深处不断在蔓延生长的恐惧。

我背上书包，走向门边，即将走出门时，我微微侧过头，低声向着那个此时像一个融化了的雪人的老师问了一句：

“您究竟在害怕什么？”

“咣！”

教室门被狠狠地摔上了，不是我干的，好像也不是那个老师干的。关门声之大就像是盘古用巨斧劈开天地时一样，震开了天地，而这扇教室门，也仿佛将两个世界隔绝开来。

我的世界与其他人的世界，我，与整个的这个世界。

不知道他最后有没有听到我问他的那句话。

我走出了学校，抬头望了望人造电子天幕，摇摇头，轻嗤了一声。

“真的吗？我不相信。”

现在，按照一个之前被奉为某个宗教领袖的诞辰纪念法而言，我正生存在公元 2777 年。

这里根本不像几百年前的科幻小说写得那样夸张，我们现在既没有发现外星人，也没有在月球和火星上开辟新的殖民地，毕竟人类的技术发展到现在还是不能完全探索宇宙，宇宙实在是太大太大了，根据现有的人类水平，我们还是可悲地没有达到卡尔达舍夫等级的一级，不过是 0.97 而已。不过我们还是在生物科学领域取得了重大突破，以前人类的三大梦想：永生、飞翔和时空穿梭现在已经基本可以实现两个了。时空穿梭的不稳定性还是很大，所以目前还没有广泛投入使用。

至于永生，我们终于破解了人类衰老的秘密，无论是端粒再生长技术还是自由基清除技术现在都已实践和应用。人类也成功地将水熊虫、海蛞蝓以及灯塔水母三种生物的基因密码成功破译，并突破了人体自身的抵抗，使得人类基因和“三种生物特异质良性可控基因”可以完美结合，突破了人类生老病死的规律。当然了，这也不是所有人都能享受到的恩赐，虽然人类的发展过了几十个世纪，但货币的重要性从货币诞生的那一天起就未曾动摇过。

不过我也不羡慕那些可以一直活下去的人。因为你在每一次呼吸的同时都必须有充足的经济来源保证你的机械义体和大脑营养修复液可以随时更新替换，这可是一笔不小的开支，普通人根本无法承受。在还有“国家”这个概念的时候，记得在现在的4区中，有一个国家的开国元勋曾说过：“在这个世界上只有死亡和税收可以完全肯定。”现在看来，他只说对了一半，死亡并不是每个人都要面临的选择了，永生变成了一种昂贵的商品，只有共同议会的税收继续存在着。

电子天幕上利用氕氘氚人工核裂变制造的假太阳依然在明晃晃地照耀着，街道旁的柳树看上去仍然和千年前的古诗中所写的一样，一树碧玉、万条绿绦。

因为我们1区在征集季节选择意见时，大多数选择了春季，所以我们的春季占全年时间的80%，可以说一年中大部分的时候都是春季，在他们看来，春天多美好啊，象征着盎然的生机。春天的太阳不像夏天时的燥热，不像秋天时的暗淡更没有冬天时的短暂，所以，在太阳死亡之后，他们更希望依赖科技让天幕上永挂一个春天的太阳，告诉他们要好好地继续生活下去，留给他们勇气和希望。

但我知道，太阳是假的，柳树是假的，春天是假的。那电子天幕，根本不会给我带来希望和慰藉，它只每时每刻地告诉我：太阳死了。那个由无数个自动调节银幕和监视器组合成的人工苍穹，不断地昭告着宇宙的伟大与冷酷和人类的渺小与卑微。我知道，这个天幕既是充满着希望的也是充斥着绝望的。太阳死了，太阳对地球的吸引力将会数以亿倍地降低，尽管我们在许多无人区建造了引力产生推进器，但谁能保证地球不会有那么一天脱离它已经航行了46亿年的轨道呢？现在这个天幕，成了我们对抗银河系的严寒、缺氧、无光等极端环境的最后一层保护膜了。但它同时，也将我们与外界密不透风地隔绝开来。

我有时呆呆地望着天空，像是几千年前那个忧天的杞人。其实我一直觉得那个杞人也挺可爱的，别的人都在歌颂太阳的温暖，赞美春天的明媚，只有他一个人，担心这天会不会塌下来。我也同样担心，这天幕一旦损毁了，那人类的末日是不是真的就要到了。

但我比杞人稍微厉害那么一点点，我不光担心天会不会塌下来，我还担心我自己是不是真的是我。那天生物技术课去生物所参观，看到那些猫狗老鼠兔子狐狸放在人类制造的完全拟态全息环境中的样子，我的心头莫名生出一丝恐惧。人类的技术已经发展到即使囚禁那些动物，它们自己也不会察觉到自己已经被囚禁，依然在它们以为的大自然中繁衍生息。那么我又如何确定自己不是那批动物呢？我又如何确定自己不是正在被别人囚禁、观察和实验呢？

于我而言，支撑我活下去的不仅是希望，还有对我自己结局的好奇。

办法只有一个，那就是去我头顶上这片天幕的外面看看。

我扬起头，眯着眼睛看着那个假太阳，就在这一瞬间，那个太阳突然灭了。

我瞪大了眼睛，头顶上的电子天幕正以肉眼可见的速度熄灭，起初是一两个圆点暗淡，后来圆点逐渐向周围扩散，最后变成了一大片一大片的熄灭。此时在路上行走的人群也都开始惊声尖叫，慌张地向四处奔跑和跌倒，刚刚还沐浴在和媚春光中的人群转眼之间就变成了在生物所里遇到人工投放的天敌时的动物。什么风度，什么尊严，什么道德，统统化作泡影，现在，我和他们心中想的一样：我想活。

我避开慌乱的人群，用尽全力向着远处还没有熄灭的电子天幕下跑去。这一场景我曾在无聊时翻阅的《人类宇宙史》上看到过，书中把和现在所发生的一切十分相似的毁灭性历史事件称为“2199 湮灭”事件。

我也不知道我那时为什么要拼了命地向发光的电子天幕下跑去，可能在那时，身为人的理智已经无法做出正确的判断了，只能凭借我们身为动物的、和那些飞蛾那些深海鱼同样拥有的趋光性本能来指引我的方向。

很可能最重要的一点就是我记住了书中在介绍“2199 湮灭”事件中的几句话：“那时，太阳在绽放出最耀眼的光芒之后顿时熄灭，地球瞬间被黑暗和死寂吞噬，90% 的生物没有逃过那场灾难……”死亡可能不完全代表着黑暗，但对现在的所有人而言，黑暗就意味着死亡。

我用尽全力地奔跑，直到把肩上的背包扔掉，直到听见自己的呼吸声越来越重，直到自己喉咙里的血腥味越来越浓，直到自己的眼皮越来越沉，远处的光越来越暗。

“嘭！”

我在黑暗中撞到了一个物体，我被撞倒了，仰着头大口大口地喘着粗气，我挣扎着想要起来，却发现实在是没有起来的力气了。

那个物体也被我撞倒在地了，好像是个人。

我费力地支起上身，发现那个被我撞倒的人好像正慢慢向我走来。我有一些害怕，摩擦着地面向后退去，他背对着天幕上的光，我看不清他的长相，只知道他走到了我身边时，我的脖子上突然一阵刺痛，然后感觉视线越来越模糊，最后晕了过去。

不过在我完全失去知觉之前，在他转身将要离开时，我还是借助天光依稀看到了他的侧脸。

那是一张完全不可能在这里出现的脸。

他是谁？

“萨尔斯会长，十分抱歉，我们没有抓到实验员 LP……”

“我知道了，开启三级警备，不惜一切代价找到他，然后清除！”

“你醒了吗？感觉怎么样？”

听到声音，我睁开眼睛。眼前的事物看得并不太清楚，只模糊地看见我的身边坐着一个人。

“你是……？”我警觉地向后挪了挪。

“你不用害怕，我不会伤害你的。我叫月舞，你是岚修，对吧？”

“对，我是岚修，你是怎么知道的？你怎么会找到我？这是哪里？”听到是一个女人的声音，我紧张的心情稍稍缓解了一点，但我依然要保持警惕。

“我一个一个地回答你。第一，我是从黑界出来专门找你的，是岚珀告诉我的，因为只有你能阻止萨尔斯的计划。”她说道。

“黑界？岚珀？萨尔斯？这些都是什么？”我插话问道。

她没有理我，而是继续说：

“第二，你是被共同议会的警卫军发现了，他们怀疑是你破坏了 1 区的电子天幕，要把你抓到共同法庭进行审判，是我在他们押解你去往共同法庭的路上救了你。”

“什么！这怎么可能！我根本没有破坏电子天幕！这一定是搞错了……”我怒吼道。

“第三，我们现在正在共同议会警卫军专用的‘迅龙’一号火箭的仓库中，我们要搭乘‘迅龙’一号到达共同议会的中心，也就是黑界的核心——黑核。好了，你的问题我都回答完了，你说吧。”

“这，这些都是什么啊！什么黑核，什么‘迅龙’火箭，我只是一个普通学生，我为什么要被你抓到这里！”一时之间太多未知的信息涌入我的脑中，我无力思考，只觉得眼前的一切都是假的，我一定是在做梦。

“岚修，你先冷静，我知道一时之间告诉你这么多肯定会让你难以接受，但你必须要明白，你别无选择，因为这就是你的宿命。”

我仍然讶异地说不出话来，此时的我感觉就像是从幼稚园一下子步入了成人社会，以前的平稳安逸刹那间被击得粉碎，我突然觉得有些可笑，现在发生的一切是一场梦吗？还是之前的一切才是一场梦呢？

“距离我们到黑核还有一段时间，我就尽量地给你讲一讲整个事情的来龙去脉，以及我们这个世界的真相吧。”月舞说道。

听到“真相”二字，我的精神又变得振奋起来。

难道，我一直苦苦追寻的真相马上就可以得到了？或许，这个叫作月舞的女人真的可以带领我去找到这个世界的真相！

毕竟，现在的我除了相信她，也别无选择。

“你在民众区的身份是一个学生，但你其实是共同议会‘上帝之手’计划的执行人员。而且你还是‘上帝之手’计划的主要提出人和首席执行科学家。因为‘2199 湮灭’事件，你的有关‘上帝之手’以及黑界的全部记忆被共同议会抹去了，所以你不知道这一切很正常，对于生活在民众区的普通民众，的确没有必要知道黑界，知道的话，反而是一件坏事。”

原来以前我的那些对自我的怀疑都是有理由的！我真的不是“完全”的我。我稍稍理了下思路，感觉有些事情可以解释通了，但有些事情还是无法解释。

“那我为什么离开了黑界来到了民众区呢？”我问道。

“因为是你一手策划了‘2199 湮灭’事件，导致共同议会的‘上帝之手’计划遭到重创，黑核主席兼议会裁判长萨尔斯判决你终身驱逐，并抹掉了你有关黑界一切的记忆。”

“等等，为什么你对我了解得这么清楚，你也是黑界的人吧。”

“岚修先生，我是您之前的首席助手兼议会 1 区警卫军队长——月舞。”

“月舞……月舞……可恶！我还是什么都想不起来。”我握紧拳头捶打着自己的头，希望自己能够回想起一丝以前的记忆，但这无济于事。

“您不必如此，等我们到了黑核进入了您的研究所您就会恢复记忆了。”

我听她说完这句话，眼前突然一亮。

“哦，为什么？”

月舞笑道：

“您在准备施行您的‘真相光明’计划时，就做好了计划失败被放逐的打算。所以您专门在计划施行前就将您有关黑界的所有记忆导出在了‘桃源’并保存，所以您回到了实验室就可以从‘桃源’中导出您之前的所有记忆了。”

“嗯……‘桃源’是什么？‘真相光明’又是什么？”月舞解释得越多，我的疑惑也就越多。听了她的解释，我还是一头雾水。

“先生，‘桃源’是您自行研发的人工智能信息组织系统。它最重要的用途是搜集信息并汇集到黑核，使得黑界可以监控民众界，防止各种恐怖事件及暴力危害的发生。同时，它也可以借助在它接近无限的存储空间中记载的所有样本和情况来分析现在发生的各种事件以及预测未来的事情，使得联合政府可以根据数据的预测趋利避害，做出提前的判断和行动。当然了，作为‘桃源’之父的您享有这个世界上独一无二的密钥，您可以用这份密钥将‘桃源’作为您的私人‘大脑’，将您的记忆完整地储存在‘桃源’之中，以备意外的发生，就像现在的情况。”

“所以说‘桃源’就是我的一个记忆备份盘？”我问月舞。

她笑了笑，说：

“您当然可以这么理解，但‘桃源’的作用远远不止于此。您在研发完成后，还曾经向共同议会提出建议，希望把记忆储存推广至民众区的平民，因为这样他们就可以最大化地享受低廉的‘永生’了。”

听到这里，我的后背却窜上了一股寒意。月舞说得没错，如果“桃源”真的如她所说，那么普通民众的确不需要花费高昂的费用去维持肉体上的永生了，他们完全可以利用“桃源”实现数据上的“不朽”。毕竟在很大程度上，一个人的记忆就代表着他的存在。能够将一个人的记忆永久地保留下去，那么他也将永远地停留在那个时间点，停在死亡的终点线前。

她说我曾提议过将这种技术推广至平民，我怯生生地问她：

“那，那联合政府同意我的提议了？”

“先生，当然没有了。当初您的那份独一无二的密钥还是您自己费了

100 多年的时间才争取来的。毕竟您是‘桃源’之父，共同议会代表和萨尔斯也不好意思否定您，因为‘桃源’和议会已经紧紧地联系在了一起，您对于整个黑界乃至于整个世界都做出了突出的贡献！但萨尔斯也同时规定，这世界上有且只有您才可以享受‘桃源’的私人记忆储存备份功能，这个世界上只有您做得到在数据上不朽和永生！”

听完月舞的话，我突然松了一口气。是为我那份独一无二的“永生”吗？我不知道。

“那个‘真相光明’计划又是什么？”我接着问她。

“您不知道‘真相光明’，但您肯定知道它的另外一个名字——‘2199 湮灭’。”

“什么?！难道是……”

“是的先生，您在执行‘真相光明’计划失败后，萨尔斯决定封锁消息，消灭一切相关资料，并经由共同议会将它改名为‘2199 湮灭’事件。所以在民众区生活了数百年之久的您不知道它的原名也是合理的。毕竟这件事对我们整个世界的影响实在是太大太大了。”

“那你能不能告诉我‘2199 湮灭’事件的具体内容？”

月舞迟疑了片刻，但她还是选择了告诉我：

“您既然问我了，我还是告诉您吧。‘真相光明’计划是为了阻止您自己之前提出并主导的‘上帝之手’计划的。无论您的记忆是完整的还是部分缺失的，您的直觉一向如神明般敏准。的确，我们现在的这个世界，是被‘篡改’过的世界。”

我的心里咯噔一下。

月舞继续说：

“在 22 世纪初，由于人类无节制地向地球索取资源，再加上全球气候变暖和人类的助力，地球上出现了各种极端环境和重大自然灾害。粮食、土地、水甚至是空气都被大量地污染破坏。面对资源的匮乏以及接近 100 亿的人口压力，人类选择了最为直接的方式用以分配资源——战争。在一系列的天灾人祸后，地球上的总人口锐减至 20 亿，这引起了当时全人类的反思。但是各个国家的领导人一致认为发动战争没有错误，人口的减少和战争的发动都是由于环境的破坏、资源的减少。所以他们没有从自身出发，而是想要人为地制造一个极端环境，以训练后代人们的耐抗性，并以此预演如果地球在未来真的面临危机时人类的反应。所以在2139年各国领导人签署协议，决定将2140年后出生的所有新生儿投放到‘末日避难所’，也就是我们现在如今身处的世界……”

听到此处，我抑制不住自己的愤怒，浑身发抖着。

“所以这就是我当时提出的‘上帝之手’计划?”

“是的。但计划仅仅过去了50多年后，您就觉得这个计划是不道德和错误的，剥夺了后辈们与我们共享资源的权利，为了终止它，您就策划了‘真相光明’。因为在避难所里，黑界是核心，其他12个区以同心圆的形式围绕黑界，称之为民众区，避难所之外的真实世界黑界人员称之为‘真界’，所以您当初带领了一众起义军想要打破电子天幕，破除避难所与真界的阻隔，您便把此计划命名为‘真相光明’。”

“所以你们阻止了我?”

“不，您成功打破了电子天幕，避难所中的所有民众时隔60年再次沐浴到了真正的太阳！只不过，外面真界的各国元首击溃了您的所有部队并将天幕重新修复了。”

“什么？不是黑界？是真界的人！他们为什么这么做?”

月舞没有说话。

“呵，真是句废话！难怪教科书上那么写。那现在呢？我要再一次去执行我那被真界阻止了的光明计划吗?”

“是的先生，不过这次真界不会阻止您，因为这次是他们希望您做的。”

“什么?”

“第一，真界的自然已经自我修复了很多，现在可以满足整个世界所有人的生存了，我们的后代没必要在这里继续受苦了。第二，真界的领导人也反思了自己的行为，觉得这个计划一开始就是个错误，现在他们想挽回，所以您是唯一的最佳人选。第三，萨尔斯切断了与真界的联系，他想自立为王，真界的老家伙们想让您除掉他。”

“嗯，和我想的差不多，但为什么在这个时间呢？还有那个人的脸为什么……”

“哈哈，和您长得一样吗？我就知道您最后肯定会问他。”月舞笑了笑。

“毕竟在一无所知的情况下遇见自己的克隆体是件相当可怕的事。”她看了看表，继续说：

“您在记忆传输至桃源完毕后，就下达了一个自动指令，当您‘觉醒’后就自动向真界和您的克隆体发出信号，收到信号之后，真界、您的克隆体便和我一起做协助您的准备。这还要感谢您的克隆体给您注射的一针麻醉剂，不然在那么慌乱的情况下我又如何能找到您呢？”

“那你之前说的审判我是骗我喽？”

“不，先生，这是真的。”月舞脸色一沉。

“不知何种原因，您的在黑界编号为LP，身份为助理实验员的克隆体岚珀自行摧毁了电子天幕！由于您有克隆体的事只有您和我知道，而您的克隆体可以说与您的相似度达到了100%，所以黑界乃至于真界的人都误以为是您破坏了天幕……”

“但他为什么这样做？”我问道。

月舞耸耸肩。

“我也不太清楚，克隆体原本的唯二任务只是帮您收集您在民众界时无法得知的黑界信息及研究成果进展，和协助您配合真界再次开始您的计划，他为什么这样做我也不知道。”

“也许他和当初的我想的一样吧，等等，你说他和我的相似度是100%？！那你……”

“先生，最搞笑的是我们安插在您的学校负责观察您觉醒程度的老关。那天老关回来向我报告说您是‘彻底’觉醒了，都认出他了！可以开始计划了！那张煞白的老脸笑得我哟！老关也算是您手下的几个骨干科学家了，这人就一个毛病，太怕您！您在执行真相计划之前因为他输错了一个数字把他骂了个劈头盖脸，让他害怕极了，这一怕就怕了500多年！”

“哦，这样算觉醒啊，只要我开始怀疑周遭的世界就算觉醒了？之前的我自己也算简单粗暴。原来如此，我说老师怎么……诶，我好像还有一个问题想问你……”

咚！呲！

“先生，我们到了。”月舞说完，只见火箭仓库的门开了，她径直走了出去，我一时想不起来还要问她什么问题，只得跟上了她。

走出门一看外面我吓了一跳，地上都是尸体，血溅了满地。

“哦？看来您的部下等您等得不耐烦了，提前动手了。”

看着月舞竟然不为所动甚至有些习以为常，一丝怀疑从我的心头浮现。

跟着她继续向前走，不自觉走到了长廊的终点，是一个大厅。

“萨尔斯在吗?”

月舞一脚踹开了门，走进了大厅。

只见大厅中央的地上趴着一个人，那人见到月舞，喃喃着：

“月舞，你这个叛、叛徒!”

“嘭!”

是月舞开枪打死了那个人。

“先生，您这次的运气实在是太好了！什么都不用做，别人都替您解决了!”

看着眼前这个与我长聊了数个小时的女人，我的心中突然涌上一股极度的寒意。我向后退了几步。

她仿佛没看见似的继续说：

“先生，您现在只需从大厅中央发光的光梯上一直往上爬，就能到达真界啦！没想到他们连这个也给您炸好了……”

原本慢慢后退的我听到她说完立刻停住了脚步。什么？真界？真相?就在这梯子的上面？爬出去就能看到真相?

我还是被“真相”诱惑得丧失了理智，急忙冲到了大厅中央，抬头一望，果然有一个我伸直胳膊就能抓到的梯子。那梯子好像是金子做的，通道尽头的光照耀在梯子上，把梯子照得无比灿烂与神圣，这梯子好像就是神话中的雅各布天梯，只要我攀上去就一定能找到真相!

我伸出双手，抓住梯子，在我踏上第一根支架时，我弯腰看了一眼在梯子下面浸在血泊中的萨尔斯。

我兴奋地快速攀着，恨不得一秒钟爬到尽头，来见识我期待了一生的真相究竟是什么样。迎面吹来的风变得愈发清爽，我的体感温度变得越来越舒服，看着梯子尽头的光离我越来越近、越来越亮，我的心跳也越来越快。

啊！就要爬到了！那就是真正的太阳吗!

在我爬出去的那一刹那，我突然想到了我没来得及问月舞的那个问题：

“既然那个克隆体岚珀和我的相似度达到了100%，你是怎么区别我和克隆体呢？”

“啊，这就是真正的太阳！”

“嘭！”

“萨尔斯会长，你这次的简单模式实在是太简单了吧！”月舞娇嗔道。

“哈哈，我们重来，我们重来。这次换一个普通模式。你去把岚先生请来，毕竟让他自己杀了自己也怪难受的，把他再次消除记忆扔到民众区。还让老关去监视他。对了，这次的克隆体可要看好了，别让他自己又跑出去了，要听我的命令，让他在最后一刻出现杀了自己就好。”萨尔斯命令月舞道。

“好好好！也只克隆一个？还是100%的相似度？”月舞问道。

“数量还是一个，相似度降至99%吧，记忆停留在他要执行真相计划时，我们看岚先生会怎么做。”

萨尔斯接着说道：“毕竟，作为整个世界里唯一可以依赖数据不朽的人，他自己给我们提供的玩法实在是无穷无尽啊！”

萨尔斯和月舞走后，整个大厅又回归了寂静。在大厅的一个角落里，有一个注满了不明液体的玻璃柱，柱子里有一具浑身插满了管子的尸体，幽幽地飘荡在中间。

尸体前面有一个牌子，上面写着：

姓名：岚。

职业：科学家。

罪名：叛国。

刑期：永恒！

威风老虎[①]

渡　澜[②]

思念！老虎啊！

当年，她向下挖掘，我们远远站在麻蕡的托叶上，没有阻止她。人们异口同声，认为她的挖掘有助于提升土壤的透气性。结果发生塌陷了，所有人都无家可归。一个可怕的错误展现在我们面前，母亲拉着我的手奔走于人潮汹涌的大街上，因为空虚和消沉我频频拉扯行人的上膛之枪。热情的人们呼唤着地下的老虎，口中不知重复了多少次“明日与你相见”。没有一个人认为是她的错，他们说之所以发生了塌陷，是因为我们的房子太重了。

我们需要一些轻盈的房屋。人们在长满了沈丁花和石菖蒲的清澈生命线旁用棉花盖房子。坏家伙们总是在造房子时抽烟，客客气气地熏黑房子的外墙。毛茸茸的房子建成时，不诳不骗的匍匐福禄考紧贴着地面，为我们的棉花房子作押韵的注脚。棉铃虫和棉蚜已经长谈阔论数月，坐上了赢家的宝座。戴帽子的画家们赶来这里挥笔作画，轻声细语。曾经的小径被我们烧毁了，一起被烧掉的还有那些笑容仿若蜜糖的男人们。玩具商们在小径上建庭院，她们抿一小口酒，钉子和锤子在口袋里发出叮叮当当的清脆声。每个人都是喜悦的，我们对新建的庭院非常满意，因为它比羊奶酥饼更适合款待宾客。

只可惜不多久，老虎就爱上了划船，她的船桨溅起的层层水花淹没了我们的棉花房子和庭院，我们再次无家可归。生命的游戏似乎难以继续下去了，老虎的尾巴上乡愁难解，她气息缓缓地从我们背后走过去，在街道上缓缓刮着地皮，她依旧是不忘一抹温柔，雅布洛诺夫山脉在她前胸若隐若现，在火焰旁取暖的二云母同夜色逐渐逝去。老虎再次让我们离开了自己身边，“总有一天你们会大放异彩”。她摆着尾巴迷惑我们。人们大汗淋

---

① 发表于《十月》杂志 2021 年第 3 期。

② 渡澜，女，蒙古族，1999 年出生，内蒙古大学文学与新闻传播学院在读学生。

漓，迟钝地露出笑容。当冬天到来时，我们抱在一起取暖。我蜷缩在人群的中心，尚未准备好接受一整个冬季的磨难。我滴着凉飕飕的眼泪，提出想见一见老虎，母亲却对我说：

“何必打扰。”

熬过冬天后，我们用春天的琼花筑起了高楼。开始装修的那天，这里来了一位有名的文身师，公文包里装满了骆驼奶，用卡笛颜料。我们抓住时机，让她在我们背上文上了老虎。人们追求艺术，只为一个新的开始。而作为新开始的不可避免的残留——穿刺皮肤的疼痛就这样存在着，通过一种又长又亲密的传输方式，在人群里流通。我们蔑视除它之外的所有疼痛。它有一段时间被当作双色球里的蓝球来用。这肿胀的痛让残缺的卡车司机哪怕在奔波一个月后也能量不减，通红滚烫的身体可以叫威德尔海沸腾。他们在清晨来临时用手指点燃垂柳的叶，如果黑夜说谎，那小小的火苗就可以叫整棵树支离破碎。老虎在低洼处的漩涡里，四肢紧贴沙子的骨架，耐心地听着我们的肺腑之言。她填满我们的缝隙，也抽空填满了全部的井。

我年纪太小，偏偏文身的面积又太大了，严重疼痛和感染差点要了我的命。好在文身师经验丰富，用她的骆驼奶治愈了我。我在她和骆驼奶的陪伴下睡了个好觉，她说我打呼噜的时候枕头都在震，所以她把枕头钉在了我的床上，防止它把一些小的摩擦上升到暴力事件。骆驼奶以及静物或者钉子告诉我：理智会取得胜利的。我们背上的“老虎”随风唱歌，绝不增加人世间的痛苦。我们在一堆卸了子弹的锈斑里挑挑拣拣，发现一切都齐全了。于是我们放弃了自己曾经的浪荡作风，以一种平常心袒露着自己的上半身——所有人都充满了宿命感。当我同关系密切的同辈人争论，总是被右衽和辫钳急促的口哨声打断，为此我多次闭口不谈。但背上的老虎不同，我指着别人的老虎提出自己的观点，没有什么会发出噪音——这为我带来了巨大的信心，使我如种子一般成长，不再因为一些图画而大惊小怪了。

文身师离开那天，下了大雨。每当大雨倾盆，我们会不约而同地寻找老虎。我们认为从天上掉下来的不是水，而是溶菌酶和蛋白质，我们认为那是老虎的恩泽——因为雨水令烧红的煤炭不再烫伤孩子的脚踝，令帽檐变得更加沉重。人们站在楼顶，高声向老虎道谢，感谢她的慷慨大方。我带着望远镜登上了楼顶。大火中死去的男人们也在寻觅老虎，他们是如此清晰，燕子的影子能够投射在他们身上。男人们令我忧伤，他们在物镜里环成一个戒指，令我无法看见远方的老虎，只能在一片孔雀蓝的水汽中看见一只普氏羚羊似的雨滴直溜溜地砸下来，穿透防水卷材，然后悄无声息地融进地里。楼顶之所以成了最好的场所，并不是因为它高，而是因为它可以缩短你感到困惑与惊恐的时间，在雨滴落地之前给你一个结尾，不至于叫你颜面扫地——运气好的话，还能让你思考一下这场雨的前因后果。虽说有高高的山可以让人们爬上去，可是一下雨它们就变得滑溜溜的。我收起了望远镜，大人们躺在湿漉漉的地上，说他们已经感知到了老虎。我原本不相信他们，可就在雨停时，老虎真的出现了。我感到左肩变得沉重，扭头发现上面有片薄薄的蝉翼。太阳探出脑袋，我将猜疑统统抛弃，无人无物能阻挡老虎的脚步。她还穿着合唱队的红色上衣，耳朵贴在我的大腿内侧，令我不由自主地夹紧了双腿。她被我的乖巧打动，不断亲吻我的肚皮。这是一段刻骨铭心的经历，她舔舐我的后背，舌头上的倒刺留下了一大片崭新的痛楚，不同于打雾，这是骆驼奶也无法治愈的伤痛。她冲着我的骨骺吹起凉凉的风，令我长高了两厘米。老虎有着转变固有观点的能力，这是我从未意识到的。她督促我承担起自己的全部，我跪在她的尾巴上，感谢她的存在。她将那些死去的男人吞进肚子，离开前为我取了一个新名字。

那片蝉翼很快就被大人们抢走了。为了防止它融化在手掌里，他们焦急万分，一股脑挤进了电梯里。电梯里铁屑四处飞散，不锈钢的内壁被腰带压出了死胡同一样的凹痕。人们上上下下叠了整整四层，最上面的人需要将自己压缩成二维平面，防止顶破电梯。他们之间没有缝隙，构成一个结实的整体，无论电梯如何摇晃，他们都纹丝不动。我在电梯外面，发现大人们并不像石榴，他们更像一条条竖起来的蜈蚣。载客电梯发出咯吱咯吱的可怜声音，它的痛感持续着，红灯闪闪，说着求饶的话。人们表情冰冷，他们光滑的扣子中充满了剪影，我困惑的脸在里面尤其清晰。他们说蝉翼是老虎的指甲，并将它种下，等待在冬天收获更多的蝉翼。我的新名字也未能陪伴我太久，当人们得知老虎为我取了名字时，恳求我站在一条黑色的大狗身旁，我没能拒绝，两手空空站了一个下午，新名字被它叼走埋进土里了。

在我们思想的加固与退席之间，老虎是不可缺少的。我们为她开了一家饭店，叫“威风老虎”，卖兔子肉、荞麦馅饼和阿拉善盟的黄芪。从外面看，房子就像个巨大强劲的、涂满油的转轴。它是砖头房子，水泥里夹杂了一些当年盖棉花房子时剩下的棉花。后来我才知道棉花们是不请自来的，没有人想用它们。大人们牵着我的手告诉我它的东南西北，他们还指着饭馆左边的窗户告诉我：这个比右边的要快两秒。我经常去饭馆里帮忙，因此多次向厨师提出想要一点骆驼奶，她和她的奶牛勉强挤出一丝微笑，好像我弄疼了她们似的。她们拒绝了我。当我追问，她给出了一个富含细节的、但是不怎么周到的解释。她具体说了些什么我忘记了，大概是关于自尊或是期货，自那之后我再也没有要求什么骆驼奶了。令人喜悦的是，合唱团经常来威风老虎饭馆里表演。老虎是合唱团里最棒的女中音。老虎太棒了，她才华横溢。所有见过她的人都无法忘记她。圆圆的脑袋，粗大的爪子……她的歌喉——那是纯澈的光芒，趁你不注意悄悄地阖起无数道门。伟大的歌儿在威风老虎里响起，是人们苦苦寻遍所有角落也无法寻到的安抚。她的形象已经成了一种具有魔力的歌曲，以至于她消失后，威风老虎饭馆仍在营业，合唱团每次演出时，都会让其中一位女中音赤裸着上半身背对观众，展示后背的图案，好让观众们误以为老虎还在。

思念！老虎啊！

那是十三年前的七月份。一位身披晒干的毯子，脖子上系着好多铃铛，把头盔歪向一边的男人走进了我们的威风老虎饭馆，他坐在最前面的座位上，向我们要了一杯水。都说“巨变常常由外来者引起”，他的出没仿佛在提醒我们——我们的治安出现了问题。他晃动自己的脖子，铃铛响起来，唤醒我的联想能力，从那金色的铃铛到高个儿的寝具，从寝具到生姜，然后从生姜想到灰黄色的沙尘暴。那时我年纪太小，对自己的稚嫩还毫无认识。我只当他是沙尘暴里的一粒沙子，而不是掀起沙子的飓风。

天气很热，所以我没有穿上衣。当我把凉水放在他桌子上时，他突然用手指画了一个圈。我为他转了个身，他凑近了看我后背上的老虎。他快压弯我的腰了，我向后伸手，用力捏住了他的鼻子，他毫不在乎，双手像一块令人过敏的布料一样摩擦着我的皮肤，大拇指压着我的骨头，食指和中指捏我骨头之间的肉。我止不住干呕，将大拇指戳进了他的左眼里，他叫了一声，像一条比目鱼一样铺在桌子上。他“蒙面”了，双手却没有离开我的后背。他是袋状旋转气体的微缩版，是地震纵波的扩大版，真是恼人。我将牙签插进了他的指甲里，他终于松手了。我学着大人摆出一副受扰的姿态，他聪慧机敏，与水杯相拥，黇鹿般啄了一口里面的凉水。我被迷惑，感到威胁已经离去，他只用一个动作就巧妙地冲淡了我内心深处关于坏蛋们的回忆。

“妹妹，这是什么？太漂亮了。”他抬起脑袋赞叹不已。我告诉他这是老虎。

“这是真的存在的吗，还是你想象出来的？”

“是真实存在的。”

有多少人只能沉溺在光辉的过去，而无法向前一步了呢？孩子们只能想起它，而稳重的大人们则能辨别它。他一定是来寻找进步的，因为他看起来像是会把脑袋留在铁轨上的勇士。他愿跌落，跌落后再次跌落。果然，他摘下自己的铃铛，塞进了我手里：

“妹妹，你带我去看看老虎，我把这个给你，是金子的。”

我没见过这么大块的金子，富士苹果一样。我只吃过用金箔裹起来的高山黄油。“不是什么大事。”我将铃铛揣进了裤兜里。它们太沉了，我只能紧紧系上腰带，防止裤子掉下来。我系得太紧了，感觉自己的内脏都向上挪了一步。见我点头，他立刻拉着我的手跑出了饭馆。汗水从他的头盔和头皮的缝隙里淌下。“别着急。”我对他说。他却让我跑起来。“快点——跑一会儿——跑呀！”我没有服从他，他的脸蛋就通红了。他如此重视他人的行动与反应，要是我没反应，他就会觉得我不喜欢他——这位新的崇拜者，比那些剔除了麦麸和胚芽的白面，有着更加倔强的余火。我才不跑。我用跑步的动作慢悠悠地走了起来，他没发现我的恶作剧，气喘吁吁地紧跟着我，嘴里还说着“以你为荣”的可怜话。他认为老虎怜悯的是我，我说老虎从不怜悯任何人。他说不真的东西才是最可怕的，让我不要屈服于真实的老虎，我向他表示只有差强人意的爱人才会选择屈从。我们边跑边嬉戏，真情似乎已经开始流露。

我领着他来到饭馆的后面。那里有个垂直的大洞，他踩着刹车凑过去。向下看，大洞黑黢黢的深不可测。这个洞的形状是六十二条田泽湖线的综合，在它的周围，杂草的根须已经裸露，草儿们像可拆卸的袖子一样随着洞的呼吸摇摇欲坠。大洞的右边爬满了葡萄藤，上面结着三年前的橘子。橘子们沉甸甸地滴下来，当松鼠从它们身上跑过时，它们就会划出狗尾巴一样的弧度。橘子们快要掉进洞里了，它们就用这种恍然大悟的样子糊弄人，让人不敢摘下它们。有些不会飞的虫子在洞口爬来爬去，它们实际上是在布雷区活动，洞口周围粉碎的土块是低廉的水雷，昆虫不是作为舰船，而是作为冰柱引起了它们的爆炸。洞底堆积的虫子的残骸大概已经有大象腿那般厚了。大洞本身是不吓人的，它令人发抖，是因为它由时间塑造，而时间是恐惧的源头。他好奇地向下看，小腿一直在打战，被吓得分不清表和里了。

“你可以跳下去看看。”我建议他。

“有梯子或者绳子吗?”

“没有。只有会跳伞的快递员下去过。”

“妹妹，你小小年纪就会避重就轻，很有一套。”他扭头盯着我胸脯上停落的蝴蝶，面露困惑。你不能这样，因为蝴蝶和胸脯重叠，就分不清翩翩起舞和柔软了。当他再次开口时，说出的话简直又臭又长：

“你……你背上的老虎，你们攒着钱似的，要干的活儿可真多。在我们那里，你这个年纪的孩子还在上学，我是说——不会有人用针和颜料刺破你的皮肤……我在说什么呢……你们一定不是……不是想借着这名气愈发放肆的。妹妹，我老家那边有个技术可用来检测肿瘤，原理就是，靠近与远离太阳塑造了四季，靠近与远离危险塑造了肿瘤。在没见过她之前，我们是远离，而现在我要靠近。靠近等于远离，这个等式我们司空见惯了不是吗？我就是这么折磨自己的，你也是。大家都是这么折磨自己的。接纳的第一步是容忍，远离的第一步是接近，如果我不接近她，我怎么远离她呢？你们之所以离不开她，是因为你们从来没有接近过她。我之所以成为我，是因为我记得我的过去。可我的‘过去’正在强烈地感受到莫名的约束，我几乎没有什么可以选择的，已经有人替我决定一切了。你也是这样想的吗？这些人，把你拴在一个饭馆里了。妹妹，我将会帮助你，相信我，你可不能到处挖洞。他们糊弄你，快醒醒吧！妹妹，你觉得我是质朴迷人的吗？如果，我真的跳……跳下去了，那我觉得我是质朴迷人的……”

“当然——下去吧。一只刺猬饿坏了时，会吃青蛙卵的。”我说。

他解下了自己的裤腰带，放在洞口旁边。他的汗流得厉害，鼻梁湿得像蛋壳的内面，眼睛也像奶牛的眼睛一样了。他扶正自己的头盔，把猴子一样的脚缠绕在洞口的杂草上，他把身子折起来时，脖子和肚子像新生儿一样布满皱纹了。然后他压弯了腰，两只手抠挖着洞口旁边的沙子，好像在和洞拔河，实际上是在寻找着自己绝妙的平衡。他就维持着这个辛苦的动作一声不响，背上的坑洼里汗水汇聚，像小小的湖泊。他突然蹲下来将头放进了洞口里，背上紧张的湖流下来淋湿了他的脖子和头发，然后他松开手和猴子脚，转了好几个圈，带着那些橘子和虫子像潮汐一样翻了进去。他原本像牛一样优雅，可他翻下去的动作实在是太奇妙了。他卷动了风儿，翻卷时的影子也变成了诡异的光晕。他像是一层又一层的，因为紧张还发出了起起落落的求饶声。他下降到两米左右时突然向上匆匆一瞥，提醒我不要出风头。我瞪大眼睛看他，这轮胎滚动，山地长腕蛙和罐子一般的奇景将在我的脑海中重演多次。他很快消失在了洞里。我坐在洞的旁边等待，一直到一个太阳变成一半太阳时，我才听到了粉身碎骨的声响——他落地了。我掏出裤兜里的金子铃铛丢进了洞里。

我原本以为他摔死了。谁知在九月下旬，他又出现在了威风老虎饭馆。当他一瘸一拐地进来时除了我没有人发现他。他坐在椅子上，肩膀是歪的，胸膛凹了进去，看起来怪吓人的。但神奇的是，他竟然没有诞生任何新的差别和脱节。他一如既往地要了一杯水。我为他端了过去。他没有喝下，而是用水沾湿自己的手指，轻轻蹭着桌子上的油渍。我再次回想起了他翻滚的身姿，那些甲壳虫一样的圆形身体逐渐堆积，它们就如同一些久别重逢的人一样涌向我，最终塞满了我的脑子，他的无数的头盔们从我的耳朵里挤出来，流淌到闹哄哄之外了。很多年后，我依旧会思考，如何让他不要出现在九月下旬呢？用貂皮盖住洞口或是九月中旬的消防车？或许只能说服九月，千万不要出现在八月份之后了。

“谁拥有优中之优？”他抬头问我。还未等我回答，他就骄傲地对我说：“妹妹，我见到老虎了。她是一扇发人深省的窗口。我接近她，也成功远离她了。”

我沉默不语，他的喋喋不休成了一种不祥之兆。他指着自己摔断的、像一个问号的鼻子对我说：“看着我——我就是那个拥有优中之优的人。”他摘下了自己的头盔，里面塞着一张皮，正面朝上，眼睛是两个黑色的小圆点。他只给我看了一眼，就戴上了头盔。

我们不能把会学鹰叫的冠蓝鸦或者偷懒的杜鹃古怪的生存策略归于欺

骗。没有人阻止他戴着头盔走出饭馆。他走得慢吞吞的，可能是因为他受伤的身体，也可能是因为他沉重的头盔和头盔里的皮。大人不知道发生了什么，而我知道发生了什么却闭上了嘴巴，因为我听到右衽和辫钳的口哨声又响起来了，我向它投降，我知道它难能可贵，它是一捆印象，一捆硬邦邦的印象。我全身发痒，尤其是后背。我向后伸手去摸，发现图案全部凸出来了。它非常滚烫，尤其是它紫色和黑色的颜料。我感觉自己的背变宽了，如果它是书脊，那书本上全部的内容都可以印在上面了。我抚摸着火辣辣的背走到窗口看他，他走到距离饭馆三百米远的公共配电设施旁边，停住不动了。他像横杆一样被插在了青翠的山丘里，隔断了褐色的羊和电力管井。绿莹莹的山石也同我一起瞧着他。他肯定累坏了，浑然一片，没有什么活力，让威风的老虎成为一件物品可是要付出巨大的努力的，更何况他只有两只手和十根手指。我回想起他临别的话，意识到自己做了一些糟糕的投资。有位背着一麻袋茄子的人路过那些危险的设施，仅仅与他擦肩而过。灰霉病可以通过空气传染吗？难道他用茄子刺缝合了伤口——不知为何，他维持着的直立姿势噼里啪啦碎掉了，头盔也滚了出去。或许是志气与怒气将他黏合，让他能够来到威风老虎。茄子的好伙伴被头盔落地的巨响吓得讲不出话，孤零零地站在那里。不多久，饭馆里的大人们聚集过去了。他们双手撑着膝盖，弯腰瞧着头盔里的皮。

最后一个地球人

樊文静①

地球上最后一个人独自坐在沙发上看电视，这时突然响起敲门声。起初他以为是自己出现幻听，但还有他咀嚼薯片的声音在一直锤击着他的耳膜。“咚——咚——”声再次响起，他愣住了，这次他没有听错。他急忙把电视声音关闭，薯片袋被扔在一边，他停下手上一切动作后静止在一旁，仿佛等待着令人紧张的宣判。客厅内顿时变得静悄悄，再次响起的敲门声愈加明显，空旷的客厅隐约还回荡着阵阵余音。

还在静音播放的电视把冷色光影投在他震惊又夹杂着喜悦的脸庞上，平缓的嘴角渐渐滑起弧度。“来了！”很久没发声的嗓子竟然变得低沉又沙哑，那一声回答连他自己都差点没听清。可他无所谓，心中有人陪伴的激荡足以冲破嗓音的覆膜，有人陪伴的话他就可以……

等等！有人！人？

……怎么会有人?!

他的脚顿时犹如灌了铅一般提不起来，心中燃起的火苗瞬间被浇灭，反倒是森森凉意自脚而上，通过背上的脊骨直穿耳背，又顺着柔软紧绷的神经冲向大脑，迫使他打了几个冷战。他直直立在原地，再无法迈出一步。敲门的是谁，准确来说是什么人？他不是地球上最后一个人吗？那……为什么？门外的……是谁？他蹲在地上睁大眼睛，红血丝布满眼球，该来的还是来了吗？为什么……为什么不能宽容一点，一个人而已，一个行星而已，宇宙浩瀚到这个地步了吗？原本他想好好守着这个地方的。

门外敲门声还在继续，他抱着头，眼泪不自觉往外流，恐惧感布满全身，仿佛又回到十年前，那时他不过才九岁。那也是他第一次真正理解什么是宇宙。他一直以为宇宙是一个更大的世界，只不过天空的面积更广，

---

① 樊文静，女，生于2000年8月19日，内蒙古大学文学与新闻传播学院2019级汉语国际教育专业在读学生。

天上的星星更多。可当他真正见到那些所谓在电视上的机械人与大眼外星人时，一切都发生了翻天覆地的变化。一行行机甲在他眼前排列得整整齐齐，然后他听到那些似乎用变声器处理过的嗓音：“地球已经被文明淘汰了。”

九岁的他还不明白文明到底是什么，他只知道自己生活在地球上，只记得学校老师教他们要做文明的好孩子，只听过奥运会的地球村，他连地心有万有引力都不清楚却被告知地球被文明淘汰，什么是文明？这些熟悉得在耳边广为传播但又不是他所知范围的词汇在他脑中不停回荡，再看着眼前与自己平常所见完全不同的人，他扭头便跑。不太温柔的风吹干断断续续滚出眼眶的泪珠，他喘着气，胸脯因换气大幅度起伏，现在的他连大声号哭都已经成为一种奢侈。他顾不上身后是否有动静，他只想逃，远离那些异类。

他不停地跑，恐惧惊慌支配着他的心，使他忘记双腿的麻木。终于他来到一个隧道，拱形隧道可能时间已经很久了，他跑进去无意发出的声音竟将墙壁上的落石震得掉落下来，这些碎石又碰巧堵住了隧道口。他吓得抱着头，他不知道跑到了哪里，只察觉这里一片明亮，与外界自然光线不同，橘色的灯光映满整条隧道。他抬头看了看，每隔一段距离有一个长椅，椅子上放着大包小包的东西，他眯了眯眼，那……那是……压缩饼干！他拆开真空包装大口吞咽，疼涩的嗓子加上干硬的饼干把他的眼泪又呛了出来。他们找不到自己，他们一定也进不来……他逼自己冷静，心却始终半悬着。

机械声从洞外传来：“我们不会进入你们的防空洞，但你可能不知道，现在的地球，绿色与蓝色都已经变成灰色，它还有什么资格存在于宇宙，这个文明时代不需要肮脏的行星。”

十年前发生的一切历历在目，之后他在防空洞待了半年，把洞中的粮食基本都吃完了，他把石头一块一块挪开，当第一束光线挤进来的时候，他劫后余生。那个机械人说自己是地球上所剩唯一的人，他不相信，于是用了三年走遍四个省区，果然，没有人。他经过超市，走到银行，蹚过河流，如今再也不用担心超市被盗，银行被偷了，以前他总嫌弃买菜卖菜大妈的大嗓门，现在却是想听也听不到了。

他进超市拿了许多压缩饼干放到防空洞，这是救了他的地方，他躺在长椅上失神地望着洞顶的砖缝，防空洞可能也不曾想到，本以为在20世纪那个被称作战争时代的一百年间它已经发挥了最好的价值，却不料和平过后的几百年它又一次成了“圣地”。他看着依旧被暖色罩着的隧道轻轻抿嘴笑了笑，他希望不管这个世界是否还有人，但一定会有迎接他、保护他的地方。他打算用一辈子的时间走遍世界，无论在生命的最后一天他会走到哪里。

转眼间十年过去了，平静的生活到底还是结束了，但他已经长大了，他不会再逃避了。他握紧拳头，紧咬牙关，红着眼站了起来，冲着还在不停“咚咚”的大门吼：“你他妈滚吧！到底什么是文明，一个星球的文明取决于人你懂吗？你说地球只剩我一人，所以地球现在由老子一个人决定！”他开始哽咽，“什么狗屁蓝色绿色变成灰色，不就是环境不好吗？……我走到哪里都会种一棵树，都会跳进那些河里掏垃圾，虽然微不足道，虽然称不上你们口中的文明，但我知道，文明也绝不是你们这些侵略性的行为！该被文明淘汰的是你们！滚！”

他喘着粗气，走上前去，手心发湿，手指颤抖着握上门把将门拉开，依旧是一道光从门缝抢先钻了进来，他死死盯着。当门大展开时，他瞪大眼睛，口微微张着，不敢相信眼前所看到的。只见一个和他一模一样的人站在门外，对他露出世界上最温暖的笑容，并伸出了手：“这些年辛苦了，我来陪你。”这人上前拥抱了他，“自我介绍一下，我是你的影子。”

与归乡

郭家琪[①]

1

常安收到了来自老家的一封信，是前些日子，常安娘指家里老二写了，托同乡请了婚假回家办喜事的战友给捎来的。

常安接到信的时候，正赶上休息时间。在福州，夏天正午的日头毒着。常安捏着信往回走，手心汗津津的，好出汗的他额头上的大汗珠随着他走动的动作一个接一个滚在地上，瞬间被晒得发热发烫的泥土地蒸干。走在半路却从背后被人叫住。

只是听得一声“郭常安！”是军队兵营中罕见的女同志的声音。

常安不回头也知道是谁。

那么大声去叫他的大概是医务室的林秀萍，正儿八经医学院毕业的大学生。刚毕业被分配到这儿，地方还没混熟，和常安却热络起来。大概是多受了几年教育，她比别的那些见到士兵只敢埋头干活、羞于抬头搭话的小护士显得落落大方，偶尔给士兵们发些解暑的药水药丸，开场安全卫生会议。然而除却常安，她不怎么理会别的那些个兵。

但常安还是转过身，目光愣愣地去看，留了街上时兴的利落齐耳短发、身着白色隔离衣、领口探出军绿色立领的大姑娘从军医务室只探出半个身来，一双如削葱根般的手扒在斑驳绿漆的门框上，脸上挂着吹散酷暑燥热、清风似的笑，柳叶眉弯成俏皮的弧度，嘴角若隐若现两个浅浅的梨涡。

“怎么了?”姑娘被盯得脸上一阵一阵的热风向上吹到头顶，脑子昏昏的，反问只站在那儿不说话的常安，“傻子一样不动了?”

姑娘是福州本地人，一口福建话说得比北方传闻中的南方吴语还要

---

① 郭家琪，女，内蒙古大学文学与新闻传播学院2019级汉语国际教育专业在读学生。本文在2020年6月刊发于《草原》。

软。从福州到老家有36小时的火车车程，其间来来往往的少不了操着一口吴侬软语的男女老少。常安心下自有比较。

常安愣回神，淡淡地应了，“林医生，有事呀?”

林秀萍心里只说，亏得你还是个男人，只等着大姑娘找你搭话。面上自是显露出一二分不满，生气时说的话却也撒娇似的，“我看你日头底下站着，想叫你吃块西瓜，你也不理?”

林秀萍不跟这些兵蛋子来往。一来，她是年轻的女同志；二来，她是学医的文化人，自然是嫌弃这些男人没文化、过得糙。往日里有谁遭个小痛小病，来她这一趟，她也很少给什么好脸色。

但常安不一样。林秀萍觉得，常安跟旁人不一样。

“谢谢林医生，不必了。”常安跟这些南方的姑娘、小伙子说话，总是惜字如金。他自北方来，说出来的话又粗又硬，还带着改不过来的方言口音。他觉得南方人说话又快又急，他也加快嘴巴张合的频率，听起来怪是别扭。

常安回绝了，林秀萍的脸就像日头似的烧起来。幸亏是正午太阳最毒的时候，除了值班室见得到人，四下里也没闲着的兵，没人在意这尴尬场面，她轻哼一声，“那就算了。”转身回去了。

常安刚才被喊住，在毒太阳底下站了有一阵儿，这会儿心里头烦躁得很，只得三步并作两步，快步回了宿舍。

到了宿舍，同舍的兵正热得在床上翻来覆去。几个人谁也不搭理谁，哪怕说一句话都要更热上几分。

常安坐在靠窗的唯一一张写字台旁边，拆开信。

他也不盼着娘在信里能写些什么，无非是问问这月的补贴发了多少，家里做什么花了多少钱，再强调强调，两个妹妹读书都指着用钱。但他还是在第一时间拆开信，信里若不提及爷爷奶奶，那这二位老人的身体便都安好。

这封信不太一样。娘也是个利落的农村媳妇，管事有条理得很。她口述，由二弟写的信，字体说不上干净美观，但叙事总分个轻重缓急。

前文絮絮叨叨，却总算是不曾提爷爷奶奶，常安倒也安心。

结尾处，像是笔水将尽，笔迹很轻很轻地、断断续续地写了句：“娘给你在太平王庄相了个闺女。”

大概是觉得没必要，抑或是无心，信中却不曾提到那位姑娘闺名。这封信至此也就断了。落款处倒是写清了时间。

常安读完信，在这个中午也无事可做，也躺到床上去。他热得睡不着，被同在一个空间里的几个人频繁翻身的声音吵得心烦意乱。

于是他去揣测这个姑娘的身份。

既是在太平王庄，那位姑娘大概是姓王。太平王庄算是老家那边一个比较大的村庄，前后人家大多姓王，也有别的外姓，只占极少数。前些年，他还是半大孩子的时候，送小姑去省城上学；再长大些，他到临县小姑教课的地方去找奶奶，都时常路过太平王庄。刚懂点事，娘和旁人说闲话，却不避讳他，说太平王庄上一户人家弃了糟糠娘妻，另娶美娇娘，撇了三个孩子，大姑娘早当家的故事听得常安时常唏嘘。

往后很长一段时间，林秀萍去给战士送解暑的药水，迎面碰到下了集训休息的常安几次，也只当看不见似的错身就走过去了。以前觉得林秀萍对常安不一般的人常常私底下传闲话，被指导员抓过几次，也屡教不改，见着林秀萍渐渐不理睬常安了，大家的耳根子才算落得清静。

估摸着时间，常安寄回去的信和钱应该到家了。

福州的暑日很长。林秀萍再也没喊着别人去医务室吃西瓜解暑。在日复一日的集训里，常安还是比别的战士多流几分汗、多出几分力。这个夏天，总算过去了。

2

临近年关的时候，连队里开例会，指导员过来说，今年轮到常安探家了。

常安有两年没回家了。但他也不盼着婚丧喜悲的事假。

刚到福州的第一年，他总是给家里写信，给谁都写。给祖父祖母写，叮嘱二人注意身体，跟爷爷说，若是能出军营，他就去旧书摊淘换旧书，换了有几轮、有百十本；也跟奶奶说，兵蛋子没有会针线的，但他能给自己补补衣裳，只他省衣裳。给爹写，让他少抽烟。给娘写，说他如今出来，不必花家里的钱，他高兴。给姐姐写，让她好好念书。给弟弟写，给妹妹写。也给家前的那颗大枣树写。那年的常安十八岁。

但那些信一封都没有被寄出。他只是收了从家里寄来的信的时候，回寄些钱回去，再附一封信，信上记录这个月的开销账单。钱是由娘支配的，账单是给娘看的。

这是常安第二次探家。新兵入伍，第四年才可以探家。老兵隔两年探一次家。

到了年关，常安收拾起行李，背着包袱走了。在福州，营里发的军大衣没几天能派上用场，却也是两年发一件。但这军绿色的棉大衣在鲁西南的冬天是很抵用的。常安自己身上穿一件，包袱里背着一件带回家去。他是想着给爷爷在冬天御寒用。福州的零散小食也在路上买着，应付家里的小孩。他思前想后，还该带些东西回去的，但身上只剩了路费。

在火车上昏昏沉沉坐着的36个小时，他裹着军大衣，时不时地瞌睡一会儿，总是被上上下下的人挤着碰着，或者被哪个大嗓门的大姐跟列车员理论的时候一嗓门吵醒。晃晃悠悠的车厢里，书是看不成了。他就让自己想点东西。

比如，今年回家，娘要安排他去见王庄的那个姑娘了吧。

晃晃悠悠地下了转车后的第二列火车，他看见火车站有租驴车的，掂量着身上剩下的钱，又向上抬了抬身上不断下滑的包袱，打算走着回了。索性离家不远，身上也有些干粮。

寒冬腊月里，到家时，常安军大衣里面穿的汗衫也被汗浸透了。

他叩了叩门环，里面有人拖拖拉拉地来应门。

是家里的老二，郭常玉。

郭常玉见着常安只道，“大哥，回来了。”

常安点点头，常玉就先一步转身回屋去了，常安背着大包袱不往北屋走，只往爷爷奶奶住的西屋走。时间到了傍晚，西屋很是昏暗了。奶奶坐在炕上对着窗纳鞋底。爷爷背对着常安，在小灶上煮着东西，白烟从沾满油腻子的锅盖的气眼儿里噗噗噗地往上冒。听见动静，奶奶拢了拢那些针线，却没抬头，“臭娃儿，不叫俺俩，俺俩炉子上腾着东西了，你家自己喝吧。”

“奶奶，我是常安!”

常安粗嗓门一喊，奶奶慌忙抬头去看，喊着：“常安！我的孩儿!”

耳背的爷爷那边也有了动静，慢腾腾地转头来，“常安啊?”

“是我！”常安大声应着，二十多岁的大小伙子眼眶一热，他慌张转头去把包袱放下，对着奶奶说，“奶奶，这包袱里是军大衣，我在那边穿不着，你让俺爷爷穿，穿上暖和，跟俺爹大队里发的一样！里面还有些细碎东西，你也好好收着。还有些吃的，年关里应付那些小孩，你跟俺爷爷也吃。”

“常安啊，东西都在这儿啦？”奶奶问，看着常安点头，又慌忙问着，“你娘那儿你可咋说，看过你娘了？”

“她那里什么都有，”常安淡淡地说，“这就去呢。”

奶奶把针放好，打开身旁的那个大包袱，还有几双新的军鞋。她把那几双军鞋拿出来，又把吃的都拿出来，包袱里就剩件军大衣鼓鼓囊囊地在那儿待着。

“你脚胖，你爷爷脚瘦，穿不了这鞋，你爹和老二能穿。”奶奶把东西塞给常安，“吃的你拿走，俺俩这屋没人来，你娘那边总有人。”

常安就没再硬塞回去，收在怀里抱着，“那我就先过去。”

“等会儿来吃饭啊？”爷爷连自己说话都听不太清，只能扯着嗓子喊。被奶奶扯着嗓子喊回去，“他娘准不让来！咱这儿能有啥吃的！”

爷爷作罢，又转回身去看着炉灶。

常安没再说什么，转身要往外走，又被奶奶拉住，“哎，给你个包袱皮儿，省得一会儿恁娘又数落你！”

奶奶把常安怀里抱的东西捞回来，悉数在一张包袱皮儿上码得整整齐齐，三两下包住，打了一个结实又一解就能开的结。

常安提着包袱回了北屋，他娘正坐在藤椅上翻弄枣干。

“老二给你开门好一会儿了，也不见你进家。”娘问，“去看你爷爷奶奶了？”

“看过了。”常安说，把包袱递出去，“这里面有几双鞋，俺爹和老二都能穿，新的。还有些散碎吃的。”

娘不接，抬着眼皮看常安，嘴角往两边垂着，“给你爷爷奶奶压下了什么？”

“没什么，留了点东西，就都拿回来了。”常安答道。

常安知道她不信，也没什么办法，只说，“你看我把钱都寄回家了，除了这些，没别的能带回来的。”边说边把递包袱的手收回来，“那我放里屋去了。”

3

娘没让常安去见王庄的大闺女。

那姑娘读到高小五年级，自己不愿意学，就不上学了。在大字不识一个的娘心里头，初中毕业的常安算是文化人。她配不上他。

再加上常安过年就能提干部了，那姑娘还只是在村里当个卫生员，应付谁家的小病小灾。她配不上他。

常安爷爷奶奶健在，父母健全，叔婶旁支也人丁兴旺。那姑娘自小离开亲娘，拉扯着弟弟妹妹长大，爷爷奶奶不管事了，生活上只得看后娘脸色。她配不上他。

常安说，“那就算了吧。”

娘说，“你也到年纪了，娘在老家给你寻摸着好姑娘。”

“你别在福州找了南蛮子。”

火车上，常安心里总是念着娘最后一句叮嘱。

归队后过了一段时日，有天林秀萍趁着常安休息的时候找他去。

“别人说，你淘换了一本《红楼梦》，我想瞧瞧。”林秀萍说话间带了林妹妹似的几分娇羞，只差病弱之态和手里常攥着的那方巾帕了。

常安撇开眼，不去看林秀萍的眼睛，“不是《红楼梦》，那俺读不懂，就是戏说的一些话。”

“现在还能淘换得到这些，那我就更得看看！”林秀萍坚持要看，常安没办法，也不好在众人眼前拒绝这姑娘，闷声应下了。

有借就有还，有着这一借一还的机会，林秀萍总跟常安多说些话。问他探家的事，也跟他说医务室的护士们私下里嚼的舌根子。

然而常安只愿意林秀萍问他书里的事情。

再到年关的时候，娘寄信来了。信里写妹妹读书要花钱。北边那些地方比不得福州，冬天冷，冻手冻脚是常事。娘说，你妹妹给家里要皮鞋，说读书的大闺女都穿，穿上也保暖，读书的时候就不冻脚了，但家里哪有闲钱给她买这个。

常安把信收起来，想起林秀萍常穿着一双黑皮鞋，走路哒哒哒地响。听见“哒哒哒”的声音，周围人就都知道是她来了。

趁下次林秀萍来借还书的机会，常安问她，“你皮鞋从哪里买的?”

林秀萍愣了愣，开玩笑道，“怎么？家里给你娶新娘子，彩礼还要皮鞋呀?”

“你娶的哪家大户人家的小姐哟。”她这话里酸溜溜的。

常安只当她是开惯了玩笑，回道，“不是，俺妹妹读书，说大闺女都穿这个。”

林秀萍一听是妹妹，紧绷着的心松了松，“行啦，我下周末给你看看去。”

常安心道，那敢情好，忙道一声谢，“谢谢林医生。”

林秀萍帮常安买完鞋之后，更是时常来找常安。常安常被战友打趣，“天上掉下个林妹妹，似一朵彩云刚出岫”，粗硬的汉子唱起来，别样的别扭。

但在常安收了家里另一封信之后，林秀萍后来再到集训休息的地方来时，总见不到常安。常安提了干部，身上的担子重了，事情也多了。但事实上，往往是常安远远地听见“哒哒哒”皮鞋落地的声音，就忙慌着躲了。

林秀萍心思到底细腻如发，知道常安躲她，便不再去招惹这个愣头愣脑的呆人。

娘在信里给常安写，“王庄的闺女进了工厂做正式工人，等你下次探家，你俩就见个面吧。”

常安下次探家是一年后的事情。他没趁着年假回家，向上级申请了暑天回家的机会。

常安的娘心里头门清儿，王庄的姑娘等得起这一年。工人干的是个吃香的活计，但她毕竟是女流，身边无爹娘傍身，听说还时常照料着爷爷奶奶。她条件不好，就等得起。常安娘就跟中间介绍的人念叨了两三次，便有信心得很，不再理会姑娘那边的动静。

4

探家的时候，常安在介绍人家里见到了王庄的姑娘。

常安先问了介绍人才知道，王姓姑娘名叫桂香。

俩人都坐在炕上，中间有张矮桌子隔开两人，介绍人是个手脚麻利、嗓门大的妇女，她扭着矮胖的身子给两人端上一盘生瓜子，便笑呵呵地退出屋门去了。

屋里的两人只给对方看侧面，都低着头看自己的手。

常安搓着手心，就算是临近傍黑了，他也是热得额头上止不住地冒豆大的汗珠。

桂香抬头见状，手指从衣服的口袋里捏出一块方帕，递给常安，先开口说道，“这屋热，擦擦汗吧。”

常安看见那块干净的白色方帕，上面没有别的花鸟绣花儿，只有已经落后的印染手法印上蓝色的隶书字体“丘城县轴承厂承制”。他安心接过来，胡乱抹了两下额头，把手帕收到短袖衬衫胸前的口袋里，才对着桂香说，“……谢谢。”

“我现在在轴承厂，”桂香拢了拢有些汗湿的齐耳短发，“恁娘说你在部队提了干部。”

“嗯。”常安双手交叠在大腿上放着，不知道再说些什么。

“我条件不好……”

桂香只能自顾自说下去，话还没完，就被常安打断，“我，我觉得挺好！”

桂香听见，不知道怎么回应才好，只能又低下头去。

常安看见桂香低头的时候，耳朵卡不住那些茂密浓厚的黑发，随着慢慢的低头动作，先是上面的发丝三三两两落下来，又是前面的很厚重的头发都滑到脸颊旁边。

他鬼使神差地想帮她把那些头发拢上去。

常安把放在左手上面的右手举起来，伸到桂香身侧，顿了顿。桂香侧身看他时，常安又慌忙把手收回来，轻轻地挨着桌边。

“我还有两年才能退伍。”常安接着说，“你愿意等吗？”

常安侧头望着桂香，桂香还是低着头。他听见她说，“那一年等了，这一年等了，不怕两年。”

“我爷爷说了，你爷爷奶奶好，你也好。”桂香抬头望回去。

常安模样生得好，浓眉大眼，挺鼻薄唇，方方正正，不笑的时候，很能唬人。桂香的模样称不上好看，但在常安眼里看来十分顺眼，二十出头的大姑娘明眸皓齿，那一头齐耳的黑色短发，浓密又挺直，干净又利落，比林秀萍那一头长长之后烫成乱七八糟的卷儿的头发好看得多。

他俩人都把对方看了个满眼，望了个满心。

常安回家之后，娘问常安，“可看得上那个大闺女？”

常安回道，“桂香很好。”

“那过俩月你就请婚假回家，别拖了。”娘当机立断做下决定。

常安归队前，娘和介绍人忙着挑好了大喜日子。

从山东到福建，常安距离家和桂香十万八千里。返程的火车上，常安总是想起桂香望着他说，“你也好。”

想起那句，“那一年等了，这一年等了，不怕两年。”

后来常安细思量，那一年初次说媒，桂香等了他一年，没能等到，便被娘打发了。这一年再说媒，她等到了常安，双方同意这门婚事，可桂香还要等上常安两年。

原来，她等了他四年。

常安归队后，林秀萍调职去了市里的大医院。战友们也不再提起林秀萍对常安的那些心思，更不再提起常安给林秀萍碰的那些硬头钉。

但常安后来还是见过林秀萍一次，那姑娘穿着便装坐在部队的门岗里等他，睁着泪眼质问常安，“你上次探家，回去说亲了？”

常安只“嗯”了一声回应。

“恭喜你啊，什么时候办喜事？”强行把泪意散了，林秀萍嗓子里还是带着哭腔的喑哑。

常安只能实话实说道，“下周请婚假回家办事。”

林秀萍不再说话，低着头。

常安把早先揣在口袋里的东西拿出来，“林医生，你调职的时候我不在部队，现在才见面了。这书你收下，算是我一点心意。”

林秀萍抬眼看，是一本新的《红楼梦》画本。

“你哪有闲钱买这个？”她问他。

林秀萍知道，常安每月发下的补贴除却自己基本的生活费之外都要寄回家。常安原来能淘换旧书，也是部队的上级介绍的熟人，再加上常安刚到这儿时是从家带来一些好书，才能淘换一批又一批。如今要结婚了，更是没有空闲的钱。

常安说，“你收下吧。”

林秀萍也不作假，便收在包里，轻轻地说了一句，“谢谢。”

当下，常安被赶过来的士兵找到，慌忙去接任务。

林秀萍望着越跑越远的身影在视线里渐渐化成一个黑点，双手揪着放书的包，深深地叹息。

5

常安申请下婚假回家。

老家还算是宽裕，喜事办得像模像样。常安在宴席上喝得烂醉如泥。

常安最后只能被老二扶回房。他睁着朦胧的眼去看，婚房的墙上有正对着门的一个大大的“囍”字。桂香坐在床边，没有盖红盖头，身上穿着镶着红布边的新单袄。

老二跟桂香打了声招呼，“嫂子。”把站不住的常安倚在门框上立稳了，便退出去了。

常安长得五大三粗，桂香也不敢轻易去扶他，忙起身去桌前倒了一杯热水。

她哄常安道，“常安，你自己慢慢地过来，先喝口水。”

见常安听得进去，也从门框上立起身，慢慢地、晃晃悠悠地挪动着，桂香松了口气，拿出桌下的印着“囍”字和双鱼的搪瓷盆来打了盆热水。

等常安坐在床上时，桂香端着盆过去，把盆放在了常安脚边。

“洗洗脚，舒服点。”桂香蹲下去脱常安的鞋，把那双脚底脚趾生满了老茧的脚放进水盆里。

桂香又起身往油灯里添上油，拿了毛巾，等着给常安擦脚。

她给常安擦完脚，把水盆里的水倒掉之后，才算闲下来。

桂香坐到浑身冒着酒气、一言不吭看她做这些事的男人旁边。常安伸出手，温热的大手掌覆盖住身旁人的手背。桂香觉得手背上一阵阵地发热。

常安说，“辛苦了。”

往后常安在桂香身边的时候，总是问她“累了吗？”也总对她说“辛苦了”。

桂香把家里一切打理得井井有条，也把爷爷奶奶两位老人家照顾得很好。婚后第一年，家里添了新丁，是长子嫡孙，顺了族谱的“衍”字辈，叫“光”。第二年常安退伍转业回家，家里有了老二，叫“荣”。

早些年，常安在部队时，一年回家一次；转业之后在警职的时候，在家的时间也是很少。桂香这边忙厂里的工作，那边也要照顾老人和两个孩子。几十年劳累下，她落了腿疼的毛病。

桂香总说，“没事儿，不去医院，费钱也看不好。”

常安只在这一件事儿上，不听桂香的话。从县里的医院看到市里的医院，再到省城的医院。桂香腿疼的顽疾不能根治，但她打针诊疗时，荣远在外地，光也不必来，常安一直陪着她。

“原来是你等我，现在是我陪你。”

其实常安说不出来这么抒情的话。

这辈子，常安和桂香算不清楚“等待”和“陪伴”这笔糊涂账。有常安的地方，才是桂香的家。有桂香的地方，才是常安的乡。

九铃间[①]

黄舒然[②]

又是一年立夏。

南方的立夏似乎总是这么热，青石板都似乎不那么清凉，往日撒着欢儿的小狗都萎靡了些许，吐着舌头，耷拉着脑袋。

“以前，似乎没有那么热的啊。”

古叶是南铃镇最年长的长者，她的喃喃自语似乎没错。

可是一问她，她也不知道为什么会有这样若隐若现的变化，就像她也不知道为什么听不到铃兰的歌声了一样。

“铃兰的歌声？”

“是啊，铃兰的歌声。那时啊，我们会在每个季节，把铃兰的歌声收好。”

“用什么呀？”

“我们的心。”古叶微笑着说道。

“这怎么收呢？”

“晨曦之时，我们的心最纯净、最鲜活，一晚上的好梦，对净化心灵很有好处啊。这时候，铃兰也醒了，开始唱歌了，用心聆听，歌声就会在你心里，久久不息。”

回想起那个场景，古叶的笑容绽放得更舒展了，从她的笑容，她微笑的眼，甚至于她的每一条皱纹，仿佛都能看到晨光留恋的痕迹。

“不过啊，”古叶的笑容多了一丝惘然，“现在的晨光，没有往日那么明亮了。天上的云朵厚了不少，也灰了一些，都是那些颗粒，染黑了云。”

古叶说着，起身向瓦房走去。

远处，工厂正在运作，黑烟叫嚣着奔向天空，炫耀着它所象征的金钱与荣耀，如同机器的轰鸣声一样霸道。

---

① 本文刊发于《草原》2020 年第 4 期。

② 黄舒然，内蒙古大学文学与新闻传播学院 2019 级汉语国际教育专业在读学生。

“这么闹，怎么听得到啊。”仿佛，听到了古叶的低语，不太真实。

我跟着古叶，经过一个老者，他靠在藤椅上，似乎睡着了。

我与古叶静静走过，如他的梦一般，悄无声息，无人知晓。

只有铃兰知道，他在做一个梦。

似梦，但非梦。

梦里，他才五岁。

那时候，立夏的风很轻盈，轻盈到你能感觉到，吹起了你的第几根头发。

他在青石板路上赤脚而走，家里的棉线用完了，没办法给他做一双棉鞋，而那双烂棉鞋在他挑水的时候，滑了一跤，给弄没了。

他瞒着阿爸阿妈跑出来，只想找回那双丢失的棉鞋。没了它们，冬天可怎么过呀？

也许是因为心事的缘故，他没有留意到风吹起了他的第九根头发。

奇迹，往往发生在一个不经意的瞬间。

他的耳朵捕捉到一个声音。

奇妙地，他的耳朵主宰了他的身体，使他向声源奔去。

奔得匆忙，他没有留意到周围的景色，直到一株铃兰挡住了他的去路。

等他靠近一点，才发现是两株铃兰，只是它们相向而生。

这两株铃兰洵美且异，让他忍不住想摸一摸。

“不要摸！”一个清脆的女童声，接着，从旁边的大树上跳下一个小姑娘。

她蹦过来，嘻嘻笑道：“小哥哥，以后你只要在来的路上摘一片叶子放在铃兰前面就可以了，这次我带你进来，下次就你自己进来咯！”

树林阴翳，他看不清小姑娘的模样，只听到一阵阵丁零零的铃铛声。

“你叫什么名字呀？”他听到小女孩问道，听到声音的那一刻，林子似乎没那么黑暗了。

“我叫君影。”他舒了一口气回答道。镇上的人总会当着他父母的面笑话这个名字起得装腔作势，“一个农民家的起这样的名字作甚？让君子的风度美德如影随形？只怕你们别说读书的钱了，吃饭都供不起罢！”回想起那些话，他就忍不住握紧了拳头。

他觉得这个小姑娘应该不会笑他，一方面她不知道他的家是怎样的，另一方面，她看起来不像是会嘲笑别人的人。

“哇，真的吗?”她果然没有笑他，还真心实意地夸他，“我叫九铃，以后我们一起玩吧!”

他的眼睛比以前清亮了许多，似乎还有些湿，“你有空?”

以前他找别的孩子玩，那些孩子总说：

“没空。”

“小影子，家里的鸡还等你喂呐。”

“有那空，洗一下自己吧！头上好多虫儿飞哟!”

九铃的语气里满是疑惑：“怎么会没空啊?”

还没等君影反应过来，她就用力拽过君影的手：“走啦走啦，爷爷等着呢!”

君影这才发现，他们已经到了一片铃兰花地了。

“阿铃啊，快把小客人带进来哟!”远远传来一个老人的声音。

“来啦来啦!”九铃一边应着，一边带君影跑上了田垄。

田垄的尽头，是一座木屋。

木屋里头，坐着一个老人。他让君影想到了冬日里的阳光，那是一种柔和的温暖，就像他本人一样，温暖但不暴烈，温暖了冬天里的每一朵花，每一株草，每一棵树，甚至是雪花也可以感受到。

君影觉得，他就是那片小雪花。

“小家伙，你能来到这里，不简单哟。”老人呵呵笑着，摸着他的白胡子。君影想：老爷爷的胡子真像烟囱里冒出来的白烟儿，长长的，白白的，难道老爷爷是一个倒立的烟囱吗?可是烟囱是黑的，老爷爷是白的，不过他们都暖乎乎的。

“是不是你们那边的老头子自我介绍的时候都自称‘老夫’啊?那我也效仿一下吧。”老人哈哈大笑，白胡子飘扬，“老夫九远，很高兴认识你这个小家伙。”

“爷爷好，我叫君影。”君影行了一礼。

“君影，君影……”老人沉吟着，许久哈哈笑，“妙哉，妙哉！你跟我们很有缘啊！来，进来坐吧!”

君影踌躇着，不敢进门。原来，他刚才一低头，发现自己脚上沾满了泥，这怎么好进门呢？

九远看到他的神色，立刻知道怎么回事了。“你瞧我，这饭都没做好，等一下，别着急啊。”他转过头，把爬到房梁上的九铃抱下来，捏了捏她的小脸，“你带阿影去小清河那边玩好不好？顺便抓条鱼回来，爷爷烧鱼给你们吃！”

“好呀好呀！”九铃高兴地拍手，拉着君影跑上田垄。

小清河就在花地后边，他们跑到了河边，君影去洗一下脚，九铃则去抓鱼。

君影一边洗，一边想：这个小姑娘我好像在哪里见过，是哪里呢……

哦，他跳起来，她应该是那些陶瓷娃娃吧！洁白细腻的脸圆圆的，很光洁，阳光照在她脸上，好像烛光照在瓷娃娃脸上一样。

不过好像又不是哎，他挠挠脑袋，她的眉毛不是弯弯的，有点平直，像“一”字，但靠头发的部分是尖的。而且，瓷娃娃一般穿得花里胡哨的，但她身上穿着白裙子。而且，瓷娃娃头上也没有三个铃兰卡子，还能发出丁零零的声音。

而且，瓷娃娃好像也不会抓鱼……

“影哥哥，我们走吧！我抓到一条鲫鱼哎！”九铃蹦蹦跳跳地到他面前，手上的鲫鱼很不甘心，想逃，奈何九铃抓得很紧。

在那一刻，他想：瓷娃娃的眼睛，也没她那么黑，那么亮。

“愣着干吗，我快饿死了，要吃鱼！”九铃拉着他在田垄上小跑，抓了这么久鱼，她也有些累了。

推开木门，一双棉鞋放在眼前。

“君影啊，穿吧，这是爷爷送你的礼物。”九远蹲下来看着君影，眼中满含笑意。

“爷爷，这不能收啊，我……”君影绞着手，不知所措。

“你替我看住了阿铃这个小丫头，我得好好谢谢你哟。”九远摸了摸君影的头，君影觉得他的手仿佛有魔力一般，因为感觉头上好像多了一顶棉帽。

“阿铃，收拾收拾吃饭了！”九远扬长了声音喊道。

“好——”

“阿影，过来坐吧。”九远拉开椅子，笑眯眯的。

桌上的红烧鱼分外诱人，君影听到了猫儿的声音。

他们边吃边谈，君影从来没有吃得这么开心过，他给猫喂了一些鱼，小猫叫得很欢。

吃完了以后，九远问君影："阿影啊，你想不想生活过得好一点？"

"爷爷，什么是生活？"君影有点茫然。

"生活啊，就是当下。"九远摸了摸君影的头，"怎么样？想不想？告诉爷爷。"

君影用力地点点头。

"那好，爷爷教你做风铃，好不好？"九远微笑着问道。

君影更用力地点头，从小他就喜欢风铃，感觉它们真是神奇的小精灵，可以迎风而歌，歌声如泉水叮咚，流入心田。可是，他连一双棉鞋都买不起，更别说风铃了。

现在，他可以自己创造出这些小精灵了！

"哈哈，好，好孩子，明天这个时候你再过来吧！"九远呵呵地笑。

"那个，爷爷……"君影嗫嚅着。

"怎么了？"

"我……我交不了钱，不过我会尽快给您的！"君影抬起头，坚定地说道。

"给得了，给得了，怎么给不了呢？"九远摸着胡子笑道，"你帮我把阿铃的衣服洗了，就是学费啦！"

君影愣住了。

"怎么啦？傻孩子，快去洗衣服呀！"九远把那条白裙子放到一个木盆子里，递给君影，"后悔啦？不想学啦？"

"怎么可能！"君影双眉上扬，下巴抬起，"保证洗得干干净净！"

从那以后，君影便和九铃一起，拜入九远门下，开始学做风铃。

通过九远徐徐的叙述，他知道了，这里是九铃间，是邻里常常说起但从无人到达的风铃作坊，九铃间制作出来的风铃，有着天地间最纯正的音色。

他听过九铃间的风铃之声，似风的低吟，雨的蹦跳，晨光的伞降，花初的低语……

"这，真的是自然之声啊。"

君影低叹。

“当然了，这些都是用铃兰做的哦，而且是阅历丰富的铃兰！”九铃嘻嘻而笑，“每朵铃兰花瓣的纹路里，都有不同的声音哦！”

“为什么会这么奇妙啊？”君影惊叹。

“因为铃兰花瓣在一点一点生长的过程中，会经历不同的时刻哦！”九铃解释，“比如这条铃兰花纹路生成的时候，晨光正好伞降，风吹的时候就会听到铃兰的声音啦！这就是‘铃兰之歌’！”

君影完全说不出话了，他为这种奇妙深深震撼。

“记住，用水浇，用心问，铃兰就会变成你想要的风铃。”九远缓缓说道。

“‘记住，用水浇，用心问，铃兰就会变成你想要的风铃。’”九铃怅然望向窗外。

不知不觉间，十年过去了，九铃和君影都长大了。君影成了南铃镇上最年轻的风铃艺人，几乎家家户户都找他做风铃。他的确是个天才，他在听了铃兰的歌声以后，会依此推断出不同铃兰的性格，并以此制作出风铃，卖给不同的人家。

有风的时候，南铃镇家家户户枕风而眠，安宁祥和。

由于大家都习惯枕铃而眠，因此，外出打工的人大都会带一挂风铃离开。

变化就是在不知不觉中发生的。

有一天，一个工厂入驻小镇，厂主说南铃镇以制作风铃闻名，想利用当地资源制作风铃。

镇上的人这才知道，南铃镇早已声名远扬。

厂主邀请镇上的人进厂作业，看到了那些化学原料，有些人捂起鼻子，皱起眉头。

“我们不用这些做风铃的。”他们离开了。

但有些人受厂主提出的利润诱惑，答应了。

少数进厂的人得到了不少钱，日子过得红红火火，房子由瓦房变成了水泥屋。

也就是在工厂进入小镇那天，九远爷爷不见了，杳无音信。

九铃和君影去了花地，去了小清河，却找不到那位慈眉善目的老人。

那位“倒立的烟囱”，那位做得一手美味红烧鱼的老人，那个倾囊相授的老人。

那位爷爷。

九远失踪后，他们都感觉自己迷失了方向，找不到家，找不到爷爷了。

每个夏天，君影都能看到九铃泛红的眼眶。

让他苦恼的是，进入九铃间越来越困难了。九铃间进入的条件是，立夏时分，第一阵风吹起第九根头发的时候。不管你身处何地，立刻奔跑，直到有铃兰的地方。只有夏天九铃间才会敞开大门。

可现在的风，很浑浊，很粗鲁，根本无法断定是什么时候吹起了第九根头发。

同时，越来越多人去工厂做工，昼夜不停，小镇也不再宁静。

“君影，你知道吗？我已经好几天没睡好了。”九铃轻轻地说。

“为什么？”他问，但其实他知道答案。

“环境不好。”九铃起身，头上的铃兰叮当作响。“我也想爷爷了，他为什么不回来呢。”她看起来相当疲惫，都有黑眼圈了。

君影自己也好不到哪里去，没人找他买风铃了，现在大家天天忙着打工，成天只想着怎么才能赚更多的钱，哪有时间听风铃？他家的状况一天不如一天了。

但让他心中有所安慰的是，镇上的人也不买工厂里的风铃。

“君影，你瘦了，怎么吃少了？”九铃望着他的脸庞，眼中满是担忧。

“我没事的。”他轻声道，“你不也瘦了？”

“我不会做鱼，当然会瘦了。”她吸吸鼻子，“夕阳落山了，你快回家吧。”

他跑回家，看到母亲在咳嗽，几乎要晕过去，赶紧上前扶。“娘，你又没听我的话，都说别干活了。”

“那有什么法子呢，现在家里没钱了。”娘咳嗽着说道，“你也照顾好自己，娘没法给你钉扣子了。”

记得他小时候，总是爬树，扣子总掉，娘总是一边责备他，一边帮他钉扣子。

看来，娘又神志不清了。

他心里一酸，进入厨房，开始做饭。

“你娘得的是尘肺，最多活三年。”君影在房内走来走去。一圈，两圈，三圈……

“儿啊，饭是糊了罢?”远远传来了母亲的声音。

他一愣，赶紧快步走向灶锅边。

那顿饭，母子食不知味，母亲是神志不清，他是五味杂陈。

半夜，他听到了母亲的呻吟，立刻从床上跳起，连夜把母亲送到医院。

从医院出来后，他感觉他又一次体验到了那种茫然无措的感觉。

这一次母亲救过来了，下一次呢?

他想象不了，也不敢想象。

君影安抚完母亲后，走出家门。

月有阴晴圆缺，今晚的月亮并非满月。

人有悲欢，他悲，一夜未眠，他希望的是合，不是离。

到底怎么办?君影把头埋在手中，谁也没看到他眼中的血丝。

无奈之下，他只好向镇上的人借钱。

“借了你，你还得了吗?”有的人毫不留情地拒绝了。

不过，他还是借到了少数。

那一天，君影十分高兴，立刻去了九铃间。

刚到木屋间，一阵香味飘来。

是红烧鱼！他兴奋地推门而入。

只见九铃笑盈盈地把红烧鱼端上了桌，他又惊又喜：“九铃，你会做红烧鱼了?”

“是呀！再怎么样也不能饿着肚子。”九铃一歪头。头上的铃兰叮当作响，如泉水叮咚，流入君影心里。

但他们没有留意到，铃兰的脑袋有些耷拉着。

为了还债，君影去了工厂做工，去九铃间的时间也少了，有了君影的技术支持，工厂的生意更红火了。

镇上不笑、不唱歌的铃兰越来越多了，无人倾听，黑烟弥漫，如何能唱?

冬天的时候，君影的母亲已经起不来床了。

他心痛，他焦急，工厂的工资，完全不够母亲的医药费。

春天，悄悄来临，今年的春天，似乎不太温暖。

他帮母亲洗棉衣的时候，最后一块棉随着水流远去。只能望着，却无能为力。

就像看着母亲，母亲的状况一天不如一天了，她也要离他而去，像这块棉一样？

君影打了一个冷战，赶紧回房，紧握母亲的手，久久凝视着她的脸。

这是第几个不眠之夜了？他记不得了。

立夏时，他像往年一样，奔向了九铃间。

熟悉的红烧鱼，辣出了他的眼泪。

“阿影，我知道你这一年不容易，但你别担心，你还有我。”九铃把一挂风铃递给他，“现在我也会做风铃了，你要不听听？”

“呵，肯定没我做得好。”君影擦擦眼泪，狡黠一笑。

“哼，试试就知道。”九铃蹦起来，拽过他的手，“走啦走啦！吃那么多，小心胖喔！”

他们听了一天的风铃，一如昔日。

但是，有些事情，就是验证了“破镜不能重圆”这个道理。

君影一回家，就看到门前站着一个身穿西装的男子。

“您好，君影先生，等您很久了。”男子伸出了手。

君影有些不习惯，迟疑道：“你是？”

“我是随行旅游公司的。”他笑眯眯道，“我这次来，是想委托您帮本公司开发旅游景点。”

“价格可以随便开。”他又补上一句。

“对不起，我没有什么可提供的。”君影绕过男子把手伸向门把手。

“先生白天去的森林可真是个好地方。”

君影顿住了，“你什么意思？”

“先生，只要您能和我们一起开发这片森林，我敢保证您能得到丰厚的报酬。”男子眼中闪着精明的光芒。

“为什么找我？”君影转着门把。

“因为君影制作风铃的技艺无人能比，我们想用这片森林开发一个‘风铃旅游基地’，不知道您意下如何？”

君影放下了手，绞着衣角。九铃只喜欢一个人静静地做风铃，将九铃间延续下去，这会打扰到她的吧……

“想想您又能赚到钱，又可以继续做您喜欢的风铃了，这不是好事一桩?”

见他不语，男子上前一步，“您不想给您母亲治病了吗?”

他震了一下。

这时，母亲的咳嗽声传来。

他叹了一口气，脸上尽显疲惫之色：“我再考虑一下。”

男子微笑，写下电话号码：“没事，您好好考虑。”

说着，一转身，消失在夜色里。

君影想把电话号码撕碎，让它随风而去。

可是，他不能。

母亲的病，已经不能再拖了。

月亮落下，太阳升起，那红艳的模样，真像九铃脸上的红晕。

她做的红烧鱼好好吃……

她做的风铃真好听……

她的笑容……

想着想着，君影泛红了眼眶。

可是，九铃固然重要，母亲更重要!

至于，至于，至于九铃间，他会帮九铃传下去的……

想了很久，他颤抖着拿出手机，拔出号码。

“交易成功。”听到男子愉快的声音后，他挂了电话。

像十年前一样，他的耳朵主宰了他的身心，随风而行，又一次来到了熟悉的森林。

君影靠着一棵树坐了下来，把头埋到胸前。

他没留意到夕阳已落，直到眼泪惊醒了他，他才留意到已是深夜。

君影这才想起自己的目的，赶紧踏上了熟悉的小径。

他一直走，一直走，凭着感觉走，可是直到他走完了整个森林，那两株相向而生的铃兰也没有出现。

他慌了，来回走，可是始终没有，就像他当初和九铃一起找九远一样，始终没有。

真的没有了，他无奈彷徨，只好原路返回。回家后，无精打采地做饭。

手机响个不停，但他始终没接。

他明白，九铃知道了，离开他了。就像当初九远离开一样。

君影流下了泪，他现在还怎么能下得了决心？

但是，君影的回避并没有阻止森林的开发，原来的森林被砍得一棵树都不剩，矗立起了商业楼，开了几家工厂，人声鼎沸。

没过几天，君影的母亲就病逝了。

君影真的孤身一人了。

他曾多次到那块所谓的旅游胜地，寻找九铃。

但她始终没有出现。

陪伴他的只有一屋的风铃。

我经过那位老人身边时，听到一阵阵清脆的声音，安抚人心。

“叶婆婆，这声音真好听啊。”我惊喜地叫着。

“那就是铃兰的歌声。”古叶微笑，“每次路过这里，我都会有一丝安慰。”

“不过，铃兰们很伤心啊。”古叶低语着离开了。

“为什么伤心？”我疑惑。

“无人倾听，无人知晓。”古叶怅然。

“我怎么不知道它们？铃兰，又叫君影草，山谷百合……”

“我说的可不是这个哦。”

“那是什么呢……”

古叶望着远方的黑烟，一言不发。

逆流区

孟　言①

在我经历的所有女性中，我的几乎与我同龄的妹妹，在我大概九岁时渐入了我的视野。

这并不意味着她以前不曾出现在我的生活中，只是没被我看到。

人们总想知道她的模样，为此，我也很为难。因为我也并不知道。别人对她的期望与我有所不同。同样的神秘感，一个来源于求而不得，一个来源于得而不知。

我翻阅着字典，为她寻找着名字。

起先我一直认为，“rén”这个发音是诸多姓氏中我最喜欢的。但是当我想到“任”这个字时，却陷入两难境地。我觉得这个字并没有与众不同之处。此外，“任”又与“任务”的“任”同字，因此难免携带了沉重的、苦役般的感觉。于是我还是选择了“仁”，以求标新立异。

我总希望她是与众不同的，并设定出与她相关的命题。例如，“她是全世界最漂亮的人”，因此，我的脑海中构想不出来她应该长什么样。因为我对我脑中的“漂亮”并不熟悉，那只是一个概念，依据这个概念，某种被称为“美好”的东西，包括一些“美好”的人际关系体验，会依照原理，如化学反应般生成。我也懒得去考虑更多侧面品质来印证“漂亮”这个词。我将这种单一的概念安插在她身上，以适应我童年的惰性和想象力的缺乏。

但是我并不把她的这种“漂亮”视作同学之中取得优越感的筹码，而是认为她理应如此，或者说这是我们二人世界所构想的一种美好。

我皇帝的身份已经使我拥有足够的自信，以至于我可以安插给自己一种同情、理解他人的资格。我选择了“仁”这个字恐怕也有这样的考虑，因为它并不是一个真正的姓，而是我要求它成为一个姓。但同时它又有那

① 孟言，1996年出生于呼和浩特，内蒙古大学文学与新闻传播学院2020级文艺学专业在读研究生。

样一种传统文化所推崇的“爱”，这样的“爱”本身不是属于女子天生代表的那种爱，而是与“男子”“君子”等形象紧密相连。

我继续在字典里寻找着适合她名字的字。我童年粗俗的审美让我想不到更多朴素而又有力的字，我本能地追求雍容华贵，但难免落入俗套。后来，我选择了一个我在市井之中最常听到的两个字——“子月”，“子”是君子的“子”，“月”是月亮的“月”。多么常见而又缺乏创新的名字，居然被我选中。显然我放弃了创新，由于我过于随意、过于偷懒，随便从我熟悉的世俗社会中剽窃来几个字眼。的确，我作为一个幼年的皇帝，经常游走在世俗社会的教育之下。例如，参加补习班。“子月”这两个字大概是我在英语补习班里听到的一个女孩的名字。我得知，这个女孩跟我上同一所小学，有时也会走同一条路。之后，我时常尾随着她，看见她的步子自由灵活，像一只浑身充满力量的豹子，她不高也不矮，穿着格子衬衣，留着马尾辫。我看到的只是她的背影，以及她走过的地方留下的一排排插着吸管的芥末油的瓶子。

但我不满足于“子月”这样简单的字，我总是要把事情弄得复杂，以显得错彩镂金。

于是我继续翻看着字典，想要寻找一个字来代替“子”。我先是选择了“紫”，之后又选择了“玼”，这个字在大众眼中辨识度低一些。“月”字最终被我用“玥”来替代。我的同班同学的名字中也有过这个字，这次我放过了自己，没有继续苦心求异。我只能改变自己内心的意义生成机制，我把“玥”字作为一个符号，从那个名字中带有“玥”字的同学的形象中提取出来，上升为纯粹的一个代表优雅的、精致的、本就属于女孩的符号，也是属于一切有资格拥有它的女孩的符号。

我将标新立异视作守护我们二人世界的保障。在此过程中，她似乎象征着我的荣耀。

可我们还只是孩童，并不懂得什么是荣耀。直到后来，“荣耀”这一个词，变成了那些我厌恶的人所喜欢的东西。但此时，我还并未对皇帝的身份感到厌恶。我俩可以与一些“年少有为”的同龄人一起走在放学回家的路上，谈笑风生地穿过老旧建筑下的柏油马路，一部分柏油路因为老旧，已经显现出干巴巴的灰色，而另一部分则是新鲜而湿润的黝黑。胡乱堆放的新鲜的马路牙子，也不免把这条路变成凌乱的战场，我们一边走，一边仔细地抬脚绕过碎石和砖头，然后转到人行道上来。夏季时总有一些叫不出名字的蜂向我们袭来，我可以若无其事地挡在前面，用我宽大的袖子将其驱走，然后我们继续前行，像是在游戏中协作闯过一个个关卡。那时我脸上露出自信的笑容，甚至有点在同龄人中维持平等所必需的洋洋得意。

当然，我和她守护的并不一定是二人世界，也许还有一种叫作亲情的东西。因为我们经常一起去姥姥家，在那里，玥争先恐后地懂事，且对生活负责，但是她并没有脱离我，并没显出私心或不真诚的东西，我们相处得十分融洽。那条柏油路旁的老旧建筑的四层楼中，藏着我姥姥姥爷家的旧房子，在没有她的那段日子里，也就是九岁之前的一段记忆里，我和我姥爷在那里摘豆角，烤红薯。我第一次感受到清晨的力量，那意味着劳作将要从睡梦中分离出来，并使人不得不珍视。即使劳作本身也许就是玩乐，但我仿佛获得了支撑起“生活”的意义。姥爷带着我把他的二八自行车从楼下的凉房里推出来，小心翼翼地载着我，避开门前的一道污水沟，带我到远方的小树林。躲避污水沟是我那时的一项基本生活实践，之后也被我上升为一种乐趣。在她出现在我记忆中时，她背地里一起和我享受绕开污水沟的乐趣。

后来我并不满足于她只有一个名字，于是我继续翻阅着字典，寻找着。我另外所喜欢的一个关于姓氏的发音是“jìn”，我断定世上没有发这个音的姓，这属于我自己的独创。接下来我便开始寻找字形。在字典中，我先是选择了“晋”，思索了良久后，感到很失望。于是我又看到了“琎”字，“王”字旁的字总算是象征着一种美玉，我觉得这样很好。但是“琎”字中的“井”字让我不舒适，它看上去类似田垄或牢笼，象征着错综与禁锢。于是我又选中了“觐”，这个字无论从外形还是含义上都满足了某种我对完善的追求。随后，我继续寻找合适的名。我翻阅着字典，找着那些最能代表我心目中美好品质的词，无论是从道德的角度，还是从审美的角度，这个字须总能象征着美满和永恒。我想到了“寰”字，这个音一下子就出现在我的脑海里，也许是我下意识地想到了能够代表女性的“环”字，我对“杨玉环”这个名字并没有好感，感受不到它的高雅，因此，我对“环”字并没有太多的好感，我只是对“huán”这个发音有好感。所以我找来了“寰”字加以替换。“寰”象征着广大的领域，同时有一丝“人寰”的伤感，是胸襟、是命运、是重量。它至少抹去了那种世俗女性的轻浮。至于“襄”字，是我最喜欢的皇帝谥号，孩童时代的我知识匮乏，并不了解谥号的官方定义，但是我们总是以背诵古代皇帝的谥号为荣，其中“xiāng”这个音我下意识地喜爱，我本想为自己的谥号也加上“襄”字，但是我决定将这个字分给她，我为自己预备了“诚景”二字，我希望后人能叫我“诚景帝”。于是，“觐寰襄”这三个字就成为我为她起的第二个名字。

但无论是“仁此玥”还是“觐寰襄”，都没给我持久的满足，我希望在课堂上，老师能够念她的名字，也希望她的名字能够被其他同学念起。我希望这两个名字中的其中一个能够被纳入同龄人争先恐后的社交话语中，或被纳入一些小团体的窃窃私语中。但我自己不愿意念出，也许那些念她名字读音的人，在看到了名字的书写时，会感到震惊。这便是我的成果。

渐渐地，我并不考虑起名字的事了，因为它占用了太多时间。我越来越对这两个名字不满意，甚至有时羞于直视。我从来没叫过她的名字。我在生活中一般不称呼她，想说话时就直接说话。

我的父母在京都替我摄政，而我俩则在北都安安稳稳地上小学。她并没有父母，在我不记事的时候，隐隐约约有这样的一个印象：我的父母领我到医院里，我被抱在母亲的怀里，冷静地看着眼前一幕幕不懂的场景，一个几乎跟我同岁的小女孩大声哭喊着，硬生生地被护士从病房里抱了出来，我的父母向她投去了怜悯的目光，从此以后我们就成了一家人。后来我得知她的生日是八月十六日，而我是六月十三日，她跟我是同一年出生的。我始终怀疑她也是我母亲所生，但印象中，她到来时，我的确被抱在我母亲的怀抱里，那大概是四岁那年。四岁至九岁之间，我也没有她的印象。后来，当我明白了孩子出生的原理，并知道怀胎需要十个月时，我否定了之前的判定，她并非跟我来自同一个子宫。

我从没叫她的名字，我为我不能给她起一个令我自己满意的名字而内疚，我满脑子都是错彩镂金的审美，仿佛要把她和我的生活变成汉大赋中所描写的那样，但实际上，我们脑中都有一个共识：“从来如此，便对么？”这句来自文科教育中经典的话，把我们连接在了一起。

紧接着一个更大的麻烦摆在了我面前：她究竟长什么样子？

我一直设计着她的样貌，并为此发愁。我的审美经验中搜寻不到可以直接安置在她身上的样貌。我曾想过将那个英语补习班的穿着格子衬衫的女同学的形象安置在她身上，那是一个活泼、有力、带着烟火气的形象，马尾辫既规矩又有自主性，走起路来很有目标感。当她闲散地走在上学的路上，手里悠着一米多长的辣条时，又显得十分自由、轻松、任性。我还设想过一些面带笑容，身穿运动服的形象，站在城市的半山腰，仰望着日落，她们身上透露着健康和活力。

我把小区里的老年活动中心改造成了我们的房子，拢共有七层，里面装饰着瀑布和吧台，中间是一棵巨大的老树支撑着这个房子的主干，瀑布的水流便顺着老树的皮肤流淌。然而我们生活在最顶层的、最小的一个房间里，木制的上下铺是我们睡觉的地方，我睡下铺，她睡上铺。这间屋子的一角搁着老式的显像管电视，我们常常看动画片，电视的旁边是一张看上去很廉价的梳妆台，和一面镜子。除此之外，这栋房子里的其他物品还算高级，尤其是三层的浴室，不仅有庞大的浴缸、吊顶的花洒和智能的控温系统，我还在阳面开了一个大阳台，为了使茈玥在沐浴后能晒晒太阳，也为了我有时能跟她来个恶作剧。我觉得七楼太高，无法满足我听到雨落在地上的声音，于是把房子变成了四层，这样，在雨天也能够听到强盗来临的声音。有一次，几个调皮的野孩子要“攻陷”我们的房子，她说不用担心，仿佛她的出现，可以摆平一切事情。

可是我仍不知道她究竟长什么样。

后来我知道她跟那些野孩子们关系很好，她经常把其中一些脏兮兮的孩子带回家。她和他们站在我种满藤蔓的楼顶上，抱着，旋转着，一件件衣服随之滑落，落在我种植的常青藤之上。这些常青藤是我无意中撒下的种子，但是它们竟然在坚硬的楼板上生根发芽，而且迅速长成了上百年的老态。她的衣服全部挂在了这些藤蔓上，此时我终于发现她留的是长头发，而且披散着，她是戴耳坠的，是两个被磨成圆球状的深红色玛瑙。她身上的颜色并不是很白皙，但是与那些黑乎乎的野孩子足以形成对比。我厌恶我的同龄人长出乳房，我厌恶那些身体上与我不同的地方，但她的胸部也没有突出，因此我满意地看到这一事实——她除了长头发以外，跟那些男孩子的身体也没有什么不同。我为他们做饭，并提醒他们雨夜将至，不宜长时间赤裸地站在楼顶。等饭做好时，她却又不见了。我想她一定在雨夜的泥沼中浑身沾满了泥，我屡次提醒她不要在泥沼中擦伤皮肤，但是她每次忘乎所以地要么被树枝擦伤，要么被参差不平的水泥地擦伤。

她跟我几乎相同了，因为我也留着长发，这是皇族的规定，为的是方便加冕。皇族的美学无法容忍现代人的短发与古代皇冠牵强的结合。因此我和她的差异更小一些。但我的头发呈现出略微的黄色，不仔细看并不能完全发现，她则是东方人的纯粹黑色。我经常把头发束在头顶，通常情况下是需要挽成发髻的，为了戴冠。但日常生活中我就把头发简单地束起来，并不挽成发髻。而她则把头发扎在脑后最下面的位置，使辫子紧紧贴在后背上。我的头发并不长，仅仅达到肩膀的位置，而她的则长到大腿处，我趁她睡觉时给她剪了，至少使长度只达到后背的中央。所以，有一次我俩在炸毁敌人运输物资的列车后走失了，我在铁轨上跑了几公里，然后翻过火车的残骸，以及那些尚未被炸碎的埋放炸药的木板。我发现她站在一个壕沟边，穿着淡粉色羽绒服，若无其事地仿佛在等人。她好像在等我的父母？还是爷爷奶奶？还是姥姥姥爷？还是我的几个哥哥？或是我的大姨大姨父？总之，情景像是一大家子人聚会之后正要离开饭店，而我俩却提前走散了，她显然并不是在等我，而是带着我等那些即将到来的大人们。此时我看到她的头发果然只到后背中央。大人们肯定走得很慢，因为他们既要照顾到周围人的速度，也要照顾到自己挺胸抬头的形象。因此她的目光也负责地定在即将走过来的一群大人身上，同时也散发着叫我站在她身边的信号。

她上学时光着脚，由于小学不要求穿校服，她只穿胸衣和短裙。此外，她还披着黑纱，头顶着一个花环，或一个大大的荷叶凉帽。没有人像她这样的装束，因为这似乎严重违反学校的要求。只有她敢于这样。我放学以后到学校对面做眼部护理，许多同校的学生也在那里，我皇帝的身份令我有恃无恐。于是我敢于和其他同学说话。我也会和他们一起去玩陀螺。我没有自己的陀螺，只是看着他们玩，几个女生将她们买的陀螺放在地上比试。其中一个精干的短发女生看见我手里什么也没有，斩钉截铁地将她的另外一个陀螺给我，让我与她比试。我拿到被赠予的陀螺以后开始疯狂地拉动发条，让它转得很快，我放出的陀螺并没有加入到与其他陀螺的碰撞之中，而是独自地将满屋子绕了个遍，最后撞碎在按摩眼睛的阿姨的椅子上。二十几岁的阿姨投来嗔怪的目光。玼玥光着脚走进来，轻声、短促而有力地叫了一声“嘿”，我这才发现，她背着手出现在了我身后。她继续带有窥探意味地用短促的声音问了我一句“干啥呢?”我突然哑口无言，然后她迅速参与到了其他女生们的嬉笑怒骂之中。

圣诞节那天，我的父母从京都寄来了礼物。一个专门来自皇室的快递员把东西送到我家门口。玼玥把我的礼物拿上了楼，她原本打算摔在地上，但还是以安安稳稳的样子交到我手里，当我准备接过时，她又迅速地抢回自己手里，说：“让我先看看这是啥。”她拆开包裹，里面是一把黄铜做的小号。她小心翼翼地将小号拿出，仔细观赏着把玩着，这应该是一件她所不擅长的乐器，当我要收回属于我的东西时，她拒绝，拿着小号从一楼跑到四楼，然后又跑回来，把我们这栋房子中，除四楼安放我们上下铺的房间以外的其他部分都跑了一遍。我在二层客厅的咖啡机上做了两杯咖啡，放在茶几上，让她过来喝。再过两个月的除夕夜，我要求官方的春节联欢晚会在我奶奶家附近的半球形透明大剧院举行，我和她曾组建过一个交响乐团，她是主管。我曾经把这个秘密保留在一个我爸很少让我碰的电子词典上，那个被认为是影响学习的黑白屏幕的小东西，除了保存着六个小游戏以外，还保存着我这个秘密。我把我和她在乐团中的职责都记在了那上面。

我姥姥家所在的小区和跨过铁道的天桥之间，是北都节度使李成湖将军的府邸。玼玥没事总拉着我到李将军的府邸玩。她玩弄纸牌的技巧竟然惊人地娴熟，一沓沓厚厚的纸牌在她手里如手风琴一般快速地穿梭。由于我不擅长玩牌，她跟李将军家的下人们一起玩牌，我静静地坐在屋檐下的台阶上等候，欣赏着李成湖庭院里的古风元素。李成湖的下人中有一个心灵手巧的匠人，擅长做各类藤椅。我将我楼上的老藤剪了个精光，送到了李成湖大人的府邸。他的匠人将我带来的这些藤枝做成了一把藤椅，我把它放在了我和玼玥的顶楼的卧室中的背投式电视旁边，挨着窗子。这件略带古风的物件使这间小屋子一下子有了森林般的湿润与清凉，现代木料刺鼻的味道一下子被这古藤椅冲淡、吸走，一种莫名的力，打破了表面刻意极简、实则象征高效的风格，一切注意力将不由自主地吸到那上面去。

我姥爷让李成湖大人给我俩另外打造了两把儿童尺寸的小型朴刀。我姥爷向来做事细致认真，还专门给两把刀加上了镂空雕刻的木鞘。我得知晚上将有一场大战在楼房的墙壁上举行。

李成湖将军叮嘱我们，一些深棕色的野孩子将从窗户上攻陷我姥姥家。

姥姥姥爷依然过着跟平常一样的生活，姥爷照常到松树林锻炼身体，姥姥照常到早市买菜。我俩从早晨就开始心红地等待。在姥爷的卧室中，我俩把小型的朴刀放在地板上，发出清脆的声响。我们盯着地砖的缝隙一动不动，在小小的屋子里，我由于无聊，恶作剧式地引燃了一整盒火柴，她赶紧扑灭，打了蜡的地砖上瞬间燃出了一个被火烧过的印记，她说，“咋办呀?”我笑嘻嘻的，摇摇头，她趁着老人们没回来把现场清理干净，将一整盒火柴的残骸丢进了垃圾桶。但屋里还是有一些白磷燃烧过的气味，难以消除，这样的气味唤起了我对大人的恐惧，我本能地想在大人回来之前消除这样的气味。不过我现在发现，我还有了一个同谋，心里轻松多了。当气味散尽，心红时的无聊再次袭来。她建议我打开电视看会儿，我把所有的台都换了一遍，但是并没有找到能安心看一会儿的节目。我仅仅想象着晚上可能发生的事，以我们俩的武艺，一定可以把行走在楼房墙壁上的强盗们全部消灭。

百无聊赖的中午，我俩用同一个碗吃饭，在同一张床睡觉。我们的午觉一直睡到了四点。下午，我们一同在姥姥家的沙发上躺着看电视。姥姥家的沙发有两个，一个较长，一个较短，并排着排列。我躺在较长的沙发上，她躺在较短的沙发上，似乎从来如此。但我们默契地有着一种“从来如此便对么?”的想法，于是我让她在较长的沙发上躺一躺，然后我自己模仿着她的样子躺在较短的沙发上。我的腿十分白皙，她也如此。孩童时代她个头比我高，也或许跟我身高一致，很显然她也无法把那个较长的沙发占满，但是要把脚搭在沙发的扶手上。我欣赏着她躺在原本属于我的地盘上的样子，同时脑子里幻想着夜晚路灯亮起时，深棕色的孩子已经开始进攻我姥姥家四楼的窗子。那时，姥姥姥爷习以为常地大惊小怪，应该瞬间开始扑向窗子的方向，她泰然自若地迅速翻出窗户，游弋在楼房的墙壁上，在路灯和其他灯火交杂的橙色夏天的夜晚，干着一件“正事”。她的轻功十分了得，我们曾在20楼的房顶上讨论功课，她趴在楼的边缘上，一言不合便轻飘飘地降落在地面上。我的轻功也不次于她，但是总略显笨拙。她的刀光迅速从四楼滑向二楼，又从二楼滑向五楼，瞬时间，深棕色的野孩子们如落叶般纷纷落在了草坪上。我探出头，渴望紧随她的步伐，我不舍得像她那样浪费新开刃的刀，而是珍藏了起来，用我刚发明的、用火柴头上的白磷发射微型子弹的小手枪，向外射击。我手拉着窗子的边缘，探出半个身子，将钻石形状的小子弹从被橙色灯光打亮的楼房墙壁喷了出去，几个深棕色的小孩瞬间化作了细细的珍珠粉末，散着荧光飘散在了夜空中。公交车驶过时，照在楼房和窗子上的橙色灯光掠过一道移动的影子，马路上，行人的踪迹越来越少，夏季室外与室内一致的温度让我们期待着一次安睡——在四层楼临街的一扇窗子内。

我的幻想并没有加速时间的推移。姥姥姥爷在厨房处理晚饭时，电视仍亮着。我把一根被锯断的墩布把和一米长的鞋拔子竖在了客厅的墙角上，此时我感到无比的心安，也为夜晚即将到来的、已被我设计过的场景感到胸有成竹。晚上，姥姥在为我们俩铺好被以后，便坐在客厅独自看起了电视，昏暗的客厅中只有电视发出的光一闪一闪，在我们珍惜的年华中。我和玭玥一起钻到了被子里，像躲到了一个帐篷中一样，我打开了从姥爷房间里偷出来的铝制大手电，点亮了我们狭小的空间。她激动地握着我的手，两腿上下错动着，把姥姥铺得有型的被踢乱了。她孩子的、幼小的身躯发出的温度，被我同样是孩子的、尚未麻木的身躯全部吸收，炽热而滚烫。为了响应她的激动，我似乎也得做些什么，为我们即将到来的、注定要胜利的战役而提前庆祝。我兴奋地彻底掀起被子，恶作剧地故意摔在了床下，躲在了床的侧面的阴影里。冰冷的地板比她的手和腿更让我激动，她不在场时我的兴奋，胜于她在场。在她尚未出现时的我的记忆中，我曾躲在这个区域戏弄过姥姥：我大喊“渴了”让姥姥来送水，想让姥姥扑空，而姥姥其实很容易发现我躲在那里，并斥责我说地板既凉又脏。

尽管是夏天，但我在冰凉地板上睡的一夜让我发起了高烧。早晨，我被姥姥抬到了床上。

姥姥离开房间后，玭玥又站在了我的床边，她穿着白色背心，直直地站着，低头看着我。我因高烧犯起了谵妄症，非常痛苦，能听到声音，但辨别不出声音的内容，也说不出话来。我胡言乱语，眼前所见到的都是与这房间类似的另一个世界的东西。她把我冰冷的手放在她丰腴的两腿之间，我第一次触觉到了雌性的特征。

我第一次写她的名字是在六年级的最后一次语文课上。她那天生病没来，可这次语文课偏偏是一次教育局领导来视察的精品课，老师要求班里同学必须全到，班里同学也群情激愤地响应着老师的要求，监督着没到的同学。在进入多媒体教室前，全班同学都须在名单上签上自己的名字。同学们排着队签名，在那个还没有手机的年龄里，我不知道该怎么通知她，我自作主张地偷偷地替她把名字写在了名单上。我填了“仁茈玥”，这是我第一次写她的名字，此时一种莫名的感觉袭上我心头，我下笔时总觉得有种力量在阻止我，像是因为缺乏尊重而不敢写长辈的名字，或像是缺乏关爱而不敢写小孩的名字一样。但当时的危机感使我想不了太多，毕竟需要在老师的目光尚未紧盯着我时完成这一举动。我迅速地草草地在写完我的名字之后，紧接着把她的名字也添上。此时老师的目光回落，我继续走进教室，坐在我同桌旁边。

我这才发现，我竟然忘带语文书了。我历来坐在第一排，因为在小学一年级开学的第一天，当老师安排座位时，我和我的同桌被闲置出来，暂时站在第一排，我妈说我俩像金童玉女。后来我俩果然也坐在了第一排。这次，我的同桌又坐在了第一排，这让我的过失心理加剧了，我只好跟她看一本书。我躲避着老师的目光，更躲避着那些前来听课的教育局领导的目光。老师让我们每人站起来背一句自己记住的名言警句，我同桌站起来说道：“路漫漫其修远圭，吾将上下而求索。”在记忆中，我俩曾一起核对过，三年级的语文课本上，这句名言里的语气词，究竟是“圭”还是“兮”，但我俩达成了一致，是“圭”。尽管据我所知，楚辞中普遍用“兮”字，但是这种默契使她顺口将我脑子里想到的字说了出来。老师的脸上显然露出了不悦的神色，于是这堂精品课顺理成章地变为了楚辞鉴赏课。老师讲起了巫山神女，说那是一个充满了野性的女性，带着远古时代的天真，尽管宋玉和屈原将其写得很浪漫，但是她其实是一个用荷叶蔽体的骑着野兽的原始人，每天深居于巫山森林之中，靠打猎和采集野果为生。所谓的“思公子兮徒离忧”只不过是诗人的想象罢了。把自己的情感嫁接在一个并不相干的人身上，是古代诗人创作的惯用伎俩。我们这些六年级的孩子并不懂得这些，也不懂得这些艰深晦涩的楚辞。我们大家都不明白，这些离我们很遥远的高中课程为什么会在小学的课堂上出现。

我回到家中时，玭玥躺在常青藤编的躺椅上，右腿翘在左腿上，脑门上放着冰袋，闭着眼，仿佛在沉思。我好奇，她竟变成了大人，我仿佛看到的是办公室里的老师。她问我："今天课上都讲了些什么？"

我回答："巫山森林的一个神秘之处。"

她说："快放暑假了。"

我说："嗯嗯！"

她转过头看看窗外，仿佛故意用眼神置我于较轻的地位，然后又将目光转回来，但并没有看我，而是看着别处，继续说："暑假我们需要回京都一趟。"

我点点头表示同意，且什么也没说。她继续说，"我们要走水路，从黄河顺流而下，然后从渭河进入京都。"

我问："为什么要走水路？这岂不是麻烦？"

她说："别问。"她见我果然没再问，沉默良久之后又说，"或许可以见到你说的巫山森林。"我继续点点头表示同意，她显得很满意，病突然好了似的，从躺椅上蹦起来，兴高采烈地窜到了上铺，四仰八叉地重重地躺下。

然后她又坐起来补充了一句："你要时常叫我的名字。"

我说："叫啥？"

她说："叫觐寰襄。"

我说："可以。"

我们乘着一条小木船沿黄河而下，船顶盖着半圆形的单薄的芦苇篷，她在窄小的船舱中铺上被褥，以便晚上过夜。我问她东西是否准备齐全，她在一个挂着红灯笼、像是在过元宵节的小镇上把船停住，查看我们带的所有物品。红色的灯光将我们船舱上的芦苇篷也染成了红色，本来用于给冬日增加温度的红色，在象征着开放、发散的夏季显得有些多余。但我并没有觉得多余，因为我享受颜色带来的喧嚣掩盖任何个体的窃窃私语。当然她也几乎听不见我说话了。直到黄土高原的峡谷处，她才听得见我说话。

她从船舱中打开了甲板下的一个空间，我第一次发现这个小船还有这样一个储物的地方。她所准备的一切东西都放在这个窄小的甲板下。没有了小镇上红色灯火的照耀，我小心翼翼地在船舱中点燃了一支蜡烛。她在烛光中拿出了几个她事先在肯德基买来的嫩牛五方，分给我一个。甲板里面还有她准备的很多旅行用品，如雨伞、雨衣等。安静而巨大的河水给黄土高原留下了一道很浅的刻痕，河岸上的平原仍是那样细腻平整。沙子比岩石更加尊重水，它让水与之平起平坐，因此水也让它融入其中。这大概就是黄土高原地貌的一些特征。我们的小船此时已然是这漆黑而又和谐的原野上的唯一一点亮光。当小船驶入渭河时，我们进入了逆流区，河水向东流，我们需要向西驶，我不得不在船头划动船桨。渭河的水虽是逆流，也有相对平静的时候，几乎是反复无常，相比之前的顺流而下，我感到了水的力度。

这力度可以暂时克服一下。进入渭河以后，离京都就不远了。奇怪的是，我并没有发现“泾渭分明”一词中所说的那种浑浊，而渭河是十分澄澈且翠绿的，河道也十分狭窄。同时我发现，通往京都的航道与巫山森林理论上毫无关系，这明显是两个地方，虽不能说是南辕北辙，也至少是南辕西辙。况且秦楚自古世仇。我不明白她为什么在学期的末尾说出这样荒唐的一句话。我责问她，计划究竟是什么样的，她笑而不语。她笑嘻嘻的样子让我更加恼火，似乎已经开始流露出女性说谎的天赋。

入夜以后，渭河几乎停止了流动，我也不再划桨，但水面上下起了暴雨，雷声轰鸣。闪电一次次照亮了被工业元素入侵了的渭河平原的丑陋，一下一下地，那些我所厌恶的甚至恶心的漂浮的垃圾、人造堤坝、被绿色网格隔离的蒙着石灰的野生蒿草和硬叶植被，被闪电一下一下地刻进了我的脑中。大雨直把我们的小船紧紧地往水面压。我们船舱上的半圆形芦苇篷还算能扛得住，也没雨水渗下来。但雷声吓得她紧紧抱住我，她此时穿的是女孩子泛着亮光的黑色圆头皮鞋，和黑紫相间的碎花连衣裙。我们的船在大雨的压力下一动不动，于是我们在这样的雷声中，相拥着入睡。明天便可以到达我的地盘——京都长安。

早晨，她发现我已经不在她身旁，她爬出船舱，看到我站在船头吹着那把小号。缓慢的音调飘荡在山谷中，仿佛是为了唤起清晨。

她发现我们的船竟然在顺流而行，两岸竟然不是闷热的渭河平原，而是峡谷。她也发现我站在船头若无其事的样子，似乎完全淡忘了昨天我对她的责问。

她问我："这是哪里？我们为什么顺流而下？"

我说："这里是云梦泽，两岸便是巫山。"

我把船停在了一个可以上岸的位置，我们拽着藤条艰难地往山上爬。我手里拿着竹筒剑，时而劈砍着荆棘。

很快，一座巨型拱桥横亘在我们面前，雄壮、震撼、容易唤起巨物恐惧症。桥身是欧洲中世纪的宗教风格，带着古老的、渍着泥的浮雕，桥下面则是布满南方亚热带植被的峡谷。桥大概有二百米长，五十米宽，没画马路线，只有一些水泥碎石，路面的水泥地像是长时间未保养的皴裂、起皮的皮肤。区别于桥身上的浮雕，桥面上有一种土里土气的中式年代感，人站在上面则十分渺小，却能感到被坚实稳当的水泥保护着。

桥对面是一个小镇。那小镇也是由一个个水泥建筑堆砌而成的，建筑上都刷着粉色的涂料，这种粉色不是粉红，其中很少有红的成分，而是偏向于白色的粉。镇口有一个大大的蓄水罐，也是水泥制成的，也刷着粉色的涂料。我本打算顺顺利利地去到那个小镇里，可觑寰襄节外生枝，非要下到桥下的峡谷里看一看。她此时穿着白色宽松的半袖 T 恤、牛仔裤、白色运动鞋，转眼变成了一个二十多岁的青年人，带着都市的青春之气。她的轻功几乎完全丧失，她一点一点地徒手爬下山谷。我坚信她上不来了，因为那里的地形，下之容易上之难。我在桥上看着，她应当绕到更远处才能上来。但她毫不在意。

眼前的小镇渐入夜色，街道冷清，进进出出的人带着诡异而防备的眼神。时而有重型大车从桥另一端的山洞中呼啸而出，毫无情面地迅速驶过桥面——奔向一件"正事"，将细碎的水泥渣子和尘土卷起。在钢铁巨兽的速度与轰鸣之中，我感受到了人的崇高。这种崇高来自恐惧诞生的疲软之中，使浑身清凉而通透，瞬间提神。

镇口有一条只够汽车单行的小路，贴着峡谷边缘延伸下去。我顺着这条路往下走，打算到峡谷较浅的地方下去寻找觑寰襄。一路上都有路灯，但很少有人，峡谷的边缘也被绿色的栅栏拦着，中间隔着灌木的绿化带和一排茂密的树。我看不到峡谷，只是单纯往前走，觉得总会碰到一个口子可以进入到峡谷中。

一种责任感鞭策着我，终于打破了童年的懒惰。

橙色路灯照耀下的小路显得格外孤单。我独自一人已经来到了一个人迹罕至，但又布满了人的痕迹的境地。我预感到了危险的来临，危险从不辜负我的期待，尤其是人造世界中的危险。我看到了一个人形的东西，以一个很奇怪的蜷缩的姿势，被插在了一座建筑高墙的铁杆上。那东西被一个冲锋衣面料的麻袋套着，离我很近。我不知道这堵高墙内是这座小镇的什么机构，它似乎已经远离了小镇的管辖范围，好像是某个私人的庄园。但是这墙的形状建得与监狱的塔楼十分相似，是监狱的微缩版本，在路灯的照耀下，我也不再能分辨出墙的颜色是否与小镇的建筑一样是粉白色的。在路灯的照耀下，我只感觉我与那被插在墙头的人形的东西，同时被暴露在了某个未知的视线中。我看到了不该看到的东西，也被不该看到我的东西看到了。

我立刻拔出竹筒剑，环顾四周。我皇帝的身份使我有自信觉得我该凌驾于一个刑事案件之上，也让我有自信觉得我绝不会是一个在陌生之地因为看到了不该看到的东西，而死于非命的无辜路人。我的武功如觐寰襄一样优秀。可是恐惧感压迫着我，这种恐惧感也来源于对觐寰襄安危的担心。我俩竟走散了，她竟不在我身边，她是否还没意识到这里的危险？那远处的巨型拱桥仍依稀可见，仍有大车呼啸驶过时的声音从远处传来。

我只能垂头丧气地往回走，这条回去的路格外漫长，以至于我在半睡半醒之间几乎走了一夜。这瞬间过去的一夜中，我不知是在哪时哪刻，忘却了寻找我妹妹觐寰襄的责任感。

直到黎明出头，我快走到小镇时，发现觐寰襄已站在桥头与小镇相连的路口等我。她显得有些困倦，打着哈欠，目光涣散呆滞，但是心思仿佛在一件“正事”上，懒散地等待着拖延的我。她看上去好像习惯了这种等待。我看到失而复得的她，万分激动，用还攥着竹筒剑的手一把将她搂住。我感受到了一个二十岁出头的青年的躯体，但只能感受到骨骼与肌体完美契合的形状，和内敛着生命力的柔度与力度，却鲜有温度。与她女性的白色T恤衫和牛仔裤的触碰，仿佛把我纳入了“青春”这个我未曾拥有过的场域。

但是她对我失而复得的庆幸并不在意，因为她的心思还在一件“正事”上。她将目光从我的拥抱中抽出，转移到小镇正中央的街道上。两个身披荷叶的“原始人”向我们走来，她们头上戴着的大荷叶遮住了她们的脸，腰上穿着荷叶制成的裙子。她们带走了觐寰襄，抓住她的胳膊，按住她的肩膀，押着她往小镇的方向走。

她们押着她，就像押着犯人；她顺从地被她们押着，就像一个主动伏法的犯人。

我挥起竹筒剑向那两人刺去。她告诉我不要这样做。她说："这正是我所等待的。"

我又在这桥头与小镇相连的路口失去了她。

黎明与傍晚的颜色一样，我似乎分辨错了。群山黑漆漆的轮廓挡住了这世上的一半空间，把我囿于一方小小的天空之下，而这座巨型拱桥又几乎占满了我脚下的大地。我拎着剑，在黎明中向小镇清冷的街道走去，又好像我在傍晚中向小镇回温的街道走去。

小镇上的店面已经活动了起来，开始给傍晚增加温度了。我来到了一家酒店前，隔着玻璃窗，我发现了李成湖将军和他的助手正在里边坐着。那个助手正是李成湖将军家给我编藤椅的匠人。我焦急地跑到李成湖将军面前，将觐寰襄被人带走的事告诉了他。他并没有吃惊，而是让我少安毋躁。我要他将这个小镇全部搜查，他说："没必要那样做。"

他安排我在这家酒店住下，然后转身离开，留我一个人在这被他安排好的房间内。时而有大车经过酒店窗外的小镇主街，只是相比经过巨型拱桥时更加缓慢了，没有了使人恐惧的速度。大车的经过，使照在楼房和窗子上的橙色灯光掠过一道移动的影子，如入睡前的童话故事。发动机的轰鸣如降低了速度的心跳，逐渐融入了小镇人民的夜生活之中。我回忆着自从与觐寰襄上岸以来的事，发现她二十多岁的形象如同泡影般，在这个时间错乱的小镇中，给我开了一个玩笑，但仍残留着令人满足的新鲜感。南方夏季的夜晚如同天然的被褥，减少了人体温度的流失。但李成湖将军走出门后，失落感将我浑身凉透，我不得不将酒店纯白的被子裹紧实些。我回归到了一个人，然后渐渐睡去。

我的亲情与权力也渐渐睡去。

我醒来时，发现自己躺在奶奶家新换的沙发上。我隐隐约约听见奶奶不厌其烦地用阴阳怪气的声音分析着家长里短，心存不满地对比和抱怨；也隐隐约约听到电视里传来了北都节度使攻陷长安的新闻。我立刻从沙发上坐起来，发现爷爷仍在看着民生类节目。我抢过爷爷把持着的“电视权”，把所有台都翻了一遍。爷爷不耐烦地嗔怪，“到底看哪一个台，你瞅中一个台就老老实实地看不就完了”。奶奶也开始笑了，其实是随声附和，终于和爷爷和解了，“我们那个年代都是老式背投式电视，上面两个旋钮，想换台还得拧呢。不过其实也没啥好换的，拢共也就一个台。当时也就那么一家有电视，大伙吃完饭都跑到那家，脑袋挤脑袋地挨着看。哪有现在这么多台啊，而且这么大的液晶屏幕，多清楚。还是得感谢时代。”

但我翻遍了所有台也没找见我想找的新闻。我来到奶奶家卧室放电话的小白桌前，冬日上午的阳光把整个卧室照得明亮，爷爷奶奶也不再发出动静，恢复到了老年人应有的沉寂之中。这个积攒了我童年记忆的小白桌上忽然多了一面大镜子，镜中出现了我清晰可感的模样，金色的卷发和灿烂的笑容，棕色的毛衣和深褐色的格子布裙，当然还有耳坠和唇红，还有黑色的圆头皮靴。我热情主动得像一个卡通人物，像《哈利·波特》中的赫敏·格兰杰小姐。我看向玼玥，她的面庞仍旧模糊不清，她显得比我瘦些，有林黛玉般的清冷和忧伤。她黑色而顺直的头发一直垂在两肩，挡住了一半的脸，黑色针织坎肩里穿的是粉色衬衫。她如幽灵般若隐若现地站在窗前，与我有一定的距离，似乎难以接近。粉色的衬衫使她散发着粉色光晕，和窗台上爷爷花盆里种的仙人掌散发的绿色光晕相交织。

遗憾的是，我仍捕捉不到她确切的形象。

多么愉快的假期，我们被家长允许去奶奶家。

死　者[1]

苏　热[2]

这个死人的案子并不像看上去那么简单。

那是一个烂尾的小区，七八幢楼房围着一个巨大的基坑零零散散撒了开来。一个夏天的雨渍散发着深绿色的恶臭，流积形成一个个明晃晃的水坑，卧进了基坑里。相互纠结的低矮灌木和芦苇亦步亦趋，它们不挣扎也不退缩，只是在这片散发荒凉的基坑里四处静静伸张。

第一个发现死者的是房东孙萍，她刚从邻市回到黄镇，上了二十多级台阶，用钥匙拧开门，眼睛一下就被飞舞的灰尘扑疼了。几只不知名的生物在房间里某处发出簌簌的声音，地板上的黏着物冲着天花板竖立起几根干燥的汤丝。孙萍蹚过散乱一地的书籍拐进卧室，巨大的仪器闪着微光裂开了眼前的空间，仪器上的数字闪烁着乱码，玻璃的碎片散了一地。隔着很远，孙萍毫不费力地就察觉到了从餐盒和破碗中涌出来的腐败气味。一团黑色的外套靠放在桌子前的椅子上，衣摆的正下方，一条苍白的手臂不偏不倚钻了出来。

孙萍冲着前方喊了几声，眼前的人一动不动。孙萍的骂声顺着向前伸出的手扬了出去，那个人从椅子上突然瘫下，头斜倒在地上，被半个身体的重量噗的一声压碎了右眼球，几滴浑浊的液体迸在了下面腐败的脸上。一声尖叫来得突兀，不像划破，而像刺伤，狠狠地让黄镇这个被人遗忘的小区惊恐了一番。

我们到那里的时候，中午刚过，刚进楼道，楼下的蝉鸣受了热，聒噪声向上没走几步，就立刻被楼上的人声给压倒了。我们拨开了人群，上了二楼，进了卧室，在里面的死人和外面的活人中间画了线。

死者的身份并不难判断，通过他的衣着和有些模糊的体貌特征大致可以猜测一二。死者是孙萍的房客张天良。至于死因，尸检报告还没有出

① 本文刊发于《青年文学》2020 年第 7 期。

② 苏热，1997 年出生，内蒙古大学文学与新闻传播学院 2017 级汉语言文学系在读学生。

来，不过他胸口干涸的血迹中间亮着的一把明晃晃的水果刀似乎在告明一切。除此之外，他的身体上并没有其他明显的外伤。

不像是谋财害命，这是孙萍的看法，房间里的设施几乎没有变过，上次她来就是这个样子。张天良七年前刚搬来的时候还人模狗样，一身精干的西装安抚了孙萍着急出租老家房子的心。可他住了七年都不怎么收拾，住成猪窝了！据孙萍讲，张天良之前在省城的科学院工作，但具体什么缘由离职，又因什么机缘来到黄镇，孙萍一概不知。但就房间里破碎的仪器以及散落一地的玻璃碎片来看，孙萍说这也许是实验失败张天良自己砸掉的，而不是像我们猜测的有人故意破坏。因为有好几次，孙萍接到邻居的电话，说张天良在出租屋里砸东西，让孙萍赶快回来看看。临走的时候，孙萍还不忘把自己的嫌弃扔给我们：要不是他给的钱多，她才不会让这样一个邋遢有着精神障碍的人住在自己的家，这下死了人，房子更租不出去了。走访的同事在这座楼里的调查同样也陷入了僵局，张天良的人际关系非常单一，几乎没有几个人知道死者张天良，只有他的对门邻居看到过几次他开关门的场景。按照对门邻居的说法，他很可能有精神病。最近的一两个月，他经常能听到张天良在房间里大喊大叫，张天良死去的前几天，还隐约地听到他房子里传来噼里啪啦的碎响。

“我就知道，他迟早有一天要出事！”这是张天良前妻李晓楠的原话，我们在张天良的通讯录里刨了好久，才找到他前妻的号码，在邻市的一个高端小区里见到了她。“张天良每天搞那破研究都搞疯了，我们七年没有联系了。他具体怎么样，是死是活，早和我一点关系也没有了。”一见面，我们还没怎么问话，李晓楠就气势汹汹地摆明了态度。

人不可能是李晓楠杀的，他俩感情和孩子抚养权上的纠葛，早在七年前法院的判决书上就白纸黑字描画得一清二楚。而李晓楠也没有杀人的动机，她的再婚四年的丈夫也给她提供了翔实的不在场证明。李晓楠的话把我们的关注拽到了之前忽略的细节上，张天良有没有疯？他的疯究竟是外人所不能理解的行为异常，还是一种病理意义上的癫狂？毕竟，嫌疑人还没有确定下来，自杀的可能性也不能排除。

张天良在黄镇结识的人寥寥无几，很快我们就一一调查完毕。没有线索，案子干在了所有人的脑子里。而据李晓楠提供的线索，我们调查了曾在科学院与张天良共事、现已病退的刘子栋。张天良曾是他的博士生，博士毕业以后，张天良又一直和他在做脑科学方面的研究。李晓楠说，对于这个被科研塞满了脑子的男人，刘博士恐怕比任何人都要了解他。刘博士2017年因患阿尔兹海默症住进了省城的医科大附属医院里，而副队长上次去省城也和医院确认过，案发的那几天刘博士一直待在医院，有好几个医院的护工可以为他提供不在场证明。但由于刘博士患有阿尔兹海默症，我们尝试了几次交流也无果而终，我们只能把注意力挪到了他的生前单位。

对于张天良的死讯，科研所的同事们有些吃惊，但也没有讶异太久。他们的疑虑在两个问题中间翻来覆去：张天良怎么才死？张天良怎么舍得抛下自己多年的研究成果一走了之？

这个有着明显自杀倾向、心理又有些偏执的人，在同事间的口碑和邻居的口耳相传中竟然出奇地一致。在谈及他的日常生活的时候，之前和他合作过同一课题的同事们纷纷失了声。他们只知道张天良每天一到科学院就化进了实验室里，消失得无影无踪。而同事们好不容易挤出来的休闲闲聊的空隙，也看不见张天良任何闪动的影子。

那段时间，我们去了省城好几次，省城的天空洁净似水，涌动的白云在我们的头顶泛起阵阵涟漪。这对我们这些长年在阴黄里浸泡过的人是一种全新的体验，像是遗忘又像是记忆。

大概过了一周，尸检报告出来了，白纸黑字记录的死因以及现场的指纹印证了我们之前的猜测——张天良是自杀。我们一一排除了所有他杀的动机与可能，张天良在抛弃这个世界之前就被这个世界抛弃了。但有一点令我们感到匪夷所思，张天良的内脏都出现了不同程度的衰竭，好像是遭受了某种物质的暴露性辐射。就此我们询问了省里的相关专家，但他们都表示没有见过，取了样后，还建议我们把张天良的遗体放在特制的铅质棺材里封存。没有几天，张天良死亡的现场检测报告也出来了，而几名参与过现场调查的同事和法医也去医院检查过了身体，各项指标的数字又给了我们一个心安的结果，现场和他们的身体没有任何的异样，也没有任何经受放射性物质侵蚀的迹象。

一个新的想法不动声色地出现在我们所有人的脑海中：这样一来就解释得通了。张天良长期实验，一次实验后操作不当，遭受了某种物质的辐射，辐射引起的病变在他的体内缓缓涌动，再加上死者张天良患有一定程度的精神障碍，在痛苦地生活了一段时间后，最终选择拿刀刺入了自己的胸膛。就这样，案子差不多能结了。

刚好有位从省城调到我们派出所的新同事李文君，从警校毕业不到一年，刚休完照顾妻子的产假，对我们派出所的业务还不甚了解。出于材料上的需要，我们需要与张天良精神鉴定相关的书面文件。这本来是一件可有可无的事情，这么做完全可以称得上是一种形式上的考虑，于是我们决定派他再去省城，先去找刘博士。

李文君在翻看之前取证时的照片时，意外发现了张天良家里客厅的墙壁上有着断断续续的孔形凹陷，这些崭新的人工孔形凹陷以一种特有的序列排列在客厅对着门的墙上。李文君看了一会儿，感觉他们像是组成了某种字母，不像是英语。凭借从警的直觉，李文君觉得这些似乎在传递什么信息。但现在，案件几乎尘埃落定，会不会翻案？李文君感到脑子里有某种声音在响。他发给了警校的老相识，现在在某校研读密码学的朋友刘铭。刘铭收到以后，有些吃惊，同时对他的直觉表示了赞同。刘铭说这些凹陷组成的好像是希伯来字母，但并不是直接地表达意思，而是通过某种编码在传递某种讯息。但具体是采用哪种编码，他还得再仔细地思考一下。

李文君坐上了火车，沿着被灰尘遮挡的两条铁轨咣当咣当向着太阳掉下的地方不停晃荡。到达省城的时候已经是晚上八点多，他从手机上叫了一辆快车，来到了他熟悉的高中，在校门口对面的炸串摊上一连点了八个炸串，站在一旁自顾自地吃了起来。

李文君给妻子打了一个视频电话，妻子的疲惫正稀稀拉拉地挂在脸上，说是刚喂完奶，现在在床上躺一会儿。妻子把手机支在了离孩子不远的地方，孩子张圆的小嘴里正塞着一只小手的两根手指。看见了孩子澄黑的眼睛，李文君感觉心头某种沉重的东西消失了。还没有挂电话，医院的电话就打进来了，说刘博士休息了，让他先找个旅馆住下来，第二天一早再来。李文君晃了一下头，有点茫然地看了看四周。他又给妻子打去了电话，说现在先回家里看看，明天再去医院探望刘博士。省城的公路缝缝补补多少年都没有变，偌大的城市里随处可见的隔板总是没有征兆地四处站起，把城市从内部割成了一个又一个骇人的迷宫。李文君又去了旁边的便利店，看了看玻璃柜台里的烟，从兜里拿出了手，抬了一下头，似乎想起了什么，赶忙连手带人从店里缩了出去，立刻踏上了那条几年前曾走了无数次的回家的路。

第二天一早，李文君趁着母亲没有醒来，一个人悄声出了门，搭了公交车前往医院。

上了医院的三楼，打开门，刘博士正面对墙壁坐在床上，左右晃动脑袋似乎在张望些什么。有些惊恐、脆弱的东西夹藏在了刘博士脸上的裂隙中。汗液浸透发硬的头发黏附成了一块黑色的石板立在了他的头上，李文君隔着三米远，毫不费力地就看到了刘博士顶着的干瘪头皮。在那之下，一双半睁的眼，在房间里的昏暗光线中展现出某种不为人知的超然。

“刘博士?”李文君想他应该是听到了，刘博士的眼皮轻轻抬了一下，但又马上定住了。

“刘博士？刘博士?”李文君看到旁边有一个病人正在睡觉，又连着朝他小声扔了两句。护士在一旁叫了起来，说患者的精神不稳定，不能刺激他。

李文君的脸上长出了犯难的神色，他不清楚这下该怎么办。他歪了歪头，避开了护士略带愠怒的眼神，“张天良死了，他的……”李文君的嘴里一字一顿地传来声响。

李文君看到了刘博士眼睛里泛出了什么，刘博士把头转了过来，“死了？死了！死了……”

刘博士的嘴里一连喷出几十个“死了”，把旁边的病人砸醒了，躺在床上“啊啊”喊叫个不停。护士拉拽住了李文君的胳膊，让他离开，改天再来。就在刘博士的痴话把李文君赶走时，刘博士的眼里漫上了一些神色。他咳嗽了一声，让护士出去，说自己好些了，要和李文君单独聊一会儿。护士的疑虑融化在了刘博士的坚毅眼神里，她还没有关上门，就听到了刘博士健朗的声音从门缝里挤了出来。

“张天良是个非常聪明的学生。他在大学本科期间就展现出了他对生物研究的天赋，而在基因编译领域，他又显示出了超乎常人的直觉。等到硕士毕业，他已经在 *Nature*、*Cell* 上发表了多篇具有影响力的文章，他的硕导把这个有想法又有能力的年轻人推荐给了我，但是等他进入我这个课题组以后，一个来自血脉深处的阴云朝他拢了上来——焦虑症。起初我并没有在意，因为对于每一个从事科研工作的人来说，焦虑或多或少会伴随在他的左右。刚开始只是在一些无关紧要的问题上钻牛角尖，后来演变成了令人惊惧的偏执，他几天几夜不睡觉，窝在实验室里做起了实验。张天良在十年前突然离开了我的课题组，只身投身于生物基因方面的研究……”后来的话李文君就听不明白了，刘博士嘴里吐出来的字不知不觉组建了一个关于生物学前沿的高墙，拦住了非专业人士向里探寻的目光。李文君只能听懂一个大概，张天良自己搞了一套理论，他又花了几年的时间发明了一系列的机器企图来证明他的理论。但他的研究还没有取得突破性进展，科学院就出于张天良健康方面的考虑，给他办理提前病退的手续了。可张天良不死心，临走之时他把一些核心的研究设备和材料都偷偷带走，没有人知道他去了哪里。销声匿迹了几年之后，他向社会公布了自己潜心多年的研究成果，顿时声名大噪，国际国内的大学和科研机构纷纷向他伸出橄榄枝，用明晃晃的诱惑来招揽这个孤独的天才。但张天良没有动心，他还是躲在一个远离尘嚣的小城镇里埋头做自己的实验，直到今天。刘博士结束时候说了一句耐人寻味的话，这句话似乎在总结他所讲的故事，却又像是下一个故事的开头，他说，张天良一直活在自己的世界里，而这个世界是真正的“世界”。

李文君在去往省城之前，就查阅了与张天良相关的所有资料。显然，刘博士讲的是一个故事，而这个故事是张天良的，可张天良又不属于这个故事。他还没功成名就就自杀了，他远远没有刘博士所讲的故事里那么幸运。但看到眼前这个一只脚迈入了花甲之年的老人煞有其事地给自己讲起一个叫张天良的人的科研经历，李文君感觉有什么地方出了错。

李文君回家给母亲做了饭，当天就返回了黄镇。临走之时，他的母亲想去黄镇看一眼孙子，李文君推辞了一番，把之前拍的照片又给老人看了一遍。老人有点遗憾，让他下个月中秋休假来这里时，千万要和孩子一起来。

第二天，李文君拿着我们给他的资料又问了我们一遍关于张天良的信息，他还给孙萍打了电话确定了一下，感觉自己捡起了一些信心，才踌躇满志地坐上火车又去了省城。

这一次他没有回家也没有去医院，而是直接去了省科学院。科学院的人早就知道了张天良的死讯了，他们对李文君说的话和之前对我们说过的话一模一样，没有得到新的信息，李文君有点失望。

就在李文君右脚跨出了科学院的大门时，传达室的保安赶了过来。“上次你们来的时候我没有来得及说，传达室以前收到过七八封张天良转交给刘博士的信。但刘博士早在三年前就离开了科学院。”李文君拿起这些信件看了看信封上的日期，三年间的信件一直没有断过，看来张天良对刘博士生病的事情毫不知情。“就在前几天，大概是张天良自杀的前一周，传达室又收到一封。”保安说着，就又给李文君递过来一封信。

信好像被打开过，上面有明显的人为撕开的痕迹。

“谁打开的？”李文君低声问道。“这可是重要的证物！”

保安吓了一跳，支支吾吾说自己拿到的时候就已经成了这样。

“有监控吗？”

“这种地方没有人会设。”

所有的一切都被我记在了本子里了，刘老师，你千万要小心孙珂。

“孙珂是谁？”

“孙珂啊，之前在我们院里管人事，后来调去北京了。”旁边一个留着小胡子的人说道。“对了，你不是说你想要一些张天良的材料吗？说不定他那里有。”

“张天良和孙珂关系是不是不好？”

“可不是嘛，孙珂比张天良还晚进科学院一年，瞧瞧人家，左右逢源，当官、科研两不误。现在两个人，一个在天上，一个在地下咯……”

李文君要上了孙珂的电话号码，给孙珂打了过去，是北京的号。接电话的是孙珂的妻子，听声音年纪应该不大。李文君问了一下张天良材料的事，孙珂妻子也不清楚具体情况，说孙珂这一两天要回去看刘博士，晚上下班回来和他说一声，让他提前准备准备。

李文君回了省城的家，还没顾上和母亲吃饭，就接到了孙珂的电话。孙珂好像喝了酒，嘟嘟囔囔来来回回地给李文君纠扯了半天和张天良的往事，李文君从话筒里溢过来的酒气中刨了半天，找不出半点有用的信息。最后孙珂又说自己明天晚上的飞机，后天约李文君在刘博士那里见面。李文君又给队长打了一个电话，说明了原因，延期了两天。李文君到的时候，孙珂还没有到，刘博士刚刚睡醒。他从床上坐起来，精力从他的毛孔里喷了出来。他站起来伸了一个懒腰，整了整衣服，坐在了病床旁的椅子上。

刘博士一开口就问李文君的来意，短短的几个字就颤动了李文君的身体。李文君感觉上次的见面好像是做梦，他只好重新介绍自己，并再一次说起了张天良的死讯。刘博士皱了皱眉头，说这样一来也是对他的一个解脱，紧接着，刘博士又对李文君讲起了张天良的往事。

和上次所讲的内容前半部分如出一辙，看着刘博士一脸的淡然，李文君不由对上次刘博士所讲的故事有了几分相信。但几天不见，张天良的故事又悄无声息长长了几分。“如果真要找那些材料的话，说不定他那些褐色的笔记本里有呢。这是天良的习惯，他把所有关于自己的东西都埋进了笔记本的字里。”刘博士讲完故事，叹了一口气说道。

张天良一直都在努力战胜自己的焦虑症，但那些痛苦植根在了他的血脉深处。密密麻麻的基因将他的心性束缚得严严实实，动弹不得。张天良不得不调转了研究方向，他想要研究出一种完美生物，不会再受到这些与生俱来的生理上的诅咒。他把人类基因中已知的对自身发展不利的因素一一去除，并用一种新的信息载体来承担。这是一个非常大的课题，而且在科学伦理上还得不到承认。但张天良做到了。他在一个封闭的球形容器里模拟了地球环境，而且里面时间流逝的速度是外面世界的一千倍。他先是制造出了有机物，进而又创造出了智慧生物。没有多久，这些智慧生物就自发地发展到了原始文明，农业文明，工业文明，甚至到了和人类社会目前发展相当的信息文明。但是有一天，张天良发现了在那个环境里，竟然也有人在做着和自己类似的事情，那人也在研究模拟环境中的智慧生命。不安的情绪笼罩住了张天良，那个人公开了自己的研究后，不知什么原因消失了。当然，这只是一条大河中一滴水的故事，整个社会的文明还在不断向前奔腾。很快他们的科技就超过了我们人类社会现有的科技进展，那里面很多有识之士都在探讨自身生存环境的局限。张天良对于他们已经意识到了自己的存在心知肚明，但他没有想到会这么快！那些“人”制造出了能够跨越空间的武器，又通过心灵控制操纵了张天良的身体，最终把张天良杀掉了。

病房的门突然被一个人匆忙赶来的风给刮开了，一个穿着白色衬衫的男人闪了进来，男人头发闪着光，几缕精光从鼻子上架着的黑色圆框眼镜中不时射出，看见了李文君，他的眉头不由轻轻皱了一下。

刘博士一见那个男人就吓得倒在了床上，嘴里的白沫顺着语焉不详的

“呜呜”声淌了出来，他躺在床上蜷缩着身子，翻来覆去。

“是李警官吗？我是昨天和你打电话的孙珂。”孙珂笑着朝李文君伸出了右手。

“这是怎么回事？”李文君没有看到孙珂的举动，他还没有反应过来刚刚刘博士对自己所讲的故事，看到刘博士没有任何征兆地犯病，他只好转头问旁边的孙珂。孙珂收回了手，摇了摇头，叹了口气说道，“刘博士一直都对张天良很是看好，如果张天良没有疯的话，他肯定能成为刘博士的接班人，甚至可以比刘博士做得更好。”

孙珂说着说着，喉咙突然哽住了。过了一会儿，拧了一下头，李文君看到一双略微发红的眼转向了他。

“刘博士讲的故事是什么意思？”

“我不清楚。”

“上次我来他就给我讲了故事。”

“可能是他对张天良心有不甘吧。张天良疯了以后，刘博士受了刺激，请了半个月假在家休养，回来以后他动不动就说张天良科研取得什么什么进展了，获得了什么什么奖。刚开始我们以为刘博士这样只是暂时的心理创伤，但后来情况一直没有见好，这不，我半年没来看他，他就成了这样了，惭愧啊惭愧……”

“你来见刘博士干什么？”

“我就是想问问刘博士天良的事，天良这么有才，一声不吭地没了太可惜了。”

“出去，你们都给我出去。六年啊，天良六年以后才死，你，都是因为你！”刘博士猛地从床上站起，用非常大的力气把俩人像两张纸片一样往外推，旁边的病人哭了起来，喧嚣很快就传到了病房外。

“镇静剂呢？”匆忙赶来的护士张大了嘴向外面喊道，另一个护士夹着风拿来了针剂。

“这恐怕不是阿尔兹海默症吧？”李文君说。

“谁能知道呢？”孙珂低下了头。

“刘博士和你说其他的什么了吗？”

“嗯？”

“他有没有提到张天良的……”

“什么?”

“唉，没什么。”

两人临走的时候，年轻一些的护士白了他们一眼，岁数大一些的护士低着头，用一种奇怪的语气向他们说道，“你们看刘子栋都这样了，你们能不能别来了?”

李文君和孙珂走出了医院的大门，来到了外面的大街上。李文君给孙珂递了一支烟，孙珂说自己不抽。他自己点着了，吐出了一口稍纵即逝的雾。两个人唏嘘了一阵，临别时候，李文君问孙珂知不知道张天良笔记本的事情，孙珂咳嗽了一声，眼神不由自主朝左边挪了一下。“不知道。”孙珂表示自己和张天良并不熟，两人偶尔蹭出的火花也都是和科研相关，互相给刘博士面子。而他前几年调去了北京，张天良精神又出现了问题，去向不明，两人就再也没有任何交集，他也是前几天得知张天良的死讯后，才知道他这几年一直待在黄镇。

“我感觉张天良在做一项不为人知的大事，欸？你们找他的笔记本做什么?”

“那些笔记本里应该夹着张天良精神鉴定相关的材料，我需要的只有那个。”

“哦，这几天我这里事情比较多，算了，过段时间再说。”

李文君又回了黄镇，他去找了孙萍，又联系了李晓楠，还是没有笔记本的下落。李文君坐在黄镇家里的沙发上点着了一根烟，沙发前的桌子上零散放着张天良的资料，有一张报纸上还专门报道了张天良发明的专利获得了什么什么奖。什么科研价值、文明价值李文君根本听不懂。本来应该是一件很简单的事情，但他不知道什么地方出了错，让事情变得这么复杂。李文君呼出一口烟，忽然意识到自己在做多余的事情，孙珂、刘博士还有张天良那些往事，完全和这个案子没有任何关系，也不知道能不能给那些材料的下落提供一些有用的讯息，但他的思绪还是不受控制地往那里飘。

笔记本里到底记录了什么？张天良六年之后才死又是什么意思？怎么说是孙珂害的？但他好像只是想公开张天良的实验数据。

李文君不由猜测了起来：现在的事实是，张天良自杀了，而他自杀的原因是因为他疯了，而他疯的原因是因为他预测到了六年之后自己疯了然后死去。至于他预测的六年之后疯掉的原因，李文君不得而知。他难道想通过这种方式来掌控自己的命运？李文君想到这里，不由掏出了手机看了一眼时间，2021 年 8 月 21 日。李文君感到一阵恍然，他有点分不清楚哪里才是属于当下的现实。

一个令李文君后怕、没有来由的想法立刻攫取了他的全部思考：如果真按刘博士所讲，所有的偶然在相同条件下是不是都会成为必然？即使是换了环境也一样？那么刘博士说的事，属于当下？还是未来？因一样，果也一样吗？李文君在这个夏天，第一次体会到了后背被浸湿的感觉。李文君感觉手被烫了一下，低头一看，烟头着完了。又在瞎想，李文君不由苦笑道。

“又抽烟，不管孩子了？”

“啊？”

李文君回头一看，看见妻子刚脱下一只鞋，光着一只脚站在门口。她的眼睛里射出了什么，李文君躲了半天还是没有躲过。“再抽烟小心不让你回家！”她的话砸进了李文君的心里，他的心头没有来由地泛起一阵轻松。

李文君感觉刘博士知道一些确切的事情。李文君反复提醒自己要打消对那些研究前沿的好奇，他应该关心的只有张天良的精神鉴定材料的去向。可是依照刘博士现在的精神状况，一时半会儿还得不到关于张天良材料的有效信息。再从黄镇去省城的时候，李文君借了朋友的车，这段时间的交通成本实在太高了，回去以后给孩子买东西又得花不少钱。刚进病房，李文君就看到病房里刘博士的病床前围坐着三个人，这三个人李文君在科学院里都见过。

看来他们听过了刘博士所讲的故事，李文君到的时候，讨论好像已接近尾声，声音小了很多。经过一番讨论，他们的观点都指向了一个结论：这个文明的科技能够在使用这种放射性武器的时候，精准地考虑时间差，换句话说，他们使用的放射性武器刚好能够杀死张天良，而不对周围的环境造成任何其他的影响。这在某种程度上已经超过了人类当下科技的发展。其中有一个人讲道：我们不知道该怀疑的是我们现有的检测手段，还是张天良创造出的那个文明。

李文君在一旁听得背后一阵一阵发冷，什么他们我们，他似乎想到了什么。旁边的刘博士坐在床上一言不发，静静听着他们的争论，嘴角露出的微笑耐人寻味。

随着观点的继续阐发，讨论又不可避免地升级为了争论，砸来砸去，眼前的这几个人力争的观点转向了张天良能不能造出产生文明的拟态环境，能不能造出智慧生命，没有相关的实验报告和实验数据，他们也无法从那些仅存的几个破损机器看出张天良的研究成果。

趁着争论声音停止的刹那，李文君向刘博士插了话。刘博士还是没有想到张天良的精神鉴定材料在哪里。李文君从他们嘴里倾倒出来的话里挤出了病房，回了省城的家。刚换下了衣服，就接到了医院的电话，说刘博士突然犯病，非要见他一面不可。李文君又赶快驱车去了医院。

李文君看着带着呼吸面罩的刘博士，突然有些不知所措。一旁的护士说他刚刚稳定一些了，但还是要避免刺激到他。他不知道刘博士会对他说些什么。

“那些笔记、资料，刘博士你知道去哪里了吗？我想要的只有张天良的精神鉴定。”李文君听到自己的声音有些发颤。

刘博士笑了，“人们都说我和天良疯了，其实他们不知道，这都是那些‘人’害的。我跟你讲的是真的，张天良成功了，彻彻底底成功了，我都亲眼看见了。只不过他们发展得太快，超出了我们的控制，所有的偶然都是必然。张天良是自杀吗？我看未必。死因什么的，都是假象，对于他们来说，这简直是易如反掌。我没事，两年后才死呢。普天之下并无新事。我跟你讲，他们来了，他们要来了……”

“孙珂，人要知足，有些知识，不能属于人类，你知道吗？你不要总惦记着天良笔记本的去向，有些事情一两个人知道才叫秘密。”

李文君吓了一跳，不知道为什么刘博士突然说了这么一句话，认错人了？还是什么其他的原因。孙珂要笔记本到底要干什么？

刘博士双眼一闭，旁边仪器上的指数上下飞速跳转起来，护士把他推了开来，刚拿起心脏起搏器，刘博士突然睁大了眼，抬起脖子，张开了双臂，向空中大声喊道：“孙珂，你知道，上帝是什么吗？”

李文君吓得后退了几步，出了房间里的门，他恍恍惚惚离开了住院部，裤兜里的手机震动把他的步伐拽在了停车场入口。是队长打来的，让他赶快回来，又有新案子了。还说张天良很多东西都被孙萍扔到了小区的基坑里，前几天张天良母亲去整理他遗物的时候发现了。材料现在在他母亲家中，过两天就给我们寄过来。

“队长，可不可以问一下张天良的母亲那里有没有几个褐色的笔记本?”

“什么?”

“没什么。”

“行了行了，在几张纸上耗了这么多天，赶快回来吧。”

李文君听出了队长话里的不满，还没有等他说话，队长就挂了电话。李文君的手垂了下去，抬头看了看有些发昏的天空说，我今天就回去。

李文君给医院打去了电话，说刘博士病情稳定住了，现在睡下了。车还没有开出市区，刘铭给他打来了电话，说密码破译了，方法试了绕了一大圈，实际就是最简单的错位法。是《圣经》里的一段话：若有人在这世界自以为有智慧，倒不如变作愚拙，好成为有智慧的。刘铭问李文君案子的情况，他支支吾吾不知如何作答。刘铭听出了一些意思，他并没有再问下去，而是说让李文君赶快把案子弄完，回去好好歇一下。

路穿过层层叠叠的黄沙在车灯下一米一米长了起来，月光打在盐碱地上弹出冰冷的光。几株耸起肩膀的灌木在车前迅速晃过，风不时拉扯着车窗玻璃的缝隙，往里涌着。李文君放在方向盘上的双手轻轻颤动起来，他不知为什么想起了高中时候没有来得及赶回家见父亲最后一面的往事。如果所有的偶然都是必然，这一切到底有什么意义?

回到黄镇的家里已是半夜，窗户外的天空少有地亮出闪耀的群星，那些群星和黄镇的沙土亘古以来就在这片大地上不断交替着，从不停歇。李文君慢慢打开了卧室的门，妻子躺在床上正在熟睡，微微的呼吸正抚摸着枕头上的布料，发出轻轻的摩擦声。旁边的小床上，正躺着出生不久的孩子，孩子的嘴抿了几下，好像是梦到了什么。树的影子穿过了窗帘打在了妻子的身上，而树梢的影子又顶住了孩子的小手。孩子醒来会不会被吓到?李文君这么想着，轻轻躺在了妻子的身旁。被子的一角被妻子的身体压住了，她一条胳膊露在了被子的外面，他拿起被子的另一角盖在了她的胳膊上，自己露了半个身体。躺了一会儿，他又起身整了整枕头，不知过了多久，还是睡不着。李文君起身关上门，去了客厅，就着星光点着了一根烟，坐在沙发上痛哭起来。

泥　沼[1]

田逸凡[2]

落日在西边张着血盆大口。

很多汽车和楼宇在蠕动，切入优美的右转车道。那是一条伟大的食道，走着走着，消失在夕阳的腭垂后面。朱叶很清楚，作为被进食的食物，终究是不光彩的。食物和胃液充分混合，那东西像面汤，也叫食糜。有个学医的朋友告诉朱叶，解剖动物的时候有时会割开它们的胃，那东西流出来，闻起来像坏掉的醋。相比之下，食物最终的形态粪便（实际上是泥土）反倒没那么恶心。

面前的黑座椅伴随意犹未尽的引擎轻微抖动一下，司机说，到了。朱叶抬手看了眼腕表，她到得有些早，距离活动开始还有一个半小时。著名摇滚乐队前主唱在书店举办新唱片《泥沼》签售会。乐队叫“无名乐队”，主唱叫吴铭。吴铭后来单飞了，乐队随之解散。朱叶曾在报纸上看到，不知真假：贝斯手下海经商，但仍寂寂无闻；鼓手和吉他手合办音乐兴趣班，后来鼓手被一家名校聘用，吉他手回家乡做了一名厨子。吴铭单飞后大火，但至今也有十年不露面。这次是他重回乐坛的力作。那是朱叶年轻时最喜欢的乐队和歌手之一。

本来呢，朱叶也决不定就来，更无计划提前来。这又不是年轻那会儿了，她想。出了家门才慢慢发觉，她内心其实还是特别特别想来的。

她的丈夫罗欧和长子罗添认为，她是愤而离家，所以出门那么早。这绝对不是朱叶的本意——她其实是尽快地从家里逃出来的。今天家里发生的事情，几乎是把她“逼”了出来。四十五岁的罗欧被十七岁的儿子推倒在房间里，两次。一次踉跄着跌在床上，一次摔在地上靠着床沿，间隔不过十秒钟。现在，她抛开什么都不想，认为不仅要让吴铭在唱片上签名，还一定要和吴铭合影、说话。

---

① 本文刊发于《青年作家》2021 年第 11 期。

② 田逸凡，2002 年 4 月生，山东寿光人。内蒙古大学文史哲基地 2020 级本科在读学生。

书店这条街算是这座北方小城最繁华的地方之一了。烤肠、烤玉米的气味不会像狂奔的小狗那样避让行人，人走在街上不知什么时候就突然撞上一个卖小吃的摊位，也不知什么时候早已准备好一个咕咕待哺的胃。太阳落山之前的时辰，人的体温通常是一天中最高的，朱叶却感到几分凉意。或许那是肚子饿，心发慌。朱叶在路过几个挤满年轻人的摊位之后，决定干脆在附近找一家快餐店。

罗添小的时候，朱叶带着他出来逛街，总是在罗添饿了的时候随机选择一家快餐店。这条街比当年变化不少，许多快餐店都搬进了一个个巨大的综合体商城内部。自从罗添升入中学，朱叶几乎没有专门为了逛街而走到这条街上来。怀罗添之前，朱叶常出来唱 K，跳舞，逛街。那时都和谁呢？有同事，有同学，还有到现在也没搞清楚怎么认识的朋友。有了孩子就只剩下逛街了，而且能约出来的朋友越来越少。直到现在，她独自寻找一家快餐店，才第一次清楚地意识到许多年来自己几乎没有了什么社交。

远方的黑夜送来清冽的风，一辆辆汽车被风送进停车位。风吹过的地方秩序井然。走在朱叶前方十几步远的女孩儿从裤兜里掏出头绳，熟练地扎起蓬松的卷发。年轻就是好，头发一根都不多余，她想。

朱叶点了一个烟肉蛋松饼，一杯罗添小时候必点的麦旋风。她明知自己吃不了，还点冰激凌。吃下第一口麦旋风，她就后悔了，感觉胃被冻住了似的。不知从什么时候起，朱叶对雪糕冷饮一类的东西再也难以下咽。就好像有一根神经在她的咽喉处检测温度，然后给她的腹部或小腹部下达一系列指令。也不知从什么时候起，朱叶感觉儿子和自己疏远了。那种变化是迅猛的，无法察觉的。她总是不自觉地做一些感觉和儿子距离更近一点的事情。

罗添从没有暴力倾向，甚至从小学到高中都没有打过架。今天他在她出门之前突然对父亲罗欧动了手，这还得从朱叶昨天扫地说起。像朱叶身上的诸多变化一样，一切都在悄然演进着。

按说，逼仄的桌底、床底只是一段低矮的黑条，是客人的盲区，没人会在参观你家的时候趴在地上看。朱叶也没有清理那些区域的习惯。昨天罗欧和罗添不在家的时候，独自打扫卫生的朱叶心血来潮，把家里这些地方全“捅”了一遍。毛茸茸的灰球滚出来，几根精细的绒毛像蝌蚪一样，援着铅垂线上下游动。

扫帚戳进罗添的学习桌下，遇到一点微小的阻力。朱叶听到嘶哑的“沙沙”声，是物体与地板隔着沙尘摩擦的声音。然后，一块黑不溜秋的东西打着转儿滑了出来。出来后依然在地上转了几圈，“沙沙”地，朱叶不觉眼晕。

罗添的学习桌底下一直藏有一部手机，不是罗欧夫妇给他买的那部。朱叶将手机放回了原处，安稳地躺在那段低矮的黑条里。手机被发现就像是朱叶和这块手机共同的秘密，二者都没有声张。

直到第二天，也就是今天早上。罗添按时关上房门，进入电脑网课。朱叶悄悄和罗欧透露了这一发现。罗欧听完坐立不安，在客厅走了几个来回。朱叶劝他先坐下想办法，他不听，反而突然朝罗添房间走去。罗添的房门“支棱”一下被罗欧推开。那房门转轴缺油的惨叫，在朱叶听来十分刺耳。

“不是告诉你们先敲门吗?”罗添回头看了一眼罗欧，似乎有些激动，很快转回头专注看网课，绷直身子纹丝不动。网课老师正在电子白板上用鼠标歪歪扭扭地写一行关系式。

“先敲门？是先给你报个信号，你好藏手机吧!”朱叶没想到罗欧会这么直截了当。

罗添争辩几句，自然是装作不明白罗欧的意思。网课老师这时说“请同学们按照我提供的思路，独立解决这道题”，然后传来考场里才有的安静。罗添好像被扔进一锅煮沸的热汤，大量红细胞被驱赶到脸、耳朵和脖子表皮层下。他盯着电脑上那道题，手足无措。

罗欧拿了蝇拍，伸进学习桌底一番挥舞。朱叶又听到了那惊悚的沙沙声。罗添打了个激灵，但仍然没敢动。手机被罗欧摔到罗添手边，屏幕还没关，亮着游戏界面。罗欧故意把音量调到最大，动感的游戏音乐取代了网课的安静。强烈的节奏在朱叶的脑海里，勾起几支无名乐队的摇滚曲子。朱叶独自站在客厅，却有种被人围观的无地自容。

罗欧像不知道该怎样发飙。他把电脑显示屏搬起来又撂回去，连着主机的线束从小洞里拔出来，蜷曲成一个“n”字，如同被铡断的脖颈，裸露，骇人。罗欧强行按死主机，电脑吐出最后一口气，一口长长的叹息。

“学、学，学个屁啊你!”罗欧觉得还不够，拿起手机又往桌上摔了一次。

如果罗添攒起零花钱，应该也能买个这种品色的二手机。但罗添不承认，说手机不是他的。罗欧说那就问问班主任，让老师调查，到底是谁的手机。罗添仍不说话，罗欧却真的摸起电话，拨给了班主任。接通后，罗欧的语气柔和起来，走到外面说话。朱叶在罗添床沿坐下，去拉罗添的手。罗添僵着胳膊，不给她。“跟妈妈说说，手机到底是谁的呢?”黑黢黢的电脑屏幕上，罗添毫无表情。但朱叶能看出，罗添的鼻梁和眼睑正被体内的洪流冲撞，离决堤不远。

朱叶问出，手机是罗添一位同学的。同学住校，罗添走读。他们之间达成协议，走读生帮住校生带手机回家充电，而走读生也可以借之玩两天。罗欧当即联系同学母亲。那母亲也毫不姑息，当着孩子的面，把手机摔了。手机的屏幕裂了，他母亲拾起来再摔，直到摔得粉碎，一体化的后壳崩开几步远。朱叶没想到，那母亲也是个和孩子置起气来像疯子一样的人。在朱叶见过的家长里，父母双方至少有一位，是这种疯子人格。

书店里的人远比朱叶想象的多。吴铭总能征服一代代年轻人，放眼望去，参加活动的还是年轻人居多。卖唱片的柜台，一对男女正挽着臂膀唱歌。

“多少年后，谁还记得，自由本是，生来无主……”

一曲唱罢，这对男女获赠一个吴铭公仔，两人抱着唱片和公仔高兴离去。朱叶已经猜到，那首歌应该就是《泥沼》，她第一次听。女生的声音柔软，男生也不自觉温柔许多，一首本该沧桑的民谣唱成了婉转的风格。朱叶不由自主地想到罗欧，他多少年没有和她一起，做一些浪漫且毫无意义的事情。年轻时多好，罗欧还会写诗，用英文写诗。当初罗欧表白，就是在他们共同的办公室的白板上，用英文写下一首短诗。

那时候，朱叶和罗欧都是涉世不深的年轻老师，朱叶教英文，罗欧教数学。朱叶怀疑罗欧是为了追她才用英文写诗，因为追上之后他就越写越少，后来干脆不写了。朱叶问他，为什么不写了?他说，我一个数学老师，不懂英文。

罗欧不懂英文之后，英文教师朱叶似乎也渐渐不懂罗欧了。罗欧一直都坚持写作，年轻的时候发表过几篇小说和散文。结婚之后，起初应当地一家内刊之邀写过评论，但他不再投稿，也就没有作品发表。许多同事根本不知道他写作。有语文老师看到他在朋友圈编辑的小文，建议他投稿，他答应着，却不做。朱叶也劝他，写了那么多，为何不投？赚个稿费补贴家用也是好的。但他像决心归隐一样，只顾自己写。

领导了解到他有写作才能，给过他几次提拔的机会。罗欧却连工作上的提拔都拒绝了，朱叶为这些事经常与他争吵，两人都十分恼火。罗欧却逐渐因此被身边的人高看了一眼。

罗添和罗欧关系不好，或者不如和朱叶关系好。能看出来，罗欧并不总是一个明智的父亲，而且不见得总是一个明智的丈夫。还是不知从什么时候起，朱叶感觉罗欧在家里掌控了绝对的话语权，行事也变得冲动和自大起来。朱叶曾在一个网络节目中听一位嘉宾说道，人就是一个大皮囊，从出生开始往里面塞各种杂物，叫作经验。人到中年喜欢自我封闭，大皮囊紧紧扎起口来，不再接受新鲜经验，依照固有的这些经验处理剩余的生命，而且从此开始变得好为人师。其实大皮囊充满弹性，一般人塞一辈子也塞不满的。

有一年的小年夜，一家三口忙活了一天的大扫除。罗欧烧了一手好菜，等罗添和朱叶共进晚餐。朱叶收拾停当，从洗手间出来，手捂小腹，说了句什么，很轻。罗添吓得停下了手中的活。罗欧坐在餐桌边，用皱起来的眉毛打量着朱叶。

其实朱叶从当天下午，就不得不弓着腰干活，小腹一阵阵像抽筋一样。罗欧和罗添都没有注意到。罗欧瞪着眼，责怪地说，“下午就不舒服，怎么不知道去躺一躺，休息一下呢?”

“你说，有必要去查查不?”朱叶试探着问，带着一点哭腔。

“上哪查?”罗欧的回答让罗添和朱叶都吃了一惊。

朱叶弱弱地说，“我也不知道去哪查。”语气里满是失望。她在沙发上平躺下来，拿手机查找相关症状。罗欧独自吃了起来，吮吸着一个个花蛤，蛤蜊壳碰在一起的声音比瓷器摔碎了还要惊心动魄。罗添问，“网上怎么说?”

“有说物理性伤害的，这个基本不可能；有说各种妇科疾病的；还有严重的说是患癌前兆。总之从物理到化学，说啥的都有。”

“你有几成把握像网上说的那样?”罗欧吸着花蛤说道。

朱叶和罗添一片愕然。

“就问你，你能有几成把握呢？一成啊，五六成啊，还是十成把握，就是得病了？”

朱叶不再说话，闭上眼睛，表情上写满了忍耐。

“你这是咋？”罗欧问。

“我很难受啊。”

“难受？”罗欧表现出难以置信的样子，停顿一下，让罗添穿衣服准备去医院。罗欧几乎用命令的口气，让朱叶尝试揉揉小腹，确定是否还像刚才一样疼痛。

那时年纪不大的罗添第一次高声对罗欧说话。“快走吧，就算这会儿不疼了又怎样，不用查了吗?!”

虽然那次没什么大碍，但朱叶一想起罗欧起初的反应，就感到忧伤。当然，朱叶知道，罗欧是不希望烧出的一桌好菜来不及吃，大过年的往医院跑。可是，孰轻孰重还分不清吗？为什么像个家庭医生一样，问一些无关紧要的问题，让人心寒呢？时间久了，朱叶也很少去想这些，而是更多地在生活中夸赞罗欧的长处。她知道，这个家庭需要维护，就需要她的献身。

今夜，每一页书里都灌满了吴铭的歌声。极简主义的装潢在几盏极具设计感的吊灯下，光和影交错出吴铭音乐的粗粝而精美的色调。角落里一盏喇叭状的吊灯垂下两根银色金属细线。拉其中一根时，另一根上升，喇叭也会闭合或者开花。

当夜色在窗外歌唱时，吴铭终于现身书店。年近六十的吴铭依然穿着皮衣皮裤，一群闪亮的钉子排列在他的肘外或肋下。红润的脸蛋就像溅在泥土上的鲜血，短促尖锐的唇上胡须切割着周边的空气。

朱叶看到他，不得不屏住呼吸。她找到一处座椅安顿下来，投入到对吴铭远远的观望中。吴铭和主持人及几位观众互动之后，献唱了新歌《泥沼》。这首歌独特的地方，就是吴铭回归古代汉诗四言句式，即使有生硬的断句，也坚持以四言为单位为歌词谱曲。

“泥沼曾是，铺满青草，铺满鲜花……我们总是，跳入滚烫，跳入黏稠……自由本是，生来无主，生来易逝……”

今天发生手机闹剧之后，罗添照旧上网课。但罗欧时不时闯进罗添房间，对罗添的专注程度进行突击检查。罗添不再强调先敲门的事，虽然很难过，但表现得十分老实。中午吃饭，罗添吃得慢吞吞的，咬馒头像蚕蛹吃叶子一样，搛菜的筷子每次只搛一根粉条或者像瓜子仁那么大小的扒谷。罗欧边吃边看罗添，把筷子插进扒谷的半山腰，托起一大坨，送到罗添馒头的咬口上。一根粉条从扒谷里探出头，在半空颤颤巍巍。

“喂鸟呢你?”朱叶被罗欧间歇性的暴脾气吓了一跳。

罗添搛菜的手收回来，捏馒头的手举得太高，扒谷都快够着罗添的鼻尖了。片刻，罗添把馒头一歪，扒谷吧唧掉到餐桌上，像厚厚的苔藓。罗添轻轻放下馒头，起身回屋了。罗欧没有反应，照常吃着，一直把盘子里的扒谷吃净，扒谷里的芫荽被他嚼得震天价响。

朱叶起身到罗添房间，拉起罗添的手。罗添的手像女孩的手，细嫩光滑。她似乎有些愧疚，因为发现儿子秘密之后向丈夫泄密。她很理解罗添讨厌高中的学业，可是罗欧说的也对，他们的家庭根本负担不起传统高考之外的出路。

二十多年前，朱叶的理想只在于音乐。她不顾家人反对，高考志愿填了一所音乐学院，顺利被录取。但她的父亲和更多族人，终于把她的音乐之路拦在了家门口。她被家人安排参加中学教师考试，开启了英语教学生涯。那时候高中文凭最起码能让一所中学为她敞开大门，但现在不可能。况且她后来通过自考也取得了一所985高校英语系的学位。

说起来，仍然不知道从什么时候起，她彻底放弃了音乐的梦想，甚至是那种热爱也消失殆尽。参加工作第二年，她偷偷再次报考音乐学院，又被录取，结果攒了一年的工资还是不足以缴纳音乐学院的高额学费。她再没报考，却依然是以声乐才能在同事中著称，乐理知识不亚于专业的音乐老师。有了孩子，有了评职称的压力，以及周旋于众多同事和亲戚的人情世故，她想起音乐的机会越来越少。

许多人不相信罗添的爱好就是电子游戏，朱叶相信。她知道，现在很多孩子沉迷游戏，但她从来都是视其与其他兴趣特长同等地位。她尊重罗添，为此了解到许多高校开设的电竞专业。即使罗添达不到电竞职业选手的水平，依然有电竞市场管理、电竞开发设计等等，她相信儿子都可以一展身手。

朱叶一直把罗添的照片作为微信的聊天背景，干净，帅气，眼神里几分幽怨，那是他进入青春期唯一一张清晰一点的照片。朱叶不愿意承认儿子叛逆，尽管许多老师已经慎重地向她提起罗添的种种叛逆行径。罗欧说，老师们都是咱俩同事，既然都这样说了，有什么不信的，我看他就是叛逆，不仅叛逆，还恶劣得很！

母亲从不会像看陌生人那样客观地看自己的儿子。她认为罗添只是有些内向。这听起来有些荒谬，但确实是。罗添的所谓叛逆更像是根植于内向和自卑，与这个世界进行的无声的抵牾。

朱叶难以忘却，并反复说起的是，罗添自幼展现出对世界灵敏的感受。他天然会用比喻，他开口说的第一句话是，“地上净是我早上喝的面汤”。他会欣赏冬季枯枝落叶的美，动手扯下挂在树上假装树叶的彩灯，朱叶和罗欧被迫向政府交了罚款。大人们从没有对地上的雨水或枯枝落叶做任何遐想，他们认为那是肮脏和破败的。罗欧也曾经发现儿子的天分，只是后来失望于他一塌糊涂的语文成绩。

多年以前，他们是打算要二胎的。朱叶已经怀孕四个月，肚子微微隆起，和吃撑了没什么分别。本来想在养胎和月子期间，可以好好做一些自己的事情，甚至可以从网上自学古筝。却终于因为要养两个孩子，朱叶的一切都精打细算起来。她忘不了买胎教机器人的那次窘迫。

那次也发生在书店。她问了胎教机器人的柜台人员，都要上千元，觉得太贵。想了想又问，“从网上买，靠谱吗？”

“不敢说，这种东西最好在实体店买，更放心。您是买给孩子吗？”

“买给我肚子里的孩子，得有智能对话的。网上应该也信得过，你说呢？”

“都说了，不敢保证。您自己上网查查吧，我又没买过。”

其实正规品牌的网店和实体店价格相差无几。朱叶在筛选栏里选择区间最高价填的是500。又想，小孩子玩，很容易坏掉，用不着太贵。便把最高价改成了100。结果，一堆二三十的商品映入眼帘，最贵的只有七八十，而且都明确写着“智能对话”。朱叶很高兴，几十块钱就能买到智能机器人，还花那几百大千的做啥？刚想给柜台人员看她的手机，却忽然觉得不妥。挪开压在玻璃柜台上的前臂，走掉了。

她难得再次在书店坐下来，捧起一本书。那么多牵扯精力的人和事，但也该享受生活不是吗？有句歌词怎么说来着，“That’s life”。虽然朱叶知道这样理解不对，应该改成“That’s the way it is in life”，可哪比得上“That’s life”简洁呢？四个音节，两个词组，生活可不就是这样简单粗暴？朱叶有时很滑稽，老英语教师的职业病，看R级电影，都要暂停下来，纠结詈语的句法问题。

她终究还是无法集中精力，看几行字便又想到买机器人以及其他琐事。抬头张望中，两个大学生年纪的男生坐到她身旁。他们手里各拿一本书，却垫在屁股底下，联机开始手机游戏。

“小伙子，你说，从网上买这种机器人靠谱吗？”朱叶打开手机，给大学生看。大学生大概能闻到她嘴里的气味——她怀二胎以来不止一次胃口不好。

朱叶不知哪来的热情，和大学生攀谈起从怀二胎到买机器人的各种经历。大学生偶尔捂鼻子，却又不忍心表现得太明显。

大学生毫不避讳地告诉朱叶，像她定的这种价格不可能买到真正的可以智能对话的机器人。朱叶明明也知道，但不愿揭穿那些虚假宣传，她宁愿在能接受的价位面前麻醉自己。她只是想从随便某个人的嘴里听到某种保证，之后她会立马下单。这个人最好是陌生人。朱叶说，网上的东西确实不靠谱，以前买过一块电子手表，进了水就坏了。

“是吗？可是，电子手表也有防水和不防水的呢。防水的相对贵一点。”

朱叶又被大学生将了一军，低头看书。大学生抽出屁股底下的书，从书架上找了一本幅面更大的。

后来意外流产，做了一次比较大的手术，子宫壁伤害严重。当初决心养好身体继续备孕，结果时间一长，夫妻二人都不打算要了。

每当再次看见地上的积水和光秃秃的树枝，朱叶就会唏嘘不已。雨水本来也是从地上蒸发，在高空遇冷。树枝总是难逃枯死，受人摆弄。这个世界上的生命，每一个都在拼尽全力，每一个又都是身败名裂。雨滴前仆后继，在积水面上热烈地弹奏……

罗欧还是总往罗添房间闯。罗添站起身往外走，罗欧往回推他。上厕所。罗添的眼神定格在罗欧身后的墙壁。罗欧让开，一直等他回来，说，“拉屎不会快点，用不用我给你复述一下老师刚刚讲的那道题？”“不用，那道我会。”罗欧和朱叶说，儿子已经挺老实的了。

罗欧还要去看，朱叶拉住罗欧。罗欧保证最后一次了。进去后，罗添又起身往外走。“又上厕所呀?”罗欧的语气温和下来。

“不上。”罗添径直往外走。罗欧匆匆挡在前面。“你们这样我怎么学?不学了。”

罗欧突然推了罗添一把，罗添倒退几步，坐到床上。罗欧好像意识到刚才有些过了，过去揽起罗添的肩膀，脸上僵硬地微笑。罗添顺势抓住罗欧的胳膊，差点把罗欧扔飞起来。罗欧踉跄着靠住门框摔在床的另一侧，两只眼球把空气中的水分都烫沸了。

但罗欧没有爆发，缓了一会儿，拍拍罗添肩膀。“长大了，劲儿不小嘛。”罗添反身向罗欧的胸口推了一把。罗欧再次跌倒，靠着床沿喘气，似乎很累。朱叶立马跑到门口，声嘶力竭地叫了一声罗添的大名。罗添背对着朱叶，喘着粗气，脖子绷直，下巴东歪歪，西歪歪。朱叶压低喉咙，失望透顶。然后是三个人的沉默。朱叶看到罗添脖子以上像腾热的猪皮一样，吱吱啦啦，好像还冒着热油。罗欧低着头，像个沮丧的孩子。

就是在这一刻，朱叶才下定决心，来参加今晚的活动。家里氧气稀薄，喘不动气。她平静地更换衣服，轻轻关上家门，脚下格外平稳。楼顶的云彩在一朵朵变白，一只麻雀从电线杆上俯冲而下，就像完成追猎后在雪山和平原之间滑翔的老鹰。

出租车发动的瞬间，她有种屠杀一般的快感。

朱叶买上唱片，站在队伍最末。

书店的音响不知疲倦。《泥沼》的旋律有如一场热雨，浇在朱叶身上。她想起广东夏季的雨，那是她童年的记忆。每到雨天，公路上弥漫着水蒸气，好像大地开锅了一样。她童年崇拜自己的二舅，因为他总会在雨天把鞋子扔在河岸，扒住不知谁家的船，在河里吊着半个身子，优哉游哉。后来她才知道，二舅并不是在雨天这样，而总是在与二舅妈吵架之后，独自跑到小镇后面，跃入欢腾的河水，享受快乐冲刷身体。

“多少年后，谁还记得，自由本是，生来无主……”

她突然离开队伍，头也没回，抱着唱片走出了书店。当时她的头顶繁星万里，就像从泥沼底下钻出来的野草嫩芽一样，凌然可辨。

戏剧篇

咸亨酒店

（根据鲁迅先生几部小说改编）

王　芳[①]

剧中主要人物：

咸亨酒店掌柜、孔乙己、阿Q、祥林嫂、涓生、子君、狂人、华老栓、华大妈、夏瑜、夏大妈、举人老爷、小尼姑、县太爷、假洋鬼子、假洋鬼子的情人（妓女）、小D、店小二、酒店众客人

地点：咸亨酒店

第一幕

（咸亨酒店内，众店客吃酒场面，有店客高喊“掌柜的来一碗老酒”，有的喊“要一碟茴香豆”，乱哄哄的场面，众客人正在议论纷纷。）

客人甲（穿着短衫，打短工的）：大伙听说没有，这阵子咱们绍兴闹革命党，夏家的儿子是革命党的头，还组织什么同盟会，前几天被官府捉拿了，很快就被问斩了。

客人乙：可惜呀可惜，这小子不好好在省城读书，将来做个县太爷，光宗耀祖，闹什么革命。闹革命有什么好的，咱们绍兴的那个大户人家的小姐秋瑾，还被称为什么剑湖女侠，不照样被砍头了吗？

小D：是呀，当时那场面热闹得很，有一阵子没得热闹看了，这一下子可又有热闹好看了。

（孔乙己上场，穿着长衫，摘下帽子，给掌柜的行礼，又向众客人

---

① 王芳，女，内蒙古大学文学与新闻传播学院教授，硕士生导师，内蒙古自治区教学名师。曾任内蒙古大学文学与新闻传播学院副院长。在报纸杂志网络上发表数十篇散文诗歌、文学评论。出版专著《中西方文学人文精神比较研究》《第三只眼睛看诺贝尔文学》《外国文学典故的流行与应用》《外国名诗排行榜》等，编创剧目《咸亨酒店》《平凡的世界》，创作歌词《乌兰夫，我的老校长》《到鄂尔多斯去》《陪你一起回故乡》《丰镇是故乡》《大美呼和浩特》等。

行礼。）

掌柜的：哟，孔先生，多日不见了，您又到哪儿去讲之乎者也去了？您看您这欠的账是不是该结一结了。（指着柜台上立着的小黑板）

孔乙己：掌柜的，实在不好意思，再赊几日吧，这钱我一定要还的，君子言而有信，麻烦你再给我来一碟茴香豆，一碗老酒，今天不赊账给现钱。（边说边掏出几文钱一枚一枚地排在柜台上）

（掌柜的无奈地摇摇头，拿出一碟茴香豆，一碗老酒。）

客人甲：哟，孔秀才来了，今天给我们说一说茴香豆的“茴”有几种写法呀？

孔乙己：（用小拇指沾着黄酒，摇晃着脑袋，拿起客人甲的手在上面划着）这茴香豆的“茴”有四种写法。

客人乙：（在旁边看着）哎呀，到底是孔秀才呀，如果科举不废除也许还中了举人，像丁举人老爷那样威风。孔秀才，听说您前几日在举人老爷家偷书被吊起来打了一顿，有这事吗？

孔乙己：（恼怒状）你们凭空污人清白，读书人窃书不算偷，读书人的事，能算偷吗？

客人甲：那挨打的时候，你是不是也说，多乎哉不多也？（众人哄笑）

孔乙己：我是读书人，是唯一穿长衫站着喝酒的人，和你们这些个打短工的不能一般见识。（走到柜台前，靠在柜台上吃一粒茴香豆，喝一口酒）

祥林嫂（拄着拐杖，挎着篮子，拿着一只破碗，自言自语）：阿毛，阿毛，你在哪儿？

（走进酒店，破碗伸向店掌柜，掌柜拿出一碟茴香豆，倒在碗里。）

掌柜的：可怜呐，可怜。

祥林嫂（对着众人）：我真傻，真的，我单知道雪天野兽在深山里没有食吃，会到村里来，我不知道春天也会有。我一大早起来就开了门，拿小篮子盛了一篮豆子，叫我们的阿毛坐在门槛上剥毛豆。他是很听话的孩子，我的话句句听。他就出去了。我就在屋后劈柴，淘米，米下了锅，打算蒸豆。我叫，阿毛！没有应。出去一看，只见豆子撒得遍地，没有了我的阿毛。我央求人去寻找，几个人只在山沟里的树杈上发现挂着一只他的小鞋。

客人甲：（走到祥林嫂旁边，接着说）再往里找，他躺在草窠里，肚子里的五脏已经给狼吃空了，他的小手还紧紧地捏着那只小篮子呢。（回到酒桌）可怜的女人呀，这些话都说了多少遍了，我的耳朵都起老茧了，难怪鲁老爷不让她当佣人了，把她给辞了。

客人乙：这女人真晦气，颧骨高克男人，克死了丈夫，嫁了贺老六，又克死了贺老六，儿子阿毛也被狼吃了。她克死了两个男人，死后要被锯成两半，她得捐个门槛，得千人踩万人踏。

孔乙己：掌柜的，你再给她几文钱吧，记我账上。

（店掌柜拿出两个铜钱给祥林嫂，在黑板上记下两文大钱。）

祥林嫂：我只知道冬天的狼吃人，不知道春天的狼也吃人，阿毛，阿毛，你在哪儿？（哭喊着下场）

华老栓（上场）：掌柜的，听说要杀革命党了，什么时候开斩？

掌柜的：你打听这干吗？你儿子是革命党？

华老栓（摇头）：你可不能瞎讲，要杀头的。我儿子小栓，得了肺痨了，成天咯血，找一高人开了个药方子，说吃了沾着人血的馒头能去了病根儿。

掌柜的：没听说还有这等偏方。听说这儿日要斩革命党，有咱们镇上大户人家夏家的儿子，夏瑜。

客人甲：华老栓，夏少爷年轻力壮，那血一定新鲜得很，你可不要错过呀。

华老栓（举着双手）：苍天有眼，这下子我儿子小栓有救了，我得回去告诉孩子她妈。（下场）

阿Q（上场，手里拎着半只鸡，边走边啃，用袖子抹着油嘴，唱着《小寡妇上坟》）：掌柜的，来几碗老酒。（拿出一袋子钱，往柜台上一丢，脖子扬了起来。）

客人甲：这不是阿Q吗，多日不见，阔多了，在哪儿发的财？

阿Q：妈妈地，老子上城去了，城里杀革命党，你们看过杀人吗？唉，好看得不得了，好看，好看，一个女革命党人，长得蛮好看的，也被杀头了（扬起右手，在客人甲的脑袋后比画着）：嚓！嚓！

小D：你不是在静安寺偷了人家尼姑种的萝卜，人家问你要，你还说这是你的，你叫它答应吗？

阿Q：你这个死小D，抢了老子在赵家的饭碗不说，还敢揭老子头上的伤疤，畜生。（扑上前去揪住小D的小黄辫子）

小D：（作求饶状）我是虫子，好吗？

（阿Q继续揪着小D的辫子不放，两个人打了起来，众人劝架，俩人同时松手。）

阿Q：（回过头，恶狠狠地）记着吧，妈妈地！

小D：（回过头，恶狠狠地）妈妈地，记着吧！（众人又回到喝酒的原状）

（涓生上场，拿着一朵玫瑰花，等待子君。）

客人甲（指着涓生和客人乙耳语）：看，那不是涓生吗？这些读书人总是不安分，追求什么婚姻自主、新潮生活。

客人乙：是呀，不按老祖宗的规矩来，和那个子君小姐，没有明媒正娶就住在一起，闹得满城风雨，这是不是也是革命呀？

（俩人发出大笑。）

（子君上场。）

涓生：（充满了幸福感）子君，告诉你一个好消息，房子我找好了。

子君：（环顾四周，兴奋地）真的？这么快？

涓生：是啊，房间虽然小了点，厨房也是和房东合用的——可是带家具，这省了我们不少事情。只要你和我永结同心永远相爱——

子君：就是嘛，只要你我永结同心永远相爱，房间大小有什么关系？厨房合用又能怎么样？涓生，我只要你爱我——（轻声）这就足够了。

涓生：我当然爱你！我向你求婚——殷殷相告。（上前单腿下跪，拉着何子君的手亲吻）

子君：你对我下跪——脉脉含情。（拉了涓生一把，涓生乘势站起）

涓生：你我无有父母之命，有什么要紧呢。

子君：那些媒妁之言，都让它靠边站！

涓生：一切世俗陋习都丢在脑后。

子君：花轿红裙统统都给我让开。

（史涓生握着何子君的手一齐举起。）

涓生：来吧，我亲爱的！（史涓生拥住何子君下场）

（假洋鬼子上场，留着辫子，戴礼帽，女子穿西服，挎着一个娇艳女子，女子穿着露大腿的旗袍，怀里抱着一只哈巴狗。）

掌柜的：钱先生，多日不见，可好？（假洋鬼子傲慢地点点头算作回答）

客人甲：这不是钱老太爷的大儿子吗？他不是跑到东洋了吗？回来时腿也直了，辫子也不见了，他的母亲还大哭了十几场，他老婆跳了三回井。

客人乙：阿Q不叫他假洋鬼子吗？里通外国的人，还带了个上海的婊子回来。

假洋鬼子：（环顾酒店，用拐杖指着四周）怎么这咸亨酒店还是一副老样子，客人嘛还是些打短工的，掌柜的你得革新，你得来点儿新潮的东西，雇几个漂亮的女招待，就像我这漂亮的宝贝。（拍着情人的手）

情人：（娇滴滴地指着假洋鬼子的脑门）讨厌！

假洋鬼子：（对着掌柜的）不要老是黄酒，茴香豆，要有洋酒，日本料理。柜台上搁一个留声机，放一放女歌手的歌儿，多新潮。

情人（用手帕掩着鼻子，娇滴滴地）：你这咸亨酒店有什么好玩的，尽是些穷打短工的，我可不吃什么茴香豆，喝什么老酒，我要吃西餐，我要去舞厅，我要 party。

假洋鬼子：好的，好的，宝贝儿，我这就带你回上海，去大世界。（对着掌柜说桑扬娜拉）

（挎着他胳膊的情人在门槛上绊了跟头，众客哄堂大笑，女子拎着一只高跟鞋狼狈下场。）

阿Q（上场，与假洋鬼子碰面，阿谀状）：洋先生，听说你革命了，我也想革命，也想剪辫子，造秀才老爷家的反，我要投……

假洋鬼子（挥着手杖）：投什么？投你个鬼，你也要革命，你也配革命，滚！（下场）

阿Q（对着背影）：呸，不准我造反，只准你造反，妈妈地，假洋鬼子，好，你造反，造反是杀头的罪名呵，我总要告你一状，看你进县里去杀头，满门抄斩——嚓！嚓！（进入酒店）

举人老爷（上场，神情威严）：谁说革命？谁敢造反！（拐杖敲打着地）

众人（起立低头，恭敬地）：举人老爷。

举人老爷：（用拐杖指着阿Q的头）听说你也姓赵，和我是本家，你也配姓赵？你想革命，想造反，你的脑袋在脖子上待腻味了，想搬家了，革命党人没抓够，又多了个凑数的。（用拐杖抽打着阿Q）我让你革命，让你革命，滚回你的土谷祠去。

阿Q（边躲闪边说）：君子动口不动手，（被追打着跑出酒店，摸着头冲着举人老爷的背影）呸！我们先前比你阔多了，你算什么东西！（对着观众）今天我总算被儿子打了，现在的世界真不像话，妈妈地！

（小尼姑上，与阿Q差点撞上。）

阿Q：（眼光暧昧地围着小尼姑转）这不是静安寺的小尼姑吗？我不知道我今天为什么这样晦气，原来就因为见了你！咳，呸！（小尼姑低头躲避，想绕过，阿Q上前摸小尼姑的头）秃儿，快回去，和尚等着你。

小尼姑：你怎么动手动脚！

阿Q：妈妈地，和尚摸得，我摸不得？

（酒店的人出来看热闹，阿Q更加兴高采烈，去摸小尼姑的脸。）

小尼姑（哭喊着）：你这断子绝孙的阿Q。（跑下，阿Q追下）

（众看客哈哈大笑。）

狂人（上场，翻看一本书，边走边自语）：今天没月光，我知道不妙。早上小心出门，赵贵翁的眼色便怪：似乎怕我，似乎想害我。还有七八个人，交头接耳地议论我，又怕我看见。一路上的人，都是如此。其中最凶的一个人，张着嘴，对我笑了一笑，我便从头直冷到脚，晓得他们布置，都已妥当了。周围的人都在吃人，昨天晚上大哥在吃人，（用手指着店里的客人）你们早晚都会被吃掉，被吃掉。（在酒店里乱转，在客人的盘子里抓一把茴香豆塞在嘴里，端起一碗酒喝下，走到小D身后揪着小辫子）好玩儿好玩儿，人还留着小尾巴，好好玩儿，好好玩儿。（走到柜台前拿起算盘晃来晃去，又拿起板擦要擦掉）上面有字，写着吃人，吃人！

掌柜的（叹息摇头）：这孩子疯得不轻。回家去吧，没人要吃你。（把狂人哄着送出店）

狂人（继续自语）：今天没有月光，我知道不妙……（下场）

客人甲：这些个青年人都是读书读坏了，不好好读四书五经，圣人贤书，都被什么新思想害了。可怜哪，可怜！

掌柜的：今儿大伙散了吧，我要打烊了。（看着小黑板，数着）孔乙

己欠50个大钱。这账是越欠越多了。（摇头作无奈状）

第二幕

地点：咸亨酒店

客人甲：掌柜的，这几日不见了孔乙己，听说被打断了腿，他欠的账恐怕还不回来了。

客人乙：孔乙己因为偷书被吊起来打断了腿，这个孔秀才可彻底地废了。

客人乙：听说今日要杀革命党人了，有好戏看了。

小D：听说阿Q也是革命党人，昨晚也被抓捕了，也要被斩了。

涓生（上场神情忧郁叹息）：愚昧，愚昧！

子君：涓生！

子君：涓生，你真的有点变了，变得我都快要不认识了。你说要寻我这个红颜知己作终身伴侣，相伴终身，这话至今还留在我的心坎上。（拉着涓生的衣角）你的话如今还能兑现吗?!

涓生：到如今我已经没有勇气——我只能够挣脱你的双手。

（涓生抬头看外面）

子君：你想怎么样?!（声音轻得像蚊子叫）

涓生：你既然是一位新女性，还是去开辟新的路，去再造新的生活。免得跟着我一起沉下去……（偷眼望去，准备她发作）

子君（盯着涓生，眼含泪水）：涓生，你……

涓生（胆怯怯地抬头看着何子君，低声）：子君——

子君：涓生，涓生，我要走了，我父亲要带我回去，我不要回家，你带我一起走，走得远远的，你还记得我们当时的情景吗？你给我讲易卜生，讲出走的娜拉，讲《海的女儿》，讲男女平等，讲个性解放，讲自由独立。你说我们来开一条新的路。

涓生：但是当我们同居以后，你每天只忙于养那些阿随和油鸡们，书也不读了，人也变懒了，越来越麻木了。和官太太们为这些小鸡小狗们吵嘴，我们还要忍受房东和他家女工的冷眼，周围人的议论，生活的窘迫。这不是我想要的新生活。我们往哪走，走到哪里都一样，当时，是当时，现在是现在，我累了，你还是回到原来的生活去吧。

（涓生下场。）

子君（哭喊）：涓生，涓生！（追下）

孔乙己（坐着蒲团入酒店）：掌柜的，给赊一碗老酒，一碟茴香豆。

掌柜：哎哟，孔先生，你怎么成这个样子啦，你欠的账，小黑板都写不下了。

孔乙己：会还的，会还的，不多也，多乎哉！（众人讥笑）

（酒店外有人喊，杀革命党了，快来看热闹了。）

（众人都涌出酒店外。）

（阿 Q、夏瑜被绑推上场。）

（掌柜的拿了两碗酒让刽子手给夏瑜，夏瑜打飞了碗，阿 Q 喝了喊）：好喝。好喝，不掏钱，再来一碗。

县太爷：夏瑜，你可知罪？你谋反，阿 Q 也是你的同党？你俩今天一同问斩，你还有什么要说的。

夏瑜：想我华夏几千年文明，被清政府割地赔款，生灵涂炭，到处都是大烟馆，官场腐败，民众麻木……我死不足惜，只希望用我的血唤醒民众，推翻这个黑暗的社会。你们这些刽子手，你们这些冷漠的看客！

夏大妈：儿啊，妈本指望你好好读书，当个教书先生，妈给你娶个大户人家的小姐，安安稳稳地过日子，给我们夏家传宗接代。他们说你谋反，说你是革命党人，你可从小是个听话的孩子，是个知书识礼的人，妈相信你不会干伤天害理的事情。自从你被官府抓了之后，你爹他四处托人，把一半的家产都押出去了，给官府送了好多白花花的银子，听说你要被杀头，你爹他急得吐血而亡。（对着县太爷）老爷，你发发慈悲吧，我儿子冤枉啊，我给您跪下了。（下跪）

夏瑜：妈妈，你不要给他们下跪，我们中国人下跪得太久了，妈妈，你不要悲伤，我死了以后，只希望你上坟的时候不要烧纸钱，烧香，你只在我的坟上放一个白色的花环，我要用我的鲜血把它染红，让这华夏大地开满民主、自由的鲜花！

县太爷：不许你胡说八道，快把他嘴堵上，推下去候斩！（刽子手将他的嘴捂上，推下）

县太爷（对阿 Q）：阿 Q，你还有什么要说的？你为什么要革命？

阿Q：为什么革命？大人，革命了我也可以和假洋鬼子一样剪掉辫子了，可以把秀才老爷家的铜床搬回自己家了，我可以摸小尼姑的光头，我也可以和吴妈困觉了。

（众看客哄笑，阿Q作得意的样子。）

县太爷：废话少说，赶紧画押吧。

阿Q（脖子一扬）：妈妈地，我不识字。

县太爷（不耐烦地，挥挥手）：那你画个圈吧。

（刽子手送上纸笔，阿Q在衣襟上擦了擦手，在约纸上画了圆，欣赏了半天，似乎还有些遗憾。说道）：妈妈地，怎么不够圆啊。

县太爷（把签往地上一扔）：时辰已到，推下去斩了！

阿Q（下场时喊着）：妈妈地，老子二十年后又是一条好汉！

众看客（高喊）：阿Q，唱一个！

阿Q：我手执钢鞭将你打。（声音嘶哑）妈妈地，真遗憾，头儿起高了。唱不下去了。（被推下）

第三幕

（酒店外飘着雪花。）

（酒店内。）

客人甲：自从杀了革命党人，有一阵子没得热闹看了。这酒店也少了几个热闹的客人。掌柜的，有些日子没看见孔乙己了，听说病得不轻，一命呜呼了。

客人乙：是呀，阿Q被斩了，子君被她父亲带走了，听说也死了，涓生也不见了，不知跑哪儿了，这酒店可真有点冷清。

掌柜：孔乙己欠我这酒钱可是要不回来了。（拿起板擦，边叹息，边摇头，把孔乙己擦掉了）

（酒店灯光灭。台上黑暗。只有一圈儿光亮。）

（场外响起“儿子，儿子，我的儿子”的呼喊声。）

（夏大妈，华大妈，华老栓同时上场。）

华老栓（上场，接近疯癫，哭喊着）：我的小栓死了，我的小栓死了，老天爷呀，吃了人血馒头怎么没有用呢，这害人的药方子，为什么，为什么呀？

华大妈（捶胸顿足，声音凄惨）：我的儿呀，让我可怎么活呀。（捶打着华老栓）都怪你，都怪你，我说咱们多去庙里烧香拜菩萨，要不请个跳大神儿的给治治，要不给他娶个小媳妇儿冲冲喜，你非得吃人血馒头，还把房子也卖了，花了十几块大洋买人血馒头，现在可好，房子没了，儿子也没了，你让我们怎么活呀，你还我儿子！（华老栓低头擦泪，叹息）

夏大妈：（愤怒地指着）你们那人血馒头可是我儿子的血，我儿子的血不是白流了吗？你们吃人血馒头有何用啊，（对观众）可恨的人血馒头，可恨的药方子，你到底要害死多少人呀！

华大妈：我们都是苦命的人呀！

（三人边走边喊向空中撒着纸钱，绕场一周下。）

涓生（拎着一个皮箱上场，环顾四周）：就是在这酒店，我最后拒绝了子君，子君死了，子君再也不会回来了，我愿意真有所谓的鬼魂，所谓的地狱，那么，即使在孽风的怒吼之中，我也将寻觅子君，当面说出我的悔恨和悲哀，祈求她的饶恕。这四周围是广大的空虚，还有死的寂静，我仿佛一一看见，还听得见一切苦闷和绝望的挣扎的声音。我还期待着新的东西的到来。沉那默啊，沉默，不在沉默中毁灭，便在沉默中爆发。我要离开这里，要能够，我写下我的悔恨和悲哀，为子君，为自己。我要向着新的生路跨进第一步去，世上本没有路，走的人多了便有了路！（下场）

祥林嫂（上场，拿着破碗，佝偻着身子，颤巍巍地走上台）：我真傻，真的，我单知道雪天野兽在深山里没有食吃，会到村里来，（酒店客人有给小钱的，有不耐烦的，有躲避的）我不知道春天也会有。我一大早起来就开了门，拿小篮子盛了一篮豆，叫我的阿毛坐在门槛上剥毛豆。他是很听话的孩子，我的话句句听。他就出去了。我就在屋后劈柴，淘米，米下了锅，打算蒸豆。我叫，阿毛！没有应。出去一看，只见豆子撒得遍地，没有我的阿毛。我央求人去寻找，几个人只在山沟里的树杈上发现挂着一只他的小鞋，再往里找，他躺在草窠里，肚子里的五脏已经给狼吃空了，他的小手还紧紧地捏着那只小篮子呢。我只知道冬天的狼会吃人，不知道春天的狼也会吃人，阿毛，阿毛（声音越来越微弱，倒在雪地里）。

（狂人捧着书本上场，背后夏瑜和夏大妈，阿 Q，华老栓和华大妈，子君和涓生，孔乙己和祥林嫂一一随着狂人的独白上场）

狂人：凡事总需研究才会明白。古来时常吃人，我也还记得，可是不甚清楚。我翻开历史一查，这历史没有年代，歪歪斜斜的每一页上都写着“仁义道德”几个字。我横竖睡不着，仔细看了半夜，才从字缝里看出来，满本都写着两个字，“吃人”！（环顾四周）这世界好黑暗，好恐怖呀。夏瑜被吃了，阿Q被吃了，华小栓被吃了，子君被吃了，孔乙己被吃了，祥林嫂被吃了，（用手指着台下的观众，有爆发力的声音）还有你们，你们也迟早被吃掉。我要掀掉这吃人的筵席，砸烂这杀人的厨房，快来人啊，救救我呀，救救孩子！救救孩子！（灯光骤亮，台上幕后出现响口号：救救孩子！）

山楂妈妈的远方[①]

鄢　冬

主要人物简介：

李雨燕：32 岁，无固定职业，为生计奔波四处，拥有不凡的写作才华。

夏先生：45 岁左右，敦厚喜感，名牌大学博士，文学教授，学识渊博但也好虚荣，作家学院的班主任。

羊夫：35 岁左右，桀骜不驯，有才华，好色但有底线，热心但吝啬，在同学们中威望甚高。

刘二妮：36 岁，东北俏佳人，风风火火，无心机，直来直去。

陈莉：40 岁左右，理性主义者，有一个自闭症的儿子，她希望把儿子的故事写成电影。

王有才：28 岁左右，口吃，腿短肚子大，特别爱打探八卦消息，班里的小灵通。

奥特：35 岁左右，非著名歌唱家，破产企业老板，放不下当初的文字爱好。多才多艺但也颇自恋，天生底子好，大家叫他奥特曼。

小云：30 岁左右，恨嫁才女，她基本把班级上的帅哥才子都喜欢了一遍。

雨燕儿子：23 岁左右，励志男青年，是雨燕的养子。

序

上午　教室

舞台上简洁设计。以作家学院教室为背景。舞台上放置椅子、夏老师讲桌、黑板等道具。舞台右侧放置一株写意的山楂树。

---

① 本剧曾获 2020 年度中国戏剧文学学会潜力剧本奖。

座位上，羊夫等六名同学各有所思。

羊夫面容英俊，但肤色发黑，较高，留八字胡，眼神坚定但透露着犀利和玩世不恭，他跷起二郎腿，一边看着表，一边审视着夏老师，同时，皮鞋的油光随着抖动的二郎腿更显出波澜。

二妮肤色白皙，眼神刁钻，似乎只有在注视羊夫时才有那么一丝女性的温柔，她穿搭显得随意，描眉画眼也显得夸张且土气，箕踞而坐。

小云的穿着比较有文青范儿，看得出来，她还在努力与岁月较量，因此还保持着小女孩的精神状态，她也喜欢沉思，只不过她的沉思并不显得出格，与整个人的沉静气质并无二致。

有才也在沉思，只是他似乎是天生的乐天派，不喜欢故作忧郁，他的沉思可能显得更加简单和透明。他的装扮与别人相比，略显花哨，这能看出他来到作家班之前可能短暂地风光过。

奥特有一些花美男的气质，在读书、听课之外，休息时间他也会认真地摆弄自己的手指。他是个封闭型的写作者，除了他自己的世界，几乎不会关注到别人的存在。只是，不用怀疑他对于学业的执着，他的笔记工整漂亮，不想漏掉老师的每一句话。

陈莉大部分时间都在不停地敲打键盘，很显然，她急于证明什么。因此，有时你分不清她到底是在记笔记还是在构思她的剧本。尽管她已经是一个中年女人了，尽管她没有那么多精力去爱护自己的容颜，但还是有几分俏丽和坚韧写在脸上。

夏先生坐在椅子上，越来越快地翻动着桌子上同学们提交的作品，很显然，他十分不满意，焦躁越来越多地写在他脸上。他应该是个比较讲究形象的老师，平时多信奉儒家温良敦厚的君子之风，可一旦触碰到他不可容忍的底线，他也会情绪激昂、言辞急切。他有时喜欢穿西装上课，有时也喜欢穿一些中式衣服。他身材微胖，走起路来步履铿锵。

众人低头不语。

夏先生：这就是你们奋斗了半年的作品吗？文明市有那么多文艺爱好者，只有你们来到了作家学院，就拿出这些垃圾来让我吃吗？你们对得起半年来背井离乡、抛家舍业、风餐露宿、挑灯夜读的自己吗？

王有才：夏夏夏先生讲了啥，我虽然听不懂，但是他他他好认真啊。

羊夫（大声对夏先生说）：老夏，这俗话说得好啊，垃圾是放错地方的金子。另外，我可没有挑灯夜读，哥靠颜值和才华吃饭。

夏先生：你！不可理喻！

（刘二妮飞过来一个纸条，砸在有才头上。）

王有才：谁，谁谁打我？（二妮示意让有才劝劝羊夫，有才不解）（打开）里面也没字啊，是不是有啥机关，啊啊，对了，我看过谍战剧，是要用口水蘸一下就就有字。（展开）

夏先生：（冷静些）你们要觉得我说得不对，你们把这些东西取回去，互相看看，看看你们的才华，看看你们的思想和让你们骄傲的文字，它们互相长什么样！

（无人敢动。）

羊夫：都怂了？敢写不敢看？我跟大家汇报一下我的作品，我写了一篇散文，开篇是："在浩渺的星空中，有许多星球，唯独地球是靠所谓的文化托起的。"

王有才：老大，老大，开篇多多大大大气！

羊夫：然而，我们根本不了解文化真正的功能和价值。无数的文字垃圾被产生，背后是无数森林的哭泣，最可笑的是，这些文字垃圾堆成的书本上，人还妄图寻找到永恒的智慧。简直是不自量力！

王有才：论述多有劲儿，劲儿！

夏先生：（奋力拍桌子）有辱斯文，有辱斯文！没有文化，地球还能转吗？没有文化的人，还能活在地球上吗？这就是你们深刻的思想？你们自已看！

（把作品向天上一抛。）

（羊夫好事，一张张捡起来。）

羊夫：啊呦，这是小云的诗，我给大家读一读。

小云：（悄悄）别别，亲哥亲哥。

羊夫：我愿意成为一条狗，每时每秒跟着你。只要你能抛下多情的骨头，我就上去舔一舔。

羊夫：哎，还有一张画，二妮啊，你天天对着电脑在那鼓捣，就弄出一张"小鸡吃米"，这啥意思？

刘二妮：我，我实在不知写啥，就想画一张《百鸟朝凤》献给夏老师，结果时间有限就弄了只鸡。

（众人实在憋不住了，哈哈大笑，夏老师哭笑不得。）

羊夫：有才兄弟的大作，我得好好看看。

王有才：（突然憋住笑）哥，哥，亲哥，这这你你你真不能看。

羊夫：如果我可以有三百六十五个祝福的话，我真想祝羊夫永远结不了婚，生不了娃，当不了爸爸。这个霸道蛮横无理，连放屁都得有人鼓掌的家伙，我祝他百年之后一切都好。好，好，（上去掐有才）我让你好！（和有才厮打，大家劝架，一片混乱）

奥特：我看不惯羊夫很久了。我也祝福你百年好，呵呵呵。

陈莉：（冷笑）哼哼，无聊。

夏先生：够了够了！是我错了，是我错了！你们原谅我，原谅我好吗？（向众人鞠躬）

（大家收手。）

奥特：老师，您别这样。都是我们不争气。大家回座位！我们的事，我们下课解决。

羊夫：奥特曼，你一个天天学猫叫的选手，在这装什么老虎呢？你在那装假正经，连个《小苹果》都唱不好还装什么歌唱家！

（奥特恼羞成怒，又觉得不能失去体面，轻轻打羊夫一记。）

羊夫：行，你有种！凹凸曼，你外层空间来的，不懂事！凹凸曼，我十年前发表第一篇小说的时候，你也就才上小学吧！凹凸曼，你读出书里的黄金屋了吗？我十年前就开了两家公司，不好意思，一家还上市了。

奥特：哼！你们这些庸俗的人，我来这以前可是个腕儿！自从不让假唱之后，我就转行了。现在的人心太浮躁，我又太高端，不屑和你们这些庸俗的人做生意！

羊夫：你瞅瞅你那个文弱的样子！你读到书里的颜如玉了吗？有女人喜欢你吗？你现在还是个光棍！

奥特：我不要女人喜欢我，我要（突然瞅着身边的男同学，大家急忙闪开）……妈妈说了，女人是老虎！

羊夫：瞅瞅你那色彩缤纷的小样。（沉默）大家说，你们来这都是想干吗？有才，你来之前在你们市大大小小也是个名人，后悔吗？

王有才：是，来来来来这确实掉粉了。

羊夫：陈莉，别老那么高冷，你来这为了啥？

陈莉：我还不能说。

羊夫：小云，你来这是为了找个优秀的作家男朋友交流人生理想，结果呢？

小云：结果我看谁都像我男朋友，但是他们都觉得是我更像他们的前女友。

羊夫：你们都想当个作家，但来了半年，谁变成作家了？你们的失望、愤懑、绝望只能证明一件事，你们根本就不是作家的料，成为作家压根就是个遥不可及的梦，是美梦，也是最蠢最蠢的幻想！

奥特：不要打破它！不要！！！（声嘶力竭）其实我什么家都不是，我只是一个爱唱歌的孩子，我知道，我唱得不好，但我总是想象自己可以在维也纳开一场音乐会。我经常把羊群和马匹都当成我的听众，心想，如果它们都变成人，该多好？我曾经也只是一个爱写东西的孩子，我知道，我写得也不好，但我总是想象自己写的作品，可以被无数人传阅、点赞。我唱歌唱不下去、写也写不出来，就开了一家家公司，一家家倒闭。我来这，就是想认真地梦一场，我知道是梦，但我有梦的资格，你，你们，都不要破坏它！

（夏老师独自走出教室，若有所思。）

（快闪回忆。）

刘二妮：哥，你有点过了。

领导画外音：老夏，这些年你辛苦了。但是，政府经费有限，你需要给我一些信心啊！

夏先生：领导，您放心，这一次来到作家学院的，都是中青年写作者里最优秀的苗子，他们都身怀绝技，一定能在缪斯山上自由成长，长成参天大树！

领导：咱们市叫文明市，还有缪斯山，可自从这座山有名字以来，咱们市连一个缪斯的影儿也见不着。我也很着急啊！你是咱们市的荣誉市民，应该担负起全民文化建设的责任，一个市如果没有作家，那就像宇宙里没有星辰，我们终将会黯淡无光的呀！

（回忆到此，夏先生百感交集，正了正衣冠，回头对大家说。）

夏先生：同学们！到了下课时间了。我最后和大家说几句吧。你们都是从本市海量的报名表里精挑细选出来的好苗子。我心里清楚，我不是大罗神仙，也不是如来佛祖，不能化腐朽为神奇。我当了几期作家班的班主任了，也没培养几个好作家。在我最困惑的时候，我遇到了你们。这个世界中，意外太多，但你们是我这一生最美丽的意外。你们都是独一无二的角色，哪怕是无法克服的缺点，都让你们显得不同。

本来有些话不该这个时候说的，但恐怕以后我没有说的机会了。

孩子们，你们自由选择你们的路吧。我这个班主任没有抓住你们的心，就不能让你们成为缪斯，让你们写出不朽的作品。我曾经向市长保证过，这一期作家班如果培养不出一个作家，那么我就再也不带作家班了。你们走吧，我读了那么多书，但我多想把你们这一本本书看懂，可是，你们总是拒绝我的注释。

（众人静默。）

（舞台起干冰，灯光切换成梦幻色调。）

（李雨燕从舞台旁侧入场，她面容姣好，身材匀称，既保存着农家女人的质朴，又有生活洗练过后的一丝沉着，更为重要的是，她走起路来总是带着希望。身着朴素连衣裙，拾起散落在地上的作品放到夏老师桌子上，定身回望大家，徐徐走向观众。）

李雨燕（独白）：人和人，为什么一定要分高低！写作难道就是为了曲高和寡，为了耀武扬威，或者，是为了让你在这魂不守舍？俺是村里人，俺只知道一分耕耘一分收获。俺种地的时候，从来没想着有一天会挖出金子，就算挖出来，这金子也不是俺的！俺打工的时候，也从来想不到天上会砸下元宝，就算砸下来，那元宝也不是俺的！俺信一个理儿，在时间面前，没有人可以撒谎。俺倒是真想问问你们，你们难道是因为喝酒、男朋友、减肥、泡妞留下的吗？你们留下，就是因为你们自己的心，它指向远方，并且容不下苟且！

众人：我留下。

我留下。

我留下。

第一场

下午　教室

舞台仍然是以作家学院教室为主背景，椅子位置不动，简洁设计。

羊夫在教室外佯装散步，其实他是在接传说中的美女同学。可用虫鸣鸟叫的声音暗示教室外景。

（李雨燕入场，匆忙中，碰到了伺机搭讪的羊夫。）

羊夫：哎哟，我的腰啊！

李雨燕：对对对对对不起！您老没事吧？

羊夫：哎哟，姑娘啊，谁老啊？

（定睛一看，羊夫动情。）

李雨燕：你的腰！（扶羊夫）

羊夫：哎哟！我的腰本来是个惊叹号，你一碰就成问号了。你得负责，不然我就躺在地上变成省略号。

李雨燕：你不是碰瓷的吧，我可没有钱。

羊夫：我不劫财，（谄媚）我就劫色。

李雨燕：啊？

羊夫：啊啊啊，我接你，你要去作家学院？

李雨燕：是啊！

羊夫：找不到路？

李雨燕：对对！

羊夫：跟哥走！

李雨燕：你？你是谁啊？

（生生拽走。）

（奥特不在教室，其余学生交头接耳聊八卦。）

（王有才早就等到外面，看到两人，赶紧进到教室。）

王有才：哎哎哎哎哎，来来来了来了

（大家一改刚刚的兴奋，赶紧佯装读书学习。）

羊夫：（正声）各位，我给大家介绍一下啊！（没人理睬）亲爱的同学们，把毁人不倦的事业先放一下！（走到王有才身边）兄弟，拿倒了。

李雨燕：各位老师好，我叫李雨燕，我是来旁听学习的！

王有才：籍贯？

奥特：爱好？

小云：理想（停顿）的男朋友？

李雨燕：（愣了一会，机关枪语速）俺今年32，俺是文明市水坝乡人，俺喜欢晒太阳、遛俺家大狼狗、画画俺们家的花！俺想成为俺们乡最棒的诗人！

羊夫：雨燕，别理他们，你们几个，对人家客气点！

（众人起哄。）

（学宋小宝，使劲拍一下雨燕的肩膀。）

雨燕呐！

（众人不适。）

哥向你郑重做一下自我介绍。我叫羊夫，他们都把我当老大，你么，可以管我叫小羊哥。

（众人更加恶心。）

李雨燕：呃，俺，还是叫你羊夫哥吧，本来俺心理承受能力，就不太强。

王有才：哎，那个，那个雨燕呐，你咋来这个班的？

刘二妮：切！肯定不正常！想当初我来那会儿，可都是层层筛选，以才华，完胜！

羊夫：你快得了，哥可是欣赏过你的“小鸡啄米”！哎，燕呐！你平时写啥的？

李雨燕：啊，我，我就是在博客写写诗，然后被夏老师看到了，就邀请我来旁听。

王有才：哎哎呀，老夏还还邀请你？

小云：夏老师邀请，看来雨燕姐肯定不一般。

羊夫：啊哼，诗人嘛。语言天赋是有滴，可是呢，要说起真正的大作家，可就不仅写点小诗了。还得写小说，得写鸿篇巨制。羊某不才啊，和各位汇报一下，我最近构思的一百万字的长篇，已经写了三十七个字了。

陈莉：羊夫，你吹牛不怕闪着腰嘛？作家又不只能靠大部头，鲁迅、契诃夫、莫泊桑、欧亨利哪个不是大师，可我没听说谁写一百多万字的小说。

小云：羊夫哥，中国有李白杜甫，古希腊有荷马，德国有歌德，英国有雪莱拜伦，他们可都是一流的大诗人、大作家。

羊夫：哎，你们？

李雨燕：羊夫哥，俺知道你写小说，俺还拜读过好几篇呢！

羊夫：（转怒为喜）啊哼，你们跟我混了这么久，觉悟还不如人家刚来的。燕呐，你看啥了，给哥指点指点呗！

李雨燕：羊夫哥，我看了你在《荒原》杂志上发表的《时代列车》，还有在《清明》杂志上发表的《雪国记忆》，写得真好，有气度也有情怀，作品里还有一种粗粝的美感。

羊夫：燕！知音，知音呐！（上去抓李雨燕的手，被急忙挣脱）你能在这些粗粝的美感背后察觉出一个完美的男人吗？

李雨燕：（尴尬地）嗯，啊。

小云：陈莉姐，要不咱们撤了吧，粉丝见面会我们就不参加了。

（众人正欲走。）

羊夫：（喜形于色）哎哟，哎哟，哎哎哎，都别走！中午我请大家，有好酒。

众：你请客？

（电话铃声打破了喧哗。）

（雨燕看了一下手机，急忙挂掉。）

羊夫：各位，今天我让后厨的王师傅备了一道大菜，羊肉火锅！

刘二妮：哎呀我的哥，这也太离谱了！上次请咱们吃饭要了十盘凉菜。（众人笑）

刘二妮：奥特曼咋没来？

羊夫：奋发图强呢！也不知道一天到晚跟着夏老师混有什么出息。

小云：奥特哥肯定在构思他伟大的作品，我猜，里面一定有我，而且他还要踩着七彩祥云来接我。

王有才：小小云，你你你构思了一半，另一半应该是，他看见女主角是你，骑着一头驴跑了。

众：哈哈哈哈哈哈！

羊夫：同志们，同志们，今天，又加入了一位新成员，我，昨天晚上是宿夜未眠，心想，该怎么隆重地接待这位新成员呢？

刘二妮：你是思春睡不着吧？我咋不信你半夜睡不着，还能想这么多？

王有才：住住口！我们老大不不不……

陈莉：不是个正经人！

（李雨燕笑了。）

李雨燕：亲娘哎，难道吃顿饭，都得有个启动仪式嘛！

陈莉：雨燕，我们开学半年了，羊夫可是隔三岔五请客，只不过每到结账的时候他都喝多了。

羊夫：哎？我说你们诚心的是不？我还就告诉你们了，一，今天我不喝酒；二，今天涮锅子的菜，都是我早晨下山买的。

刘二妮：陌生！肉呢？

羊夫：走走走，先去了再说！

王有才：（着急地）哎哎哎，快走快走！

（雨燕电话铃声响起，钢琴曲。）

李雨燕：喂。

（电话那头一顿训斥，声音很大，大家驻足聆听。）

李雨燕：（慌张压低声音）俺在吃饭，一会儿给你回。

羊夫：谁啊？

李雨燕：和你有什么关系？（脸红）

刘二妮：看她紧张样，肯定是她男人！

李雨燕：是俺丈夫，俺来，他不太同意，有点小情绪嘞。

（王有才突然感到气氛不对。）

王有才：啊，那个，我我我赶紧吃一口，吃完回去该该该给我的小羊羔喂食了。

刘二妮：哎？你还有羊羔，啥时候捡的！

王有才：啥啥啥叫捡的，那是我邂逅的。羊羔和它妈走散了，我就就就养起来准备咱们毕业时候杀了吃。

（又有电话。）

李雨燕：干甚啊！两个月俺就回家行吗？好好说话，旁边有人。（羞惭，转移话题）儿子，儿子咋样？

众：儿子？

（雨燕丈夫声音更大了，看起来像是对雨燕进行训斥和羞辱。）

陈莉：哎，妹子！（追）

刘二妮：散吧，好戏。

王有才：嘿嘿，我就说，我我我我得赶紧回去喂羊呢。我这羊，可喜欢我了，我中期作品就靠它了，我就写一篇小说《关于我和羊不得不说的24个瞬间》。

羊夫：不用回去了，你也不用说了。

王有才：那那那不中，羊饿。

羊夫：羊已经不会再饿了。

王有才：也是，我忘了，哥哥哥你上课前还说去喂它来着。

羊夫：羊，饱了。（指着肚子）

（众人纷纷拿起手机，借故离去。）

王有才：哎呀，哥，小羊羔没喂怎么可能饱呢！它又不可能被你杀了，它是个活物啊！哥你提醒得对啊，我赶紧吃完把剩菜打包回去喂羊多好！哥，你是我亲哥啊！

羊夫：你真是太有才了！

第二场

清晨　宿舍

此处为写意设计。舞台上三个宿舍空间分别用两把椅子象征。舞台正中间偏后位置放置一个桌子，后面有两把椅子代表李雨燕、陈莉宿舍，后改为小云、二妮宿舍。舞台左前方放置两把椅子代表羊夫、有才宿舍，舞台右前方放置一把椅子代表奥特宿舍。

李雨燕和陈莉宿舍。

灯光为冷色，象征着阴谋和诡诈。

李雨燕：姐，你说，羊夫那样的人，为什么大家这么听他的话？俺不理解。

陈莉：羊夫啊。他这个人小毛病一堆，但古道热肠，有侠义精神，别看他玩世不恭的，谁有事他都第一个出现，这个世界上，装君子的人太多，但像他这样真诚的假小人太少了。

李雨燕：可能是俺误解他了。姐，你今天写东西了吗？

陈莉：今天收获不小，快把剧本写完了，不过总觉得缺点啥。太长时间没写了，感觉都钝了。

李雨燕：这段时间，大家都好努力，就是不知道效果咋样。

陈莉：是啊，写作这条路太难走，走着走着就把自己丢了。

李雨燕：姐，我不会丢的。而且我感觉自己这段时间很有长进。看看，这是啥？

陈莉：这是？

李雨燕：这是一本文学杂志，叫《母亲》。我也不知编辑咋找到我，可能是他看到俺在博客上写的诗？他打电话来让俺给他们写一个专栏，俺一开始以为是假的，今天我收到刊物，里面还有稿费领取单嘞！2000 块钱，俺写东西从来没赚过这么多钱！

陈莉：哦，那，真是恭喜你。

李雨燕：哎，姐，你拿过这么多稿费没？

陈莉：没有。

李雨燕：俺写了十几年的诗嘞，老被别人笑话。以前俺在饭店干活时候，被鱼刺扎得满手是伤，下了班俺就去网吧写博客。可能是老天爷眷顾俺了吧。哎，对了，姐，编辑还跟我说，要让我长期写下去，每个月 2000 块钱，那俺就不愁吃穿了。

陈莉：那真是太好了。（皮笑肉不笑）

李雨燕：姐，我想请大家吃个饭，一来是感谢，二来，也是大家和我高兴高兴。行吗？

陈莉：行啊，你成功了嘛。（冷漠地）

李雨燕：我这就请。（掏出手机，先下）

陈莉：（思索一会儿，拿出手机）喂，有才？（下）

二妮和小云上，坐在陈莉和雨燕的位置。

三个定点光起，舞台右侧是奥特宿舍，舞台左侧是有才宿舍，舞台中后侧是二妮和小云宿舍。

刘二妮不停在纸上涂涂画画，看来很不成功，气愤撕掉纸，揉成一团扔了。

正好有微信语音。

刘二妮：（读出声）大家好，半年多来承蒙各位照顾。

（奥特正在对着镜子张大嘴巴练声，却怎么也喊不出来，直到微信来了。）

奥特：（念出声）明天中午我请大家吃海鲜。

（有才正在边梳头边朗诵海子诗歌。）

王有才：从明天起，做个幸福的人，（念出声）收到回复。

奥特：海鲜，不长肉，回复。

刘二妮：李雨燕咋了这是？傍上大款了还是被钱砸着了？原来连肉都吃不起。这事有鬼，不能随便回。（拨打电话）

（羊夫电话铃声为羊夫自制跑调的《小燕子》。）

王有才：每每每次起床都得这么惊心动魄吗？

羊夫：你懂啥，只有自己的歌声，才能叫醒沉睡的躯壳。喂？

刘二妮：哎，看见了没！

羊夫：啥？

刘二妮：看群里！李雨燕明天请客，还吃海鲜！我就纳闷了，她平时都那么小气，咋有钱请客，你可小心点啊，别在她身上投入太多，她是有家的人！我就困惑了，为啥不考虑考虑更优秀的人，比如我。

（羊夫挂了电话。翻了下短信，发现李雨燕好久没有理他了。）

王有才：李雨燕最最最近有点奇怪，神秘兮兮的。

羊夫：到底是为什么呢？也好久没和我说话了。

王有才：啊，对对对了，听听听陈莉说，有个杂志邀请她写专栏，好像叫《母亲》，陈莉说，八成就是个假杂志，或者是李雨燕想出名想疯了。

羊夫：《母亲》？

王有才：哎！

羊夫：去你的，啥话都接。没听过这个杂志啊。

羊夫：（拨通二妮电话）二妮，经过慎重的考虑，我觉得你非常可爱。

刘二妮：哎呀妈呀，真的嘛，第一次有人这样说呢。哥，你继续！

第三场

中午　餐厅

李雨燕：感谢大家对俺的照顾，一直都是大家请俺，今天俺安排浊酒淡肴，大家开怀畅饮！

陈莉：哎呀，今天是好酒啊！

小云：雨燕姐，被聘为专栏作家，每一期给2000块钱的稿费呢！

（一道菜鱼贯而入。）

（掌声如潮。）

奥特：那得好好喝两杯！我今天破个戒！

夏先生：当然，我就说你们行。你们信了吧！

陈莉：（有心机地）哈哈，夏老师说得对，雨燕的水平可高了。

王有才：向雨燕学，学学习，（瞄了一眼菜）小葱拌豆腐！

小云：不，那叫小家碧玉，看这身段，这白和绿！

王有才：哎呀，比我我我我还有才，我尝尝这个，哇，还说简单，油油焖大虾！

奥特：什么油焖大虾，听起来就油腻，一点都不风雅。

夏先生：哈哈，奥特说得对，咱们文化人得起个雅点的名字。

众：夏先生，您给起一个。

夏先生：嗯，就叫“百舸争流”吧。

王有才：你看这名字起着多俊，一一一群大白鸽不吃粮食吃油？

小云：有才啊，能不能在吃饭睡觉打小报告之余认认字啊，夏先生说的是毛泽东词里的百舸争流，“漫江碧透，百舸争流。鹰击长空，鱼翔浅底，万类霜天竞自由”。

王有才：你们真真真是酸啊，不不不不，夏老师没说您啊。我还是吃一口大闸蟹压压惊，这没没没没啥讲究了吧。

奥特：怎么没，大闸蟹，你看看，这道菜叫“严阵以待”。

小云：哎，严阵以待有啥用，没看见一个个被绑了，应该叫“束手无策”，一会儿有才风卷残云之后，它们应该叫“丢盔卸甲”。

众：哈哈哈。

王有才：你们都装装装啥呢，谁不会起名，我我我给起一个，你们看他们那那那德行，瞪着眼珠子，还捂着大肚子嘚瑟，像像像不像羊夫，叫“横行霸道”，哈哈哈哈！

（众人低头吃菜，羊夫走到有才身后，旁边是刘二妮。）

王有才：有有有点尴尬啊，这有啥，就个菜名，我我我看羊夫还不如螃蟹呢，螃蟹横是是是因为有个壳，他他连个王八壳都没有，哈哈哈哈哈。（突然被拍，瞬间憋回去）

羊夫：各位吃得挺好啊！

夏老师：羊夫来了，快坐。

羊夫：啊，夏老师也来了，学生来晚了，抱歉抱歉！

王有才：老老老王八，不不不，老老老大，你来了啊。

羊夫：闭嘴。吃你的虾兵蟹将。

李雨燕：（打破沉默）羊夫哥你来了，俺敬你一杯。俺来这段时间，没少得到你的照顾！

羊夫：你先不用，我来晚了，我自罚三杯。

王有才：老老老大。

羊夫（举起第四杯）：这杯酒，我敬大家，敬完我占用这个场合，说两句。

敬爱的夏老师，学生来这没少给您添麻烦，但说实话，您算是个好人。在座的同学们，羊某平时多有不周，但做人处事，向来公允、仗义。

（众人沉默。）

羊某平生就看不上假情假意的人，没想到，这样的人就出现在这个班，就在这张桌上。

王有才：哥，刚刚背后说你是我不对，那那那不都是文人之间的一点小暧昧吗？

羊夫：李雨燕，你还要玩到什么时候？

李雨燕：啥意思？

羊夫：什么意思？你穷成那副样子，偷谁的钱请客呢？

李雨燕：你说话咋这么难听！谁偷了？这是俺的稿费！

王有才：哥，那是人人家稿费！

夏先生：羊夫，有什么问题咱们坐下来谈嘛，不要把自己变成一个问题主义者嘛！喝点。

羊夫：夏老师，一会儿学生和您好好喝，你们都别打岔。李雨燕同志，你被聘为《母亲》杂志的专栏作家，每一期给2000稿费，是不是？

李雨燕：咋，你嫉妒了！

羊夫：当然嫉妒啊！二妮。

刘二妮：都别看我啊，羊夫哥让我和他一起。

李雨燕：啥意思？

刘二妮：我们用系统查询这个刊物编号，根本查不到，按照用稿通知上的地址，我们跑了一趟，发现也根本没有这个杂志社。

羊夫：雨燕，哥白喜欢你一场，你咋是这样的人。人穷点没关系，不能臭显摆啊！假的就是假的，糊弄大家伙儿有意思吗？

众：假的？

羊夫：假的呗！还好没爱上你，不然哥不就是非不分了么。啥事都得讲个理。

刘二妮：夏老师，这样的学生咱们不能留，应该开除。

李雨燕：不不，这这，不可能不可能！

王有才：我我我说雨燕为啥这么大方请客，按照我的推理，你你你肯定是毁尸灭迹。

小云：雨燕姐怎么可以这样呢？陈莉姐，他们说的，对吗？

陈莉：（想起雨燕对她的伤害）啊，大家也要理解雨燕，雨燕生活也不容易，希望被大家看得起，是急了一些。

李雨燕：姐，你？

刘二妮：这事得感谢陈莉大义灭亲，她把杂志拍成照片发给我们，我们才能查出真相。

陈莉：大家继续吃，这顿饭，我请了！

夏老师：雨燕，你先冷静下，改天过来和我交代你的问题。我吃得也差不多了，政府有个会，先走了。

王有才：还准备向向雨燕多取经，取取取啥呢？

小云：姐，你为啥要作假呢，你是那么善良。

奥特：雨燕也作假，天下难道真没有道义了吗？

羊夫：都别做梦了，散了吧！（掀翻桌子）

（舞蹈形式回放丈夫对李雨燕的斥责，打骂。儿子对雨燕的叛逆，不理解。自己在街头卖冰糖葫芦的艰辛。）

（李雨燕走到舞蹈处，久久凝望。）

李雨燕：我没有作假，我没有作假！一个长期被丈夫虐待，被生活拷打的女人更珍惜每一份真诚的情感。为什么朝夕相处的陈莉姐不信我，为什么我敬重的夏先生不信我，为什么同窗也没有人为我说话，还有你，羊夫，你口口声声说喜欢我，背后隐藏的都是你的阴谋吗？生活，为什么总在我要拥抱你的时候，给我致命一击！（晕倒）

众：雨燕！！！

王有才：我我我赶紧去叫医生！

第四场

上午　教室

作品研讨，正讨论陈莉剧本。

夏先生：同学们，离毕业越来越近了，离毕业考核也越来越近了，我希望你们拿出最好的表现和最高的水平，领导要亲自检查你们的作品，并且亲自挑选可以毕业的学员，亲手授予毕业证书！从今天开始，咱们每周一研讨作品，其余时间大家自由安排！

（大家一片死寂。）

夏先生：咱们今天讨论的剧本是陈莉的《天使的翅膀》，大家掌声鼓励。

（基本没有掌声。）

陈莉：请大家多提宝贵意见吧。

夏先生：陈莉，你先简单说说自己的想法。

陈莉：这个剧本，是给我儿子写的，我儿子……

（敲门声）

夏先生：请进！

雨燕儿子：请问这是作家学院吗？

夏先生：是啊，你是哪位？

小云：好帅啊，我要有这样的男朋友就好了。

雨燕儿子：我找我妈。

夏先生：你妈是？

雨燕儿子：李雨燕。

（众人尴尬。）

奥特：李雨燕怎么会有这么直溜的儿子！颜值还挺高，哼！

王有才：你你你是不是找错地方了，按按按照法定，李雨燕 20 岁结婚，她儿子也就十二三岁，你你你不会是，她年轻时犯下的一个错误吧！

（雨燕儿子上前揪住王有才领子。）

王有才：哎哎哎，我错了我错了，哥！（跪下）那个错误，就是我。

夏先生：雨燕半个月没来了，她好点了吗？

陈莉：啊，应该，应该好多了，这段时间我也是在忙着写东西，回去的时候她也都睡了。

夏先生：陈莉的本子咱们下次再讨论，我提议，咱们一起去宿舍，看看雨燕！大家都去！考验你们革命友谊的时候到了。

羊夫：课没上成，还得去帮错误找错误他妈。我不去！

王有才：老大老大牛掰，我也不去！

陈莉：啊，夏老师说得对啊，咱们都得听老师的，就是我还想和同学们再讨论讨论剧本。

刘二妮：看她干啥？本二妮眼里可不容沙子。谁让她沽名钓誉、爱慕虚荣来着？看看我，活得虽然缺心眼，可是咱光明磊落。

奥特：要我说，咱们应该关心一下雨燕，还要当作家，没有柔软的心肠，你们，你们充其量也就是写作机器！

众：你！

羊夫：奥特，你！

夏先生：行了行了！你们闹！雨燕儿子，我带你转转，然后咱们去看你妈！不和他们这些没脱毛的灵魂一般见识！走！

（雨燕儿子跟上。）

小云：哎哎，我也去！我也去！

羊夫：奥特，就你行？我看你就是个软体动物，没觉得你能成一个作家啊？

奥特：我可没说我一定行，但我就觉得，你们这些人有些做法太过了。羊夫，我喜欢的那些作家，可都不是你这样的，作家要蘸着眼泪微笑地生活，可不是像你这么装出来的！你的冷漠可写不好人间温暖！

王有才：老大，他又扎刺了！

刘二妮：奥特啊，你别娘们唧唧的，天天和我羊夫哥吵吵的，你以为你能成为我哥吗？

陈莉：我真佩服你们，你们有吵架这工夫帮我看看剧本行不行？能提出什么意见我也服你们。

羊夫：老子对你剧本没兴趣。奥特，对一个作家来说，要有基本的道德信念，要对世间一切的不公投以火热的关注，这才是大爱，这，才叫温暖！

奥特：没有对微小事物细腻的感情，你的大爱也是空的，是假的，就像你这个人一样，活成了一副架子！

羊夫：你！

王有才：哎哎哎。

陈莉：老天爷啊！赶紧派个天使把他们收走吧！

（起干冰，梦幻效果。人物定格。）

王有才：这是啥意思？舞台又起特效了？又要作什么妖呢？哎，你们咋都不动了？

（响起敲门声。）

王有才：这有点瘆人啊，这不就是那篇小说，“世界上只剩下我一个人的时候，突然外面响起了敲门声”。不开不开我不开，妈妈没回来，谁来也不开。

（天使推门进来了。）

天使：你好啊，宝贝！

王有才：妈呀，你谁，咋还进来了？

天使：是这样的，我自我介绍一下，我叫天使，我是来自你们精神空间的一个神奇的宝宝，你可以叫我天天，但不能叫我使使哦！

王有才：别过来别过来！还天天呢，我一天我都受不了。

天使：来，擦擦汗！

（有才一哆嗦，瞥了一眼。）

王有才：哎，你不是夏老师吗？这，这玩啥呢，你插俩鸡翅就天使了啊！

天使：不不不，我不是夏老师，我来自他们的意念，是他们内心那个小宇宙把我启动的，我是写作之神啊！

王有才：那，神啊。他们用意念启动了你，我就没意念吗？

天使：小伙子，你要自信，你要相信未来，挺住。

王有才：你，你你你侮辱了我的智商还践踏了我的理想。你是写作之神，你不知道我也有个写作的梦？

天使：哎，我知道，和你开玩笑呢！其实啊，你是他们中间最聪明的那个笨蛋，你不是不知道李雨燕的录用通知是假的，你利用羊夫的正义惩罚了李雨燕的虚荣，其实你更不想让李雨燕丢了曾经的那份质朴。

王有才：他们都以为我笨，我我不聪明，但我能在这坚持下来的理由，就是因为我笨，我不想让自己最初的梦想太快变坏。

天使：这些人，也都是这么可爱，李雨燕，就好比是他们的一面镜子。

王有才：镜子，啥啥啥镜子？

天使：不信，我变给你看！走你！

（有才和天使下场。）

（所有人如同大梦一场，睁开蒙胧的睡眼。）

（李雨燕上场，再回望这些同学，突然晕倒在舞台中间，与上一场末尾形成呼应。）

奥特：雨燕！

王有才：雨燕！

陈莉：雨燕！

刘二妮：雨燕！

羊夫：雨燕！

（雨燕听到众人的呼唤后慢慢站起来。）

奥特：雨燕啊！你醒醒，你醒醒！哥在你身上学到很多，以后我也想真实点，这个班结束后，我去牧区给牧民们唱歌去！

李雨燕：奥特哥，你要唱属于你自己的歌吗？

奥特：不，我要唱属于我们，属于每一个用文字谱写灵魂的写作者之歌。

李雨燕：我们写作者的歌？

奥特：对！雨燕。我一直在寻找自我，一直觉得是这个世界对我不公，其实我错了。我听说了你很多的故事，我感受到了你如何在命运面前保持不羁的态度，这让我更加坚信，我们写作者灵魂深处需要有一个强大的声音，它在说：去爱吧，然后去写下来，去写下对自己的爱，也要珍惜对生活每一份细微的热爱！

李雨燕：奥特哥，对生活细微的热爱，这句话真好，你走出来了。

刘二妮：雨燕，雨燕！咋了这是？我，我，我可没想造成这个后果！你醒醒，我告诉你。其实，我喜欢看你写的诗，听你说你的故事，雨燕，我是城里长大的丫头，从小就娇惯任性。我离过一次婚，所以更不想虚伪地演给别人看，更想通透一点，可没想到，那天你晕倒之后，我很后悔，我才知道，其实，其实，我灵魂深处，仍然有一份细腻和柔软。我才知道，我为什么会在这个鬼地方坚持了这么久。我向你道歉！

李雨燕：姐，你不用这样，我知道，在这个班，你是最真诚的那个人。我还是习惯那个弹无虚发的你。

刘二妮：雨燕！我真是太惭愧了，我知道自己成不了什么作家，可我就是不服输！我看到你这么年轻，写诗写得这么好，长得还这么好看，我就嫉妒了！我读过古希腊神话，我觉得有时候我真的是被赫拉附体了，她让我嫉妒起一个人，就丧失了最基本的善良！可这样做，除了让我不快乐之外，又能给我带来什么？

李雨燕：姐，俺觉得，一个写作者应该为自由而歌，如果嫉妒让你不自由，你就走出来吧！

羊夫：雨燕。

李雨燕：羊夫哥！

羊夫：雨燕，从第一次见你，其实哥就认输了。哥写小说时，总觉得人物尽在我手，哥一向拒绝生命中的矫情和做作，是的，哥喜欢海明威那样的硬汉作家，但其实我慢慢发现自己的写作有一个重大的问题，那就是没有温度，有的只是冰冷的理智。

李雨燕：羊夫哥，你真的觉得，我会作假？

羊夫：雨燕，我一直执着地在生活中，在写作中寻找答案和真相，你不在的这段时间，我失去了寻找答案和真相的动力，我才发现，当我们苦心孤诣地寻找答案和真相时，它们已经被时间抛弃了。

李雨燕：你懂俺了？

羊夫：我更懂自己了。其实奥特说的我都记下了，但我总是想一如既往地保持一种神圣的骄傲，不管对谁。

李雨燕：走出来吧，羊夫。

（陈莉更加疯狂了，她手里拿着剧本，撕扯着，喃喃自语。）

陈莉：我怎么，我怎么写也写不好。

（她怔怔地挪到舞台中央。）

陈莉：雨燕，为什么我写不好剧本……

李雨燕：姐。

陈莉：雨燕，我不是故意害你，我只是……

李雨燕：姐。

陈莉：雨燕，我这段日子一直在拷问我的灵魂，我不想让它迷失在贪婪的丛林里。

李雨燕：姐！

陈莉：雨燕，我……

李雨燕：姐，你其实不用说什么了，我都知道。

陈莉：我……

李雨燕：记得我第一天来作家学院，你就带着我转了各个地方，从你的身上我感受到了很多温暖。我知道，你是好人，你之所以那么做，一定有自己的苦衷。

陈莉：雨燕！

李雨燕：姐，你这是？

陈莉：雨燕，你知道吗，那天我偷偷拿走了你书柜上的杂志复印了一套，我看到你写的诗，真的嫉妒你的才华，你比我年轻，你比我来得晚，可你写得那么好。在我实现了自己的报复之后，我又打心眼里佩服你，佩服你能让诗情在生活中倔强地流淌，我做不到。

李雨燕：姐！谢谢你对我的欣赏。

陈莉：应该我谢谢你！

李雨燕：你谢我啥？

陈莉：谢谢你让我知道，生活的艰辛并不是堕落的理由。

（追光打向陈莉，其他暗。）

陈莉：我儿子，一岁的时候，被查出先天自闭症。

（旁白）医生：自闭症又叫孤独症，孩子将不会像正常人一样上学、社交。很抱歉，您儿子这个情况确诊以后，我们也很遗憾，毕竟他看起来这么可爱，不过，你也知道，现代医学技术日新月异，但依然有很多高峰无法跨越。

陈莉：医生，他有治好的可能吗？

（旁白）医生：目前治不好。你就把他当成来自星星的孩子吧，我们能做的，就是陪伴，让他至少看起来不孤独。

陈莉：雨燕，你知道吗？这些年儿子就是我生存的动力。他爸和我离婚了，据说也有了个活泼可爱的儿子。我不能放弃他，其实到这来，我没有想成为一个大作家，我只是想把儿子的事情写下来，变成剧本，让更多的人知道他的存在，尽管他的世界没有人懂，但他是我唯一的儿子，我要努力去懂他。

（起泡泡）

李雨燕：（站起来，慢慢走向陈莉）走出来吧，陈莉姐。

陈莉：走出来？

李雨燕：在我醒过来的那一刻，我想到了我的儿子，我知道，每一份生命的背后都有一股强大的力量在推着我们前进。在我中学辍学之后，我曾经很消沉，我不知道自己还有没有未来，俺在俺们县图书馆打过工，看到了西西弗斯的故事。他每天周而复始地向山顶推一个巨大的石块，快到山顶了石块就掉下来，永远没有尽头，可他又永远那么努力。俺在大街上卖冰糖葫芦的时候，就懂了西西弗斯为啥就那么拼命？生活不就是像糖葫芦一样，外甜，内酸，可被竹签子一穿，也是穿心的痛！何必为难自己，为难彼此，为难我们本就受苦受难的灵魂！走出来吧，大家！

羊夫：走出来？

刘二妮：走出来？

奥特：走出来？

第五场

上午　宿舍

李雨燕、陈莉宿舍，简洁设计。

李雨燕坐在椅子上，看着桌子上的镜子一边梳头一边黯然神伤，她的落寞可想而知。

李雨燕：睡吧，亲爱的/我有一个小女儿，名叫/克里斯，她就像//一朵金色的花儿/我不要/任何富庶的/王国，和附加的/爱，因为她……//不要问我该穿什么/我没从萨迪斯/给你带来我曾经戴的这种/绣了花的束发带，/克里斯，/我的母亲总是说/在她那个时候，扎在头上的/一条紫色的丝带就被看做/非常奢侈了//而我们的发色较深：/一个姑娘家/如果她的头发比火炬的/颜色要黄，她就不应该/戴别的头饰，而只能戴鲜花。（萨福诗）

（众人在陈莉的引导下悄悄入场，小云拿着一捧花，快献给雨燕的时候自己还嗅探了一下，可见内心的向往。）

小云：雨燕姐！（献花给雨燕）

李雨燕：小云？

夏先生：雨燕！

李雨燕：夏老师，你来了。

众：雨燕！

李雨燕：你们！

夏先生：我们来看看你！

小云：雨燕姐！我们要治好你的病。

李雨燕：治病？

夏先生：雨燕，你看你的后面！

雨燕儿子：妈！

李雨燕：儿子！

（紧紧抱住）

李雨燕：妈好想你啊！

王有才：真是他妈啊！小伙子今年你多大？

李雨燕：我儿子下个月就要过23岁生日了。

王有才：妈呀！

李雨燕：可不敢认你这个儿子。

王有才：32－23＝9，9岁，这是啥身体构造啊？

小云：你好了啦。老说生孩子生孩子的，人家还是大家闺秀呢。（害羞）

李雨燕：（奇怪的）你怎么来了？

雨燕儿子：我……妈，你看我给你带了什么。

李雨燕：啊，好新鲜的山楂。

雨燕儿子：我路上摘的。（给大家分吃）

李雨燕：儿子，你上班怎么样，老板对你好不好啊，吃得饱不饱？

雨燕儿子：都挺好的，每个月能赚三千块钱呢！

（突然看表）啊，十一点半了，我就请了半天假来看看你，这就得回去了！

李雨燕：妈去送送你。

雨燕儿子：不用不用，我走啦！

李雨燕：哎！就走了啊？

众：我们帮你送送去。

雨燕儿子：各位哥哥姐姐叔叔阿姨，一定留步，帮我好好照顾妈妈！

众：多好的儿子！

小云：又帅又温暖，还有这么好吃的山楂，我好喜欢（把手伸到包里，拿出一封信）哎！有一封信！

众：信？

（众人画面切，出现雨燕儿子独白。）

（加音乐。）

妈妈：

之所以给你留下这封信，是因为我想通过这样的方式表达内心对你的感谢和敬意。

在你离开家的这几个月，我很惦记你，没有妈妈的家庭是不完美的，但爸爸一直不让我找你，还说，你是和野男人跑了，我不信。后来我才知道，你只是坚定地奔向了远方。

你是个俗世中最朴素的妈妈。你以前卖过冰糖葫芦，小时候我吃腻了你做的冰糖葫芦，我想吃冰棍，你就用一串冰糖葫芦给我换两根冰棍吃。妈妈，你又是俗世中最浪漫的妈妈。在你离开家的这几个月，我看了你所有的诗，慢慢被你感动了。这么多年的相处，我并没有真正懂得过你，你走了之后，我却有一种想要理解你的想法，想要知道，一个连饭都吃不好的妈妈，为何要坚持写诗。我想，你从来没有丧失对生活美好的追逐，这就是你为什么要写诗的原因吧。

（灯光渐渐亮。）

对了妈妈，忘了和你说，我工作这半年，很努力也争气，知道你在那边需要钱，我想给你零花钱，你肯定又会骂我，所以我就只能想了一个办法，伪造了一封用稿通知，杂志就叫《母亲》，每一期除了你的文章，都是我在网上复制的。我每个月工资 3000 块钱，单位供吃住，还剩下 1000 块钱足够自己花了。

（李雨燕痛苦难当，扔掉信件，陈莉等人拾起。）

妈妈，最近你没有寄给我稿件，我担心你可能知道了事情的真相，所以过来看看你，这是这一期的稿费 2000 元。妈妈，我只是想告诉你，你写的诗全世界都可以不理不睬，但儿子永远是你坚定的粉丝。希望你永远活在远方。

刘二妮（念信）：希望你永远活在远方。

雨燕儿子：儿子在地平线等你回来。

李雨燕：谢谢你！儿子！

（众人面面相觑）

夏先生：我们都得想一想，到底亏欠雨燕什么，这是不是和我们每一个人的私心有关！一个有私心的人，还怎么做一个好作家？啊？

陈莉：雨燕。

众：雨燕。

羊夫、二妮：我们，错了。（羊夫向雨燕低头）

羊夫：雨燕，哥向你坦白吧。哥揭发你这事，真是哥平生做的最蠢最蠢的一件事。我被一些复杂的情感左右了我的理智，在感情的漩涡里我变成了一只不断揪斗命运的野兽！

李雨燕：哥，你这是说啥？

（奥特上前。）

其实，从来的那天起，我就看上你了，老实和你说，哥离婚这十年，女朋友是不少，但是你真正走进哥心里，虽然你也没打算在哥这里扎根，但哥被扎得挺深。都这么大岁数了，来点直接的。

（羊夫误抓奥特的手。）

众：哥！

（羊夫愣神，随后深情款款走向雨燕。）

羊夫：雨燕，你的善良，你的真诚，还有你对生活伸出那敏锐的触角，都打动我了！那个男人对你不好，离开你的家庭，和哥过。哥这人嘴坏心不坏，你要吃糖葫芦，哥给你买一车糖葫芦！你不喜欢我啥，我戒！哥半辈子过去了，以后的半辈子，哥就想找个能贴心窝子的人，你如果能来，哥的心，哥的江山都给你！

李雨燕：这是弄啥！

羊夫：答应我！我要你和我在一起！

（背景响出阵阵声音，喊在一起，在一起！）

李雨燕：哥，你把手放开。

羊夫：你不答应我就不放开。

李雨燕：俺，俺知道你这人，外冷内热，如果俺早认识你二十年，可能一切都会不一样。

对不起了，俺得拒绝你。他对俺不好，他喝多了就骂俺，打俺，可他对俺有恩。俺现在不能离开他。

告诉你们实话吧，俺儿子其实不是俺的，是俺姐的，他俩挖矿，遇到塌方死了，临终前俺姐说，俺是她妹妹，所以最宝贵的儿子一定要俺照顾，没有男人愿意娶俺，除了他。

刘二妮：这这这，32－23，减出这么个故事啊。

陈莉：所以，我以后就想和雨燕成为一生的朋友，我看以后谁还忍心欺负她！

李雨燕：俺知道，俺应该是自由的，但至少不是现在，俺也不想让你等俺。

羊夫：哎，没事，我也感觉自己配不上你。

王有才：哥，你你你是不是傻！傻子都看明白了！她让你等她，等她趟过了这个内心审判的法庭，就嫁你！

夏先生：哎哎，你们别光顾着自己啊。以后啊，我老夏要是没工作了，你们可给口饭吃啊！

羊夫：老夏，经历了这么多，我会成为一个好作家的。

夏先生：羊夫，随缘吧！以前的我，总认为凡事应该有个结果。其实，好作品不就是我们自己吗？

众：我们自己？

夏先生：让我们一起写下李雨燕的故事吧，雨燕就是山楂妈妈，一个饱尝生活辛酸和甘甜的妈妈，她，又不甘心苟且，你们就写一个《山楂妈妈的远方》吧！

陈莉：她叫李雨燕，然而，她并没有成为一只雨燕，甚至连做燕子的资格都没有。

羊夫：她第一次出现在我面前的时候，就带着山楂的清香，后来我才知道，她的酸甜都来源于她多舛的生活。

奥特：一个人可以多孤独，才能被时间的碎片填满。至少，她的到来让我感觉到，只有扎实踩住生活的泥土，才能有勇气面对诡谲的天空。

陈莉：报到的那天晚上，李雨燕没有带行李，她睡在一张光板床上，她优美的身体却舒展开，像条银色的海豚。我把我衣柜里所有的衣服都铺在她身下，她就绽开了孩子般的微笑。

小云：雨燕姐，当我还在憧憬爱情的时候，你的生活告诉我，爱本身并不重要，爱背后的希望才重要。

王有才：后后后来，这个被无望吞噬了青春的女人，是作家学院最勤奋的人和最开朗的人。

刘二妮：我想像你一样，活成一首诗。我想和你一起，分享山楂生活。分享，一个山楂妈妈的远方。

（李雨燕终于更深地领悟了创作和生活的关系，她转过头来向观众，定点光。）

李雨燕：俺是作家学院的插班生，来到这个班，一开始只凭着一腔热血，后来才发现俺到底应该写什么，为什么而写，这也应该是俺最大的收获。上天并没有给过俺富贵，俺初中没上完就辍学了，卖过水果卖过煎饼卖过衣服，俺在人潮如流的街头，就是一个普通的农村妇女，没有人在意俺，是诗歌，让俺变得不一样，让俺有了自己的光芒。

（朗诵《山楂生活》）

（加音乐）

山楂生活

曾烟

这是一个很复杂的过程
洗手，磨刀，挖出它坚硬的核
把一个人所有的人生的经历
都拿出来，在一颗
小小的山楂上
一试身手

他把堆得小山一样的山楂核
倒进火炉里
那些木质的核，烧得噼啪作响
仿佛我们小时候围在火盆边
爆豆子

然后，一颗一颗串起来
在它的身体上浇上一勺
融化的糖
我们都喜欢把日子过得滚烫，火红
暖意融融
站在人来人往的街头，把甜蜜的日子
分给每一个前来认领的人！

（群演卖冰糖葫芦，小孩上。）

众：谢谢你，谢谢你，生活！（谢幕）

后　记

昌耀的诗《内陆高迴》里有一句：一个挑战者行走在上帝的沙盘。我想把它改成：一个写作者行走在上帝的沙盘。

每一个写作者都有一颗孤独的灵魂，都渴望在某一瞬间被照亮。教师和写作者有一点是极为相似的，那就是他们终生都在做一件不计代价、不可回头的事：带着学生（读者）忘情奔跑，不问终点。

面对着这一本《雅韵新声》散文、小说与戏剧卷，我似乎看到了师生间接力赛跑的场面，我们已经跑出了一条寂静却洋溢着创造热情的山路。

内蒙古大学文学与新闻传播学院的前身是内蒙古大学汉语言文学系，曾经有过温小钰这样的知名作家执教于此，她的《土壤》《苦夏》荣获第一届、第二届全国优秀中篇小说奖。前辈给了我们光荣，也给了我们压力。然而，近年来，我院涌现出一批才情满怀的教师，他们既在教学科研上奋力前行，又从生活中寻找诗意，酿成了甘醇的酒。

在征集到的散文作品中，可以观察到鲜明的文化性、诗性和哲理性。散文写作者大多是教师，这其中，高建新、崔荣、赵乐老师的作品可归为历史文化类散文，而张浩兰、范云晶、孙恒存、聂新兰老师的作品，则属于现实关照类作品，哲思和才情在作品中双向互动，肆意奔流。小说明显属于青年学生的最爱，读者不仅可以从小说中看到青春的激情，更能觅出奇异的想象与超凡的表达。有时我在想，如果你读过他们的作品，你光念这一串名字，就有一种“大珠小珠落玉盘”之感：渡澜、苏热、孟言、艾嘉辰、田逸凡……

安宁，国内 80 后散文写作者的优秀代表。渡澜，2019 年横空出世的天才少女。一个是我院写作教师，一个是我院在读学生。他们同台分别领取丁玲文学奖散文类和小说类新锐奖的那一刻，我相信了自温小钰老师以降，内蒙古大学文脉的力量。

戏剧方面，亦有亮色。我院的“IMU”剧影力话剧季在 2015 年获评教育部“礼敬中华优秀传统文化”十大示范项目，我们的话剧季最大的亮点，在于师生原创剧本及其在舞台上的实践互动。王芳老师和笔者的剧本都曾作为压轴剧目演出，让学生们激动、欢喜之余，看到了老师们在舞台上辛勤地付出，我想，他们会更加相信：文艺可以让人永远年轻，所以，写下去吧！

向诸位勤奋写作的老师们致敬！向诸位热情写作的学生们致敬！感谢学院的支持，为师生的作品提供出版的机会，也感谢包丽日、孟婧莹两位研究生在统稿和编排上的付出。

纵然行走在上帝的沙盘，也要倔强地写下去吧！

鄢　冬

2021 年 11 月 14 日